賀茂真淵の研究

高野奈未

青簡舎

まえがき

本書は、近世中期に国学者・歌人として活躍した賀茂真淵について、その文芸および活動の実態、ならびに後世への影響を考察するものである。

真淵は、荷田春満に師事したのち、田安宗武に仕え、本居宣長・村田春海・建部綾足・上田秋成の師である加藤宇万伎らを門人に持つなど、当時の国学者の中枢に位置し、大きな影響を与えた人物である。その影響は国学に留まらず、読本など近世中期以降の新しい文学ジャンルにも及んでいる。また、和歌活動において『万葉集』重視をうたい、詠者の実感を重視した姿勢は、後に続く歌人に多大な影響を与えるとともに、古典注釈の新たな展開を促した。正しく古典を理解するために客観的かつ合理的な解釈を推し進める真淵の姿勢は、当時の復古運動のみならず、のちの古典研究にも多くの影響を与えている。たとえば古典注釈に際し、真淵は従来の本文に対して誤字説を新たに唱え、用例に基づかない訓読を施すなど、感覚的であるとの批判は受けつつも、斬新かつ合理的であるゆえに定説になっている訓読・解釈を行った。真淵は、現在の日本古典文学の解釈においても影響力を持っていると言える。

以上のように真淵研究は、近世小説史・和歌史・古典注釈史において重要であり、日本文学のみならず、日本思想史・倫理学など諸分野においてもその活動の実態や意義を明らかにするべく様々なアプローチが試みられてきた。小山正氏による年譜整理(1)、井上豊氏による各作品の解説・読解(2)や著作の翻刻(3)が備わり、一定の研究基盤が整備されてもいる。しかしながら、多くの課題を残したまま、研究の焦点は宣長や春海など、真淵の門人の活動へと移行している。

真淵自身についての研究を困難にしている一つの要因として、著作・指導の記述が個別的で体系化されていないことがある。それとは対照的に本居宣長は体系だった思想に基づき、実証主義を極めた注釈をおこなっているがゆえに、国学の頂点と見なされ、研究も進められてきている。こうした状況について、日野龍夫氏は、真淵の近世における影響力の大きさ、門人の数ならびにその層の厚さ、思想の「包容力」に鑑み、国学のピークを宣長から真淵に移し換えて研究を行うことで、新たな展開がもたらされる可能性を示唆した(4)。真淵の後世への影響力の淵源は、日野氏の言うところの「包容力」であったといえるが、それは先にも述べたとおり、真淵の教え・著作が体系化されていないために、さまざまな受け取り方を許容する、いわば曖昧なものであったことによる。この曖昧さの内実を具体的に把握し、真淵の意図を追究することが、近世国学・和歌における真淵の活動の意義を明確にするために必要である。

また、真淵の和歌史観や擬古の方法が古文辞学の影響を受けていることは、近世後期の国学者・漢学者も指摘するところであり、多くの実証的研究により、それが具体的に裏付けられてきた(5)。そもそも和歌は発生以来、漢学・漢詩との接触のもとに展開してきたことに鑑みれば、和歌そのものが漢学・漢詩的要素を内包してもいる。真淵は、『万葉集』の尊重を唱えはしたが、こうした伝統的歌学をも前提としている。すなわち真淵学は、漢学・漢詩と伝統的歌学・和歌の双方について、批判しつつも断片的に取り込んで成立しており、この点にも曖昧さの一因がある。伝統的歌学の踏襲、近世を覆う漢学の影響を前提としたうえで、漢学や当代和歌に対する真淵の批判を見極めていくことが求められる。

本書では、以上の問題意識のもと、真淵の詠歌と古典注釈に関する研究を有機的に関連付けることにより、真淵が当代和歌・先行注釈のどういった点を問題としていたのか、あるいは真淵の理念がどのようにして構築されたのかといった課題を具体的に追究した。また真淵の文芸・理念が門人たちによってどのように理解され、継承されたかに注目し、近世後期の国学の展開について考察した。

以下に、本書の構成を示し、各節ごとに明らかになった内容をまとめておく。

第一章「真淵の歌学と和歌」では、これまで和歌史において唐突であると捉えられ、かつその特殊性が強調されてきた、上代文芸を手本とする真淵の主張について考察した。当代和歌の欠点を具体的に把握したうえで、その欠点を解消する目的のもとでなされたことを明らかにし、真淵研究の基礎を固めたものである。

第一節「真淵の当代和歌批判―和歌指導に即して―」では、門人の詠草に対する真淵の添削および真淵の注釈について検討した。真淵は、「言い詰める」こと、すなわち俳諧的で余情のない表現を用いることが当代和歌の欠点であると批判しており、漢学に対しても同様の批判を加えている。これは、当時の近世堂上歌壇が抱いていた問題意識と本質を同じくするものである。上代文芸を規範とする点で特殊とされてきた真淵の主張であるが、その根底にある当代に共通する和歌観を明らかにすることで、真淵の歌学を和歌史の連続性の中に新たに位置付けた。

第二節「真淵の長歌復興」では、真淵が長歌制作を推奨した理由とその目的について考察した。和歌史を通覧した際、真淵の長歌推奨は一見唐突に見えはするものの、それは第一節で明らかにした真淵の問題意識を背景にしたものである。また、荷田在満の『国歌八論』をめぐる在満・宗武・真淵の論争について、それぞれの論の対応関係を精査することにより、真淵の長歌への強い関心は当初、漢詩に対抗しうる方法を模索するなかで生まれたものであったことがわかる。つまり、真淵の長歌推奨は、盲目的な復古主義によるものではなく、当代和歌の欠点を解消し、またその意義を探究しようとする明確な目的のもとでなされたものであったとみることができるのである。

第三節「真淵の題詠観」では、真淵学の継承をめぐる、春海と本居大平の論争を読み解くことによって、真淵の問題意識は、当代の題詠が「実感」に基づく和歌の製作を阻んでいる点に向けられていたことを示すとともに、真淵によって初めてその問題が具体的に指摘されたことを明らかにした。また、真淵はそうした当代の題詠の弊害を克服するため、題に縛られない自由な想像が許されている屛風歌の手法や、詠み方の規範が確立していない古今六帖題など、当時一般的ではなかった題を積極的に推奨し、自由な発想に基づく題詠歌を推し進めていることを述べた。

第四節「真淵の万葉調」では、和歌史上において注目されてきた真淵の万葉調について、新たな見解を提示した。従来、真淵の万葉調は、万葉歌を十分に継承できておらず不完全であると評価されがちであった。しかしながらそれは、真淵が「ますらをぶり」を志向して歌材と趣向、典拠を選びつつ、伝統的な和歌の表現を用い、直截の心情表現を避けていることに起因するものである。鶯詠を中心とした真淵の和歌について、その典拠の利用法、歌材の選び方、言葉の使い方の伝統に即して具体的に検討し、真淵が「言い詰める」ことを避け、万葉語によって景を捉え直し「実感」を述べるという、自身の歌学における理想を詠歌に際し適切に実践していることを指摘した。

第二章「真淵の古典注釈学」は、真淵の古典注釈学の方法および特徴について検討し、古典注釈史における真淵の位置付けを図ったものである。真淵の古典注釈では、先行注釈の内容を精査したうえで、そこに自身の歌論を適用することによって、新たな解釈が導き出されている。古典注釈学の分析と第一章の和歌活動に関する考察を有機的に関連付けることによって、真淵国学の具体像を追究した。

第一節「真淵の初期活動―『百人一首』注釈を中心に―」では、真淵の『百人一首』注釈に注目し、未だ明らかでなかった真淵の初期の活動の性質について論じた。真淵自身が、晩年になって若さゆえの拙さが表れていると嘆じた初期の注釈『百人一首古説』と、これを晩年に改稿して出版した『うひまなび』との二つの『百人一首』注釈を比較し、

『百人一首古説』には歌や歌人に関する批評において、晩年の上代志向および漢学排除の姿勢と食い違う記述が見られ、晩年の真淵がそうした違いを明確に意識していたことを確認した。一方で、『百人一首古説』においては、晩年の真淵の中心的思想である「ひとつ心」の根拠となった譬喩と序の関係や発語に対して、早くも関心を寄せていること、真淵以後の注釈に継承された真淵の新説が荷田家の共同研究の場で形成されていたこと、当時もっとも広く流布していた一般向け注釈書である季吟の注釈に注目して先行注釈の検討を行う方法が、晩年のそれと共通していることを指摘した。これにより、真淵が著作の多くをまとめた晩年との隔絶が強調されてきた初期の活動についても、晩年との質的な連続性に注目すべきであることを述べた。

第二節「『伊勢物語古意』考」では、真淵が上代志向を深めていく過渡期の著作である『伊勢物語古意』に見られる、『伊勢物語』に対する肯定的評価と否定的評価の分析を通じて、過渡期における真淵の活動を具体的に明らかにし、晩年の真淵の活動との共通性を指摘した。真名本を重視し、『伊勢物語』を史実の物語化と捉える近世前期以前の旧注を批判するという特徴が共通することから、これまで真淵の『伊勢物語古意』は、春満の『伊勢物語童子問』とほぼ同質の注釈と見なされてきた。しかし『伊勢物語古意』は、『伊勢物語』が虚構であるというのみの主張であった『伊勢物語童子問』の作り物語説を、具体的に注釈方法に取り入れ、先行する和歌を基軸にして物語が作られる過程に注目し、特に和歌の余情を確保するように『伊勢物語』の文章が作られたことを論証するという独自性を有することを述べた。真淵のそうした解釈は、和歌をもとに物語を作り出す方法をも提示したものとなっている。

第三節「『源氏物語新釈』考」では『源氏物語新釈』の検討を通じて、真淵の『源氏物語』観と注釈方法を問い直した。『源氏物語新釈』における真淵の批判は、『源氏物語』が漢学を重視し、説明を尽くした余情のない表現を用いていることに対してなされたものである。一方、直接的表現を用いずに心情を込めた文章、あるいは皇権の正当性に関する上代文学との共通性については積極的に評価して強調している。自身の主張を古典注釈に反映させようとするがゆえ、従来にないやや強引な解釈を重ねることともなっているが、こうした真淵の解釈は、真淵以前の『源氏物語』注釈に見られる准拠説や実証性の重視だけでは明らかにし得なかった、『源氏物語』の表現の重層性を結果的に示すものになっており、『源氏物語』注釈史上の重要性を有している。

第三章「真淵学の淵源」は、真淵の古典学をより広い視野のもとで古典注釈学史に位置付けるため、真淵の古典学が前提としている近世前期の古典注釈学を中心として、注釈の内容の変遷を具体的に考察したものである。

第一節「卑下と好色―小野小町「みるめなき」の歌の解釈をめぐって―」では、小野小町の歌「みるめなきわが身を浦と知らねばやかれなで海人の足たゆく来る」を例に、古注釈の通時的変遷を跡付け、近世における古典注釈学の内容、方法について考察を加え、真淵注釈学の前提を明確にした。松永貞徳・北村季吟は中世の『古今集』注釈を捉え直したうえで集成し、提示するという方法を取る。そこで示された注釈の内容は、実証的注釈とされている真淵の『続万葉論』や『伊勢物語古意』と共通し、国学の基盤となっている。

第二節「倫理と道理―『伊勢物語』二十三段における業平像の変遷―」では、『伊勢物語』読解の内容について、二十三段を例に諸注釈を検討し、それぞれの注釈がどのように継承され、何が強調されてきたかについて考察を加えることによって、古典注釈史における真淵の位置付けを図った。『伊勢物語闕疑抄』は、「憐愍する」業平像を継承したうえで、それと反する読解をしないように繰り返し説明を行い、注釈に説得力を持たせようと腐心している。『勢語臆断』の異なる本文・訂正は旧注の業平像から脱して新たな注釈を行う難しさを示していること、『古意』は「まこと」を重視するがゆえに、旧注の業平像を結果的に受け継いでもいることを指摘した。

第四章「真淵学の継承と実践」は、真淵とその門人による真淵の歌学、古典注釈学の実践の様相について新たに検討するとともに、近世後期における真淵学の影響について考察を加えたものである。
第一節「鵜殿余野子『月なみ消息』考」では、県門歌人である鵜殿余野子が著した消息文例集『月なみ消息』の分析を通じて、『古今集』および『源氏物語』を重んじるべきであるという女性門人に対する真淵指導が、余野子によって的確に実践され、江戸派に継承されていくさまを示した。
第二節「宣長・秋成の「日の神」論争」では、真淵学の代表的継承者である宣長と秋成の天照大神をめぐる論争を分析することによって、真淵学の受容と継承の実態を浮き彫りにした。天照大神を尊重するという基本姿勢は同じであるものの、根本的な世界観および価値観の違いによって二人の論争は最後までかみ合うことがなかった。

以上、本書では、真淵の和歌観、当代歌壇との関係、後世への影響、注釈の方法、活動内容の変遷について総合的に検討することで、真淵研究に必要な基盤を創出し、和歌史・古典注釈史に真淵を位置付けた。また、真淵の歌学と古典注釈の基底にある真淵の問題意識を明らかにし、そこで得られた知見をもとに新たに真淵の古典注釈を読み解き、その特徴や有効性を検討した。さらに、真淵の歌学および国学の継承と展開の様相を追い、近世から近代短歌にいたる和歌史を捉えるための新たな視座を提示した。

注

（1）小山正氏『賀茂真淵伝』（春秋社、一九三八年）
（2）井上豊氏『賀茂真淵の学問』（八木書店、一九四三年）・同氏『賀茂真淵の業績と門流』（風間書房、一九六六年）

（3）『賀茂真淵全集』（続群書類従完成会、一九七七―一九九二年）

（4）日野龍夫氏「近世文芸思潮研究」（『文学・語学』第七十六号、一九八一年四月、のち『日野龍夫著作集　第二巻』ぺりかん社、二〇〇五年所収）。

（5）三宅清氏「古文辞の方法」（『国学の学的体系』文学社、一九四三年）、太田青丘氏「真渕学と儒学・詩学との交渉」（『日本歌学と中国詩学』弘文堂、一九五八年）、宇佐美喜美八氏『近世歌論の研究―漢学との交渉―』（和泉書院、一九八七年）など。

目次

第一章　真淵の歌学と和歌

第一節　真淵の当代和歌批判　―和歌指導に即して―

はじめに

真淵の日本文学史上におけるもっとも有名な事績は、『万葉集』に対する注釈と万葉調和歌であろう。その評価は、たとえば次にあげる佐佐木信綱の言から知ることができる。(1)

真淵が近世古学に有する意義は、前代の研究を大成して、よくわが古文明を明らめたところにあるが、その明らめ方の本義は、学者的研究を基礎として、その上に古代文明の精神を詩人的に了解し鼓吹したところにある。彼の歌はこの上代文明主義の自然の結果である。

真淵は契沖や春満らの行った『万葉集』をはじめとする上代文学の研究を継承して実証的な語釈を行いつつ、歌人として持ち前の感覚による読解を加えることにより、すぐれた注釈を生みだし、さらにはそれを創作にも活かしたためにすぐれた上代風の和歌を詠むことができたというものである。こうした評価は数多く見られ、研究経験と歌の素養に基づいて詠まれた真淵の万葉調和歌は、契沖や春満にはなし得なかったものとして、革新的な意義が指摘されてもいる。しかしながら、真淵がなぜこのように上代文芸を重視するべきであるという主張をすることになったのかという背景については、いまだ十分に解明されているとは言い難い。

そこで本章では、真淵の歌学、添削詠草、書簡を検討し直し、当代の歌学・詠歌に照らし合わせることによって、真淵が当代和歌の問題点を具体的に指摘し、その解決策として万葉調和歌に代表される和歌革新を主張したことを明らかにする。そしてそうした歌学と真淵自身の詠歌方法との結びつきを示す。

まず本節では、真淵の捉えていた当代和歌の問題点の具体像を把握し、その問題意識が当時の堂上歌壇とも共通したものであること、およびその問題意識が漢学に対する批判と共通したものであることを指摘する。

一

真淵の和歌観は、先行研究においてもたびたび言及され、よく知られているが、改めて確認しておきたい。

上つ代には、人の心ひたぶるになほくなむ有ける。心しひたぶるなれば、なすわざもすくなく、事し少なければ、いふ言のはもさはならざりけり。しかありて、心におもふ事あるときは、言にあげてうたふ。こをうたといふめり。かくうたふもひたぶるにひとつ心にうたひ、こと葉もなほき常のことばもてつゞくれば、続くともおもはでつゞき、とゝのふともなくて調はりけり。かくしつゝ、歌はたゞひとつ心をいひ出るものにしあれば、いにしへは、こととよむてふ人も、よまぬてふ人さへあらざりき。遠つ神、あがすめらぎの、おほみ継〳〵、かぎりなく、千いほ代をしろしをすあまりには、言佐敝ぐから、日の入国人の心ことばしも、こきまぜに来まじはりつゝ、ものさはにのみ、なりもてゆけば、こゝになほかりつる人の心も、くま出る風のよこしまにわたり、いふ言の葉も、ちまたの塵のみだれゆきて数しらず、くさ〳〵になむなりにたる。故いと末の世となりにては、歌の心、ことばも、つねのこゝろ、言ばしも異なるものとなりて、歌としいへば、しかるべき心をまげ言葉をもとめたり。ふりぬる跡をおひて、わがこゝろを心ともせずよむなりけり。

（『歌意考』流布本）

真淵は上代を評価して、人の心が素直で屈曲するところがなく、よって行いも思いも単純であるので、言葉も数多く必要ないとする。それを表現したいときは、ひたすらに思いのままを述べれば、技巧を加えることもせずに、それがすなわち歌となるという。真淵のこの評価は、明治時代になって近代歌人たちに再評価され、万葉観を形づくることとなり(2)、現在の詩歌史における影響も大きい。

その理想的な上代のありように、「から」の人の心、言葉が混じることで、心も言葉も乱れるようになり、それが進んだ「いと末の世」にあっては、「心」をまげて「言葉」を求めた歌が詠まれているとする。以下に本居宣長の和歌に対する添削を検討し、そうした「言葉」を求めた後世の和歌の具体像をさぐることとする。

詠歌において、『万葉集』を手本とするよう門人に教えていた真淵であったが、本居宣長はこの教えに従わなかったため、真淵は書簡を通じて繰り返しその考えを改めるように説いた。現存する真淵の書簡類を通覧すると、詠歌についてもっとも強い調子で指導を行っているのは宣長に対してのものと思われる。これは真淵の、古学に関する宣長への信頼の高さや期待の大きさがかえって詠歌への不満をつのらせたものと見ることもできる。それでも宣長が詠歌において真淵の教えに従い上代文芸を重視したのは長歌が中心であり、短歌形式の和歌についてはあえて意識的に「古体」として詠むことはあったものの、基本的に生涯にわたって『新古今集』を重視していたことが『うひ山ぶみ』などで示されている(3)。新古今風の和歌を詠むことは、当時よく行われており、宣長はそうした風潮に逆らうことなく、ごく一般的な和歌活動を行っていたと言える。そうした宣長に対する真淵の指導内容は、そのまま当代の和歌への批判ともなっていよう。

先の『歌意考』の完成稿が成ったのと同時期である明和二年に真淵によって行われた宣長の和歌十五首への添削には、詠草の末に「右の歌ども一つもおのがとるべきはなし。是を好み給ふならば、万葉の御問も止給へ。かくては万葉は何の用にもたゝぬ事也」とあり、宣長の歌が万葉主義に反するがゆえに、相当の批判が行われていることで知られる。ここでは特にこの添削に注目してみたい。なお、これとは別の四回の添削は、その和歌が『石上稿』に「古体」としておさめられており、真淵の万葉風指導に意識的にしたがった作であり、真淵の指導も穏やかである。

厳しい批判が見られる十五首への添削において、次の二首には、語句に関する具体的な指摘が見られる。[4]

此言、一首にいはばいひもしてん、一句につゞめては今俗のはいかい言也。

かくれがやうめ咲のきの山風に身のほどしらぬ袖の香ぞする（「山居梅」）

第三句「身のほどしらぬ」の語に対し、一首全体でそれを表すならよいが、一句にそれを言い果ててしまっては「俗のはいかい」の表現であるという。

言つまれり。

きぬ〴〵のなごり身にしむ朝風におもかげさそふ袖のうつり香（「後朝恋」）

一句いひつめては歌にあらず。

第二句「なごり身にしむ」は言が「つま」っていて、第五句「袖のうつり香」は一句に「いひつめ」ては歌らしくないと批判している。第五句への批判は、「かくれがや」の歌の「身のほどしらぬ」に対する批判に重なると考えられるだろう。また、三つの句の評は、容量に見合わない内容を一句で表現するという点が共通する。こうした過剰性を、「俗のはいかい言」「歌にあらず」と言い、和歌にふさわしくないものとして批判するのである。真淵のこうした批判は、「俳諧的な縮約表現」「連歌的圧縮表現」を嫌ったとして、右の宣長の添削詠草および次にあげる龍草廬の添削詠草を対象に既に指摘されている[5]。その龍草廬の詠草に対する真淵の添削は宝暦年間に行われたとされるが、ここには「いひつめ」ることへの批判が多く見られ、真淵の姿勢がさらに明確にあらわれている[6]。

いぶき山曇るはあすの雪気とてさしもにさむき木がらしの風

　此意一首にいひめぐらし給はゞよろしかるべし。かくいひつめては歌めかず。

ゆめとのみ今歳の春も暮にけりうつゝにのこるわれもいつまで

　かくことわらであらばや。かゝる所を今少し古歌もてかうがへよ。
　又後世人のいひつめ侍るよりわろく侍る也。

「あすの雪気」「われもいつまで」という句はいずれも「いひつめ」ており、「あすの雪気」を詠むのであれば、それをはっきりと一句の言葉で示すのではなく、一首全体で「明日雪が降る予兆」の意味を匂わせるように表現するのがよいと言う。「われもいつまで」の句については、「かくことわらであらばや」とし、このように説明しないほうがよいと評する。つまり真淵の言う「いひつめ」ることとは、言葉を詰めこむ縮約・圧縮表現だけではなく、情趣を説明すること、さらにはそれを端的に言い切ってしまうことをも指している。これを真淵は後世の和歌の欠点であると主張しているのである。

この「いひつめ」る表現は、当代において宣長や龍草蘆に特有の詠みぶりではなく、ある程度一般的であったと思われる。たとえば、「袖のうつり香」は、享保期を中心に活動した堂上歌人である武者小路実陰に、

かたみとて忍ぶ思ひのよをへつつ身も消えぬべき袖のうつり香　（『芳雲集』・三六二五）(7)

と詠まれ、真淵の門人である江戸派の橘千蔭にも次のような作例がある。

見し花のなごりわすれぬ曙にうたてあやしき袖のうつり香　（『うけらが花』・一二三五）

実陰の歌は、過ぎ去った恋を心に秘めて日を過ごし続けているなか、過去を思い出させてしまう袖のうつり香によって我慢しきれなくなって身も消えてしまいそうといい、千蔭の歌は見た花の名残をまだ忘れずにいた明け方に、袖のうつり香が漂ってきて、なんともいえない奇妙な気持ちになるというものである。いずれも過ぎゆく昔を思い出させるよすがとして「袖のうつり香」が用いられ、それによって喚起された情趣が歌に詠まれている。『古今集』『伊勢物語』以来の過去を思い起こさせるという歌ことばとしての「袖」の「うつり香」の表現に拠ることで、忘れつつあるところに思い出すという複雑な心情を一首に詠み出だすことが可能になっている。

またこれら真淵の嫌う表現は一般に和歌にふさわしくないとも言い難い。先の歌に詠まれた「身のほどしらぬ」「なごり身にしむ」「袖のうつり香」という句には、次のような作例がある。

さりともとゆくすゑまちし心こそ身のほどしらぬ昔なりけれ　（『続千載和歌集』・一八七六・藤原長経）

しほれたる花のにほひをとどめけんなごり身にしむすまひをぞ思ふ　（『殷富門院大輔集』〈書陵部本〉・二一六）

ありしよの袖のうつり香消えはててまたあふまでのかたみだになし　（『秋篠月清集』・三六一）

いずれも新古今時代およびそれ以降に詠まれた和歌であり、宣長への評は真淵がこうした時期の和歌を否定的に捉えていることをも示す結果となっていよう。真淵は新古今時代の和歌について、和歌において言葉で表現しうる、あるいは表現すべきと考える以上の意味や説明を盛りこむ過剰性を嫌っていたと言える(8)。

真淵が新古今時代の和歌を批判する理由として、以上のような一句の過剰性があったことは、次の『あがたゐすさみぐさ』の記事からも読み取ることができる。中世歌学には、定家が詠み、優れているからこそ重んじるべきであり、後世の人が安易に真似をしてはいけないとされている句として「雪の夕ぐれ」がある(9)。近世においても、この句に対する高い評価と、それを禁じる規則は継承され、歌学書においてもたびたび言及されていた。これに関しても真淵は、そうした状況をふまえたうえで、次のように批判している。

○雪の夕ぐれ、秋の夕ぐれの事

雪の夕ぐれと落句におく事は、さの、わたりの雪の夕ぐれと秀歌のあればさくる事也。秋の夕ぐれもしか云さだめ也。されどいと古へをもて見ればつまりたる句也。秀歌と見て此言を見ればいとひでたる言の様におもふは後の俗也。いと古くはかゝることをいふ事なし。此ことを真淵常に物かたらひて、秋の夕ぐれなどいふはいつもつまりたる句也とわらへりけり。（『あがたゐすさみぐさ』(10)）

『あがたゐすさみぐさ』は成立年不明の真淵の歌に関する随筆的な記録で、狛諸成によってまとめられたものである。真淵は「雪の夕ぐれ」「秋の夕ぐれ」が秀句ゆえの制詞とされていることを述べたうえで、実際は古代にはない「つま」っている表現であるから用いるべきではないとしたのである。

二

さて、真淵は宣長が詠んだ「袖のうつり香」の句を「いひつめて」いるとして批判していたが、この「いひつめる」という評語は、近世前期、細川幽斎の『耳底記』にも見られる。

当代の歌はみな連歌なり。いゝつめたがりてきつき也。（『耳底記』(11)）

この記事も含めた細川幽斎の『耳底記』の記事を中心に、和歌と連歌の関係をさぐった大谷俊太氏は、「いひつめる」の語に注目し、和歌と連歌の相違が、従来指摘されてきた語の省略や圧縮による「縮約表現」を用いるかどうかという語句の問題に加え、「言い詰めているかどうか、すなわち、理りを言い切っているか否かという点」にあることを指摘している。(12)

先に検討した龍草廬の歌に対する真淵の「いひつめる」の評も、まさにこれと同様の点を問題としていた。さらに、先の宣長への添削における、真淵の「身のほどしらぬ」の句に対する「一首にいはばいひもしてん。一句につゞめては今俗のはいかい也」という評は、「身のほどしらぬ」という意を一首全体であらわすならばよいが、一句で言い切ってはいけないというように解釈できる。この「身のほどしらぬ」という句は、「かくれが」に「咲」く「うめ」にふく「山風」によって、恋人の「袖の香」を思わせる梅の香が漂う、それが隠者としての「身のほど」にふさわしくない、ということを述べるために用いられていた。「かくれが」にふく「うめ」の「香」がふさわしくないということは、本来、歌の読み手が看取すべき情趣であり、「身のほどしらぬ」と説明してしまうこと、すなわち「理りを言い切っている」ことは余情を重視する和歌にふさわしくないのである。真淵がここで批判しているのも、大谷氏が指摘する「いひつめる」ことと同じであろう[13]。

言い詰めた表現を行うことは、すでに近世前期から連歌を引き合いに出さずとも、和歌の表現として相応しくないと認識されるまでになっており、次のような言及がある。

一　たゞ歌は、述作を詮とせず、理を含て閑なるがよく候。上に不顕、いひつめず、下に理を含みたるが能候。さ様の歌は、上にはさして別成事もなくてからに、吟ずる程おもしろきものにて候。

（三条西実教述『和歌聞書』寛文初年以前成[14]）

橘――為清

あかず猶袖にうつさむたち花の匂ひをきそふ軒の夕かぜ

冷泉歌は、かたくてわるし。是にては、よく〳〵稽古なくては、あがるまじき也。堅きとは、如此に心を詞にみないひつくして、いひつめたる所也。つやなく、ゆるりとせぬ也。あかず猶といはずして、をのづから心にあかぬ心のこもるやうによみてこそよけれ、余りに詞にあらはさずしては、又歌よはきもの也。（中略）詞いひつくさずして、心のふくむやうに、よし。能歌、みなかくのごとしと云々。（同右）

ここでも、歌意をあからさまに言い切ることが問題とされ、自然と意がこもるように指導されている。真淵は、和歌の表現に対する堂上歌人のこうした問題意識を継承しつつ、その批判対象を新古今時代の和歌に広げ、言葉に表さずにおくべきところを言い切る表現を過剰なものとして、また当代の和歌の欠点として批判したのである。

三

ここまで見てきた言い詰めた表現に対する真淵の添削には、「一首にいはば」、「一首にいひめぐらし給はゞ」のように、その意を一首で表すよう指示がなされていた。真淵が一首全体に意を含ませる方法をより具体的に提示しているのが、草廬の「旅衣かたしく袖に霜さえていまぞねられぬ野路の篠原」という歌に対する次の評である。

そのわびしかるべき有さまをよめば、ねられぬなどいはでもいくらの心もこもりて有也。後世人はみないひつくすゆゑは歌のすがたもわろく感もなき也。

「ねられぬ」と言い切るのではなく、ひとえにもの悲しい情景を詠むことによってゆたかな余情がもたらされ、歌の読み手が寝られないほどのわびしさを読み取ることができる理想的な和歌となるという。

注釈においても、このような手法を用いる和歌に対して、真淵は賛辞を与えている。『万葉新採百首解』（宝暦二年成）では、柿本人麻呂の「名ぐはしき稲見の海の奥津浪千重に隠れぬやまと嶋根は」（『万葉集』三〇三）[15]について、

名残おもふ情をばいはで、其有さまのみいふに、其時のおもひのほどをもしられて哀也。後の歌、かくいふが上に、そのかなしみを、意をも理《ことは》らんとする故に、すがたわろし。

と述べている。この歌の眼目は京を離れて筑紫に下らなければならない人麻呂の悲しさにあるのだが、遠ざかる大和の景をひたすらに詠むことで、その悲しさに思い至らせているところを評価し、後世の歌はさらにそれを言葉にして説明しようとすることを批判している。歌意を説明することについては、次のようにも述べている。

思ひつる心を即《すなはち》いひたるのみ。終の理りを思ひかへすまでにいまだ暇《いとま》なし。古はかく其侭にいへる故に真《まこと》なり。後の人はおもひかへしていふゆゑに、真てふものにあらず。巧みて作れるもの也。

（『万葉新採百首解』・『万葉集』二二一〇番歌に対する評）

感じたことを歌を詠むにあたって考えてまとめ直すことは、真ではないとする。真淵にとって言い詰めることとは、和歌としてあるべき音律や雅さといった表現を損なうに留まらず、歌意そのものを変えてしまうことなのである。

四

真淵の和歌観は、近世前期以来の堂上歌壇の問題意識を継承している一方、そこから具体的に導かれた理想の歌が万葉歌であったところにその独自性があることを確認してきた。ここからは言い詰めることへの真淵の批判が、漢学批判とも結びついていることを指摘したい。

真淵の仮名序注釈である『古今集序別考』には、六歌仙評のひとつである在原業平に対する「心あまりて詞たらず」という評価について、以下のように記されている。

> 在原の業平は
> 考ふるに、此の朝臣の歌は、心の緒かくなわに思ひ乱る、こと有時、中の一筋を採て引に、おのづから此方彼方うごきて通ふが如し。然れば言葉たらずといはんは、ひたぶるに過て判《ことはり》の言こそたらず侍れ、惣てから文《ふみ》の体を心に置て、短かくいひとらまくするゆゑに、如レ此たらはぬ言の有なりけり。又此朝臣の詞はいかにめぐらしいふとも艶有からはそれも得たる方と見ゆるに、しぼめる花とせんことといかに、香《ニホヒ》は猶有とも萎る花はきたなくこそ見ゆれ。
> （『古今集序別考』）

業平の歌は、さまざまに思う気持ちがあってなんとかその一部分を短い言葉で示すことで、その気持ちを表すことを試みたものであるという。「言葉たらず」とは、思う気持ちをできるだけそのままに示すことを重視した結果、説明に理屈が伴わなくなってしまったものであるという。仮名序がそれを言葉でうまく表現しきれていないものとして批判するのは、言葉とは理屈を整然と言い表すものであるという価値観を前提としたものであり、それこそが「から文の体」を念頭に意味を捉えようとしたためであったと真淵は述べる。「から文の体」を念頭に置いた価値観に基づく「短かくいひとらまくする」行為とは、端的に説明することであり、まさにここまで見てきた「いひつめ」る表現のことである。すなわち、「いひつめ」ることをよしとする価値観は、漢文を尊重する考えと同質のものと真淵は捉えているのである。

では言い詰めずに心情をうまく表現するにはどのような方法があるのだろうか。真淵の「言葉」観を、『古今集序表考』に見てみたい。

世の中にある人ことわざしげきものなれば心におもふ事見る物聞くものにつけていひ出せるなり
上《カミ》はことの葉のおこる本をいひ、爰は其起れるよりどころをことわりぬ。ことわざとは、爰にては只に事と心得て有べし。何とぞといはゞ業は多しといへど、限り有。人の心に、おもふ事も見聞く物も限なし。其の限なき物をいはん科《シロ》における言葉に、こと狭くてかなはされば也。
（『古今集序表考』）

人は思うことを伝えようとして「ことの葉」を生じさせる。しかしそうした「ことの葉」の契機である感知した情趣や思いが限りないのに対して、言葉は少なすぎる。見るものや聞くものについて思うたびに、その気持ちを表そうとすることで、なんとか気持ちを晴らそうとするものであると、真淵は解している。

先の業平評と合わせて考えれば、その心情を「ことわる」すなわちどのようなものか判断したり説明したりすることを止め、思うことのあるたびに景物に託して表現するのがよいということであろう。そうすることによって、漢学の影響を受けることなく、日本古来の表現が可能になるのである。

おわりに

真淵は「いひつめ」てしまうという当代和歌の傾向について、当代の堂上歌壇と共通した問題意識を持っていた。真淵の上代志向自体は当代において唐突なものではあったが、多くの門人を持った背景には、こうした当代歌壇と共通する意識の存在があったのだろう。そしてその欠点を漢学の性質と結びつけて捉えることで、結果的に漢学の影響を受ける以前の上代文芸を志向することとの整合性がもたらされている。物語注釈においても「いひつめ」ることが批判されていくことについては次章以下に詳述することとする。

注

（1）佐佐木信綱氏『近世和歌史』（博文館、一九四二年）。

（2）近代歌人の万葉観の形成およびそれにおける国学の影響については、品田悦一氏『万葉集の発明』（新曜社、二〇〇一年）に詳しい。

（3）『うひ山ぶみ』において、『万葉集』を学び、詠歌にも活かすことを主張しつつも、後世風の歌の代表として『新古今集』を挙げ、称賛していることに表れるように、宣長が真淵と異なる主張をしていたことは、当時から門人にその是非を問われるなど、論議の対象になっていた。国学、和歌に関する先行研究においても繰り返し取り上げられており、広く知られている。

（4）『本居宣長全集　第十八巻』（筑摩書房、一九七三年）による。

（5）揖斐高氏「賀茂真淵の和歌添削—自筆本『賀茂真淵評草廬和歌集』を通して—」（『国語と国文学』第八十三巻第八号、二〇〇六年八月、のち『近世文学の境界—個我と表現の変容—』岩波書店、二〇〇九年所収）は、真淵の添削に見られる「ことわりすぎ」および「連歌的な表現の混入」に対する批判を、「歌の「調」を阻害するもの」として、「調」の観点から論じ、宣長への添削を龍草廬の詠草と比較し、「いいつめた連歌的な表現や漢語的な表現の否定、続けがらや調の重視などの指摘は、宣長の詠草においても同じように見ることができるのである。」と言及する。

（6）揖斐高氏等「成蹊大学図書館所蔵『賀茂真淵評龍草廬集』—翻刻と解題—」（『成蹊人文研究』第十四号、二〇〇六年三月）。

（7）引用は、『新編国歌大観　第九巻私家集編五』（岩波書店、一九九一年）により、『新編国歌大観』歌番号を付した。以下、『万葉集』以外の和歌の引用は『新編国歌大観』（岩波書店、一九八三—一九九一年）による。

（8）真淵は新古今時代の和歌に対する批判として、たとえば『歌意考』（広本）では堀河天皇以降の和歌について、「心・ことばうすく女めくさかしきすがたとのみなりぬ」と述べている。

（9）『詠歌一体』に「近き世の事、まして此ごろの人の詠みいだしたらむ詞は一句も更々に詠むべからず」（『中世の文学　歌論集一』三弥井書店、一九七一年）とされて以来、多くの歌学書で制詞とされる。

（10）引用は、『賀茂真淵全集　第十二巻』（吉川弘文館、一九三二年）による。

（11）引用は、『日本歌学大系　第六巻』（風間書房、一九七三年）による。

（12）大谷俊太氏「近世堂上和歌と連歌—『耳底記』を基点として—」（『国語国文』第七十二巻第二号、二〇〇三年二月、のち『和歌史の「近世」—道理と余情—』ぺりかん社、二〇〇七年所収）。連歌の縮約表現については、大谷氏も右の論文中で引用する島津忠夫氏「宗祇連歌の表現」（『連歌史の研究』角川書店、一九六九年）をはじめ多くの論考がある。

（13）本節で取り上げた真淵の宣長に対する添削のうち、「なごり身にしむ」も「言つまれり」とあり「いひつめる」とはされておらず、縮約表現あるいは詞が詰め込まれ過ぎている表現と取ることもできるが、朝風を後朝の名残を強く印象づけるものと断じて言い切るものであり、やはり余情のない言い切る表現が問題とされていると見てよい。大谷俊太氏前掲注（12）論文は、「つまる」という評語が縮約表現・詞が詰め込まれすぎた表現を指摘し、「いひつめる」が理を言い切る表現を指摘する語ととらえたうえで、「つまる」という語で評されたもののなかに言い詰める表現を指摘する例があることを述べ、「「つまる」と「言い詰める」の指し示す内容は一部重なり合うところがあるのである」とする。

(14) 引用は、『近世歌学集成　上』（明治書院、一九九七年）による。

(15) 『万葉集』の引用は、『万葉新採百首解』による。

第二節　真淵の長歌復興

はじめに

真淵は上代の文芸を理想とし、それらに模した創作を行い、門人にも実践させた。こうした実践のうち、特異なものとして、それまでほとんど絶えていた長歌をさかんに創作し、門人にも長歌の製作を勧めたことがあげられる。その結果、近世後期から明治初期にかけて長歌が多く作られるようになり、長歌のみの歌集『近葉菅根集』（清水浜臣編、文化十二年刊）も編まれ、『長歌撰格』（橘守部著、明治六年刊）などの長歌研究書も多く出された。[1] 本節では、前節で述べてきた真淵の当代和歌の表現に対する問題意識とこの長歌復興活動の関連を示し、後世への影響を考察する。

一

長歌の創作は、中世から近世中期まであまり一般的ではなかった。たとえば万葉研究を行った下河辺長流・契沖は長歌作品を残し、それが後の『近葉菅根集』に収録されてはいるが、長流が三首、契沖が五首と数は少ない。堂上歌人の武者小路実陰は弟子の似雲に、長歌にまつわる若いころの出来事を以下のように語っている。

此方十五六歳の時分に中院通茂へ長歌のよみやうはいかゞよみ候哉と尋候へば、わきへ顔をふり、ねりださる丶やうは、御自分はながき歌のぞみに候や、先何とぞみじかき歌をよむやうにめされよ、とてしらぬ顔をしていられけり。あまりなる事のやうに当分はむつとしたれども、後にとくとおもひあはすれば、是らも師の一つのみちびき也。

（『詞林拾葉』元文四年成）(2)

実陰は長歌の詠み方を通茂に尋ねたところ、理由も説明されずに長歌よりも現在いうところの短歌（以下、「短歌」とする）をまず学ぶべきであるとだけと教えられ、当時は納得がいかなかったものの、のちにそれも重要な指導であったとわかったと記している。同じ頃の堂上歌人の歌集類を見ると、長歌はほぼ見られない。長歌は、『万葉集』時代に詠まれ、『古今集』にはわずかに収録されるといった歴史上のものと見なされ、当代に詠むべき歌体とは考えられていなかったことがわかる。(3)

この状況のもとで真淵は長歌に固有の意義を見出し、その復興につとめた。真淵の長歌に対する考えは、古学・国学入門書である『にひまなび』にまとめられている。

長歌こそ、多くつゞけならふべきなれ。こは古事記・日本紀にも多かれど、くさ〴〵の体を挙たるは万葉也。そのくさ〴〵を見てまねぶべし。短歌はたゞ心高く、しらべゆたけきを貴めば、言も撰まではかなはず。長歌はさま〴〵なる中に、強く、古く、雅びたるをよしとす。よりて言も、それにつけたるを用ゐ、短歌にはひなびて聞ゆるも、是に用ゐて、中々に古くおもしろき有。さて古へは、思ふ事多き時は、長歌をよめり。又短歌も、数多くいひて、心をはたせしも有。後の人多くの事を短歌一つにいひ入めれば、ちいさきゑ袋に物多くこめたらん如くして、心いやしく、調べ歌の如くもあらずなり行ぬ。

（『にひまなび』明和二年成）

右のように、真淵は、強く、古く、雅である長歌を評価し、心高さと調べの豊かさをひたすら追求する短歌に比べ、様々な表現を許容できる長歌は言葉を選ぶ余地もあるとして、長歌ならではの特長をみとめている。そして、思う事の多い時には長歌あるいは短歌の連作を詠む古代に対して、後世には短歌一首に多くを詠み込んでしまうために、歌の「心」も「調べ」も損なわれてしまったと述べている。すなわち第一節で指摘した「いひつめ」てしまうという当代の短歌の欠点を解消しうるものとして、長歌が称揚されているのである。

二

現在明らかになっている真淵のもっとも早い長歌への言及は、『国歌八論』論争におけるものである。本論争を見ると、真淵が当代の短歌の問題点に対処するだけではなく、漢学に基づいて説かれた漢詩の有用性に対抗しうるものとして長歌を提示したことがわかる。

論争において長歌にはじめて言及したのは、『国歌八論余言拾遺』（以下『余言拾遺』、寛保二年十一月成）である。これは、荷田在満の『国歌八論』（同年八月成）に対して、『国歌八論余言』（以下『余言』、同年九月あるいは十月成）を書いた宗武から意見を求められ、真淵がそれに応じた書である。『国歌八論』『余言』のいずれも長歌に触れていないが、『余言拾遺』では二箇所にわたって、長歌をとりあげている。以下、論の対応関係に注意しつつ、その言及を検討していく。

まず在満が『国歌八論』において、歌の音楽性を重視し、歌のはじまりを『古事記』『日本書紀』に載る須佐之男命の「八雲立つ」の歌とした。その意見に対し、宗武は『余言』「歌のみなもとの論」で賛同を示し、続けて、書経といふふみに、「詩は志をいふ、歌は言を永うす、声は永きに依る」とぞ見えたる。実に歌はわが国もひとの国も同じ意なるべし。されば、かの「八雲たつ」の御歌、そのさま暢びらかにして詞優なり。実に常のことばにあらず。かつ歌はうたふべきものなれば、おほ様そのさま暢びらかにつらねて意を遣るものなりと知るべし。諸々の道、みな理と事《わざ》との侍るなり。歌の道もまた然り。よく〳〵弁ふべきことなり。
（田安宗武『余言』(4)）

と述べた。宗武は、中国の歌も日本の和歌も言を「永う」したものとして同じであったと見なし、和歌のはじめの「八雲たつ」の歌はまさしくのびのびとした詠みぶりであって、優美なことばで思いを述べているとする。さらに、「諸々の道」は「理」と「事《わざ》」の二つの側面を必ず持っていると言う。宇佐美喜三八氏は、宗武の歌論を精査し、宗武の述べるこの「理」を「性情を和らげ風紀を助ける」という「効用を決定的に生み出す歌の本性」、「事《わざ》」を「表現の技巧」と解する。歌に「理」の存在を認める宗武のこの主張は、詩歌を教戒の手段と考える朱子学の影響を受けたものである(5)。

一方、この宗武の言を受けた真淵は、『余言拾遺』「歌のみなもとの論」で、「八雲立つ」より古い『古事記』『日本書紀』に載る伊邪那岐・伊邪那美命の唱和を歌の起源とし、そののち、次の通り長歌に触れる。

（「八雲立つ」の歌について）求めずしてかくは出で来たるものならめど、つづけがらにおきてはかつ〴〵意を用ひずしもあらぬこと、前にいふが如し。さて神武天皇の御時に至りて、そへ歌などの見ゆるは長歌なり。さてこそ思ふばかりの事をもいはれ、人をも諭すことになりにけれ。
（真淵『余言拾遺』(6)）

ここでは真淵は宗武の主張を具体的に述べ、その論を補強している。「八雲立つ」の歌も表現に意を払っているとして、「つづけがら」、すなわち宗武のいうところの「事《わざ》」については、表現上の工夫が古く記紀歌謡にも存することを認める。そのうえで、神武天皇の時代になり、事物に思いを託して詠む「そへ歌」が見られる長歌があらわれてはじめて、「思ふばかり」の事を述べることができ、人を諭すという役割も果たせるようになったとしている。この「人をも諭す」の指すところは、宗武の言う「理」とその働きであろう。真淵自身は歌に必ずしも「理」が必要であるとは考えていないが、和歌の有効性を述べるにあたっての論拠として、漢詩の持つ「理」の機能を和歌も持ち得ることを強調するため、長歌に言及しているのである。

真淵はまた「歌のみなもとの論」に続く「歌をもてあそぶの論」で、長歌についてさらに積極的に取り上げている。真淵の論の前提となる宗武の論は、在満の「翫歌論」が、歌謡ではなくなった和歌は表現を凝らして楽しむ文芸としての意義を持つとするのに対し、次のように述べたものである。

舜は五すじの緒の琴を弾き、南風の歌をうたひたまひて、天下を治め給ひしとか。実に人の心を和ぐるは歌の道なり。されば聖の御代、礼楽を重んじたまへり。かの楽といふものゝ中には、歌も舞も、弾きものも、吹きものも、鼓ちものも、みな籠りてあるべき。さればうるはしき歌は人のたすけとなり、あしき歌は人をそこなふ。されどまたあしき歌をもてこれはあしと思ひて見るときは、また誡めともなるなり。されば雅楽廢れて後も、聖なほ詩経といふふみを撰びたまひて人を導きたまふなり。これ後世うたふにしもあらねども、人の心をよく和ぐることは、常のことばにはいたく勝りぬるわざなればなるべし。唐の代に至りても、さる意含まぬにしもあらねど、華がちにのみなりゆきて、はかぐ〳〵しく人のたすけともなりぬべうもあらず。ましてわが国の歌は、ひとの国の如く意深きにしもあらねど、またやはらかに人の心に通ふふしもあるにや。されどなほひとの国のには及ぶべくもあらざるを、世の末になりゆくまゝ、何の意もあらで、たゞめづらかに華やかなるをのみ好み詠み出づるほどに、果ては人のためよきあしき便りともなるべきものにもあらず、なほ淫れたる媒となるべし。然れば古の歌のさまにて、ひとの国の古の風を学びたらんには、実に人のたすけともなりぬべきわざなりかし。また思ふに、世挙りてひとの国の古の歌を学ばゞ、わが国の歌用ひずと好からんといふ人もあらんか。されど然かいはんは僻ごとなるべし。前にもいひし如く、わが国の歌はひとの国のには及ぶべくもあらねど、やはらかに似通ふふしぐ＼のあなるは、この国の風なればなるべし。さればなど棄てゝやはあらん。既にもろこしよりめでたき薬多く渡りぬれど、なほこの邦にある薬をも用ひてその助とぞすなる。されどその薬またもろこしに用ふべきことにあらず。またもろこしの薬にもさせることなきもあるべし。さるをその国には用ふべけれど、敢てこの国に需むべきことにもあらず。さる如く、わが国の歌もかのかしこき歌のあなる国にて習ひもとめばこそ詮なかるべけれ。わが国の風なれば、そのあるがまゝに用ひてたすけとせんは、殊にめでたきわざとこそおぼゆれ。

（宗武『余言』）

宗武は中国の聖代においては歌が人の心を和らげており、それによって天下をおさめる例もあり、「礼楽」として重んじられていたとし、以下のように続ける。「楽」は歌も音楽もすべて含むものであった。たとえ悪い歌であっても、それを悪いものとして的確に見るならば、いましめとして機能した。その「楽」がすたれてのち、聖帝は人を導くために歌としての「ふみ」である『詩経』を撰び、それは音楽として歌われることはなくとも、日常のことばより遙かに優れ、人の心を和らげていた。しかし唐の時代になると、そうした人の心を和らげる内容も含まれてはいるものの、表現の華やかさに意識が傾き、人の助けにはならなくなってしまった。ましてや日本の歌は「楽」のような深い内容や働きがないが、それでも人の心に通う部分があるかもしれない。しかし中国と同じく時代の流れに従って、日本でも華やかさばかりを求めるようになり、そもそも働きの薄い和歌は何の役にも立たず、淫風の仲立ちになってしまった。せめて日本の古い歌により、中国の深淵な歌の歌ぶりを学ぶのがよい。それぞれの国には国の歌ぶりがあるので、日本の古い歌を学んで、人の心を和らげる助けとするのがよい、という。このように宗武は、中国の歌および漢詩が、日本の和歌よりも優れていることを前提としている。それに対して真淵は、次のように述べる。

然れどもから歌は、一句にても大和の短か歌の一首よりも意多く含まるゝものなれば、なしよかりぬべし。やまとにも、なが歌こそ思ふばかりいはるれば、万葉などにも、人を諭しなどせるも侍るなり。かつ短か歌も、その意一すじ含まれぬにしも侍らねども、その理をひろく歌よまぬ人の耳にもきゝ知るべくて、姿詞もよからんは常にしもあり難く、さ詠まんと構へば、却りて昔の人の心にはあるべからずや。たゞこの心を忘れずして、をりに触れて到り来るこゝろを述べ出でんものか。さてもなほこの道行はれば、前にいふ如く、まのあたり言はんよりも、民くさの知らずしてこの風に靡きゆかんぞ、大いなる教とはなりぬべく、はた大いなる翫びぐさならんかし。

（真淵『余言拾遺』）

和歌と漢詩の長さをくらべた場合、漢詩一句に短歌一首では劣るが、長歌ならば思うほどを言えるので、理を知らせることも可能であると指摘する。短歌でそうした理を説こうとすると、歌を詠まない人にも内容がわかり、かつ和歌としてふさわしい表現をも用いるすぐれた歌を作るのは難しいとする。もっとも、真淵の論の主眼は短歌の存在意義を示すことにあり、理を直接説くことにはならなくとも、折に触れ和歌を詠むことで、自然と人の心が正しくなる点で、歌は役に立つという主張を中心とする。しかしながら、和歌が漢詩に勝っていることの理由として、長歌のもつ表現の可能性と理を説く機能があげられていることは、真淵が長歌に対して短歌にはない固有の意義を早くから積極的に認めていたことを示していよう。

真淵は年を重ねるにつれて、上代志向を深めており、『国歌八論』論争の頃と晩年の思想は異なっているため、『国歌八論』論争での長歌観をただちに『にひまなび』などの晩年の長歌観と同一視することはできない。しかし、漢詩に対する和歌の優越を説く方策として長歌に対する関心を深めていったということはできるだろう。(7)

三

さて、ここからは、真淵が注釈において称賛している内容・表現技巧から、長歌の意義を考察してみたい。なお、『万葉考』に関しては、巻七以降は狛諸成の補筆との峻別が困難であるため、真淵生前に刊行された巻一から巻六と『人麻呂集』を対象に、真淵の評価を見ることにする。

真淵が評価を伴って注釈を行うとき、その評価の内容は音韻・音律に関すること、描写される心情の内容に関すること、叙景・叙情の構成に関することにおおまかに分けることができる。河野頼人氏は、『万葉考』における年代不明歌の年代判定の方法を論じた際、いくつかの表現技巧の有無が真淵の判定の基準となっていることを明らかにし、そのひとつに音律に関する基準があるとした。河野氏は、『万葉考』の長歌・短歌の注釈を網羅的に検討し、同音の反復を真淵が「歌謡性に基づくもの」として評価し、古歌の特徴とすることを指摘している。(8)

そのように注釈において高く評価される反復表現は、真淵自身の長歌でも実践されている。これは、真淵が反復表現を古歌のすぐれた詠み振りであるとするとともに、当代においても有効な表現方法と考えていたためであろう。

たとえば『万葉考』巻三（現行巻一三）では、三三二二番歌で「三諸は　人の守山（中略）泣く児守山」[9]という表現に対して、「上にも人の守山といひしを再ときて、鳴児をうつくしみ守如くになせる山ぞといふめり、はかなく面白くいひしさま」として、上に付く言葉を変えながら、人が大切に「守山」であることを繰り返し述べ、その意を強調している点を評価している。この表現は真淵の長歌でも用いられ、長歌「奉賀新田家大夫人歌一首並短歌」における「いでたてば　君をもる山　いりたてば　家をもる山（中略）は、のみことの　ちとせもる山」という、「もる山」を幾度も用いる手法につながっている。

こうした繰り返し表現について、『古今和歌集打聴』（明和元年成）には次の言及がある。

人の世となりて、すさのをのみことよりぞ、みそもじあまりひともじはよみける

こは、素戔嗚尊《スサノヲノミコト》の始て三十一言によみませしによて、人の世と成てぞ其《ソレ》にならひてよむと云を、かく詞を略《ハブ》きていひ、且句を上下におきかへて書は、文の一体也。歌にも此体を隔句《ギヤクク》とて専よむ也。こゝに、三十一言の短歌をのみいひて、長歌をいはぬはいかにぞや。（中略）八色の雲とはいかに、是は雲の弥雲立出る雲とは云かけし也。八重垣も弥重繞らす垣也。さて稲田姫をこめまいらすとて作りませる宮也。下はおなじさまをかへしてうたふのみ。いにしへは心直ければ、多く云べき詞もなきゆゑに、かやうによめるがあまた見えたり。まして神の御歌なれば直きは云べくもあらず。後の世に、此御歌にさま〳〵の事を付会《ツケアハ》せて、秘事なりと云は、いにしへしらぬ偽言也。神の御歌と云も、古代なるほどすなほなるを、いづこにかくれたる隈の有べき。後より推量りてあらぬことに説なすはいかにぞや。いさゝかもかくれたることの有ては、神の御心にあらず。かつ上つ代の言語《コトバ》にあらずとしれ。

かくてぞ、花をめで、鳥をうらやみ、かすみをあはれび、露をかなしぶ、こゝろことばおほくさまぐ〵になりにける

（中略）かく花や霞や何やに付てといひて、其中にさまぐ〵の事をこめて云也。

この箇所は仮名序の解説である。仮名序では歌のはじまりとして短歌だけをあげるが、長歌にも言及するべきであると真淵は指摘する。そのうえで、素戔嗚尊の「八雲立つ出雲八重垣妻ごめに八重垣つくるその八重垣を」の歌を取りあげ、下の句の「八重垣つくるその八重垣を」は、単に同じことを繰り返し詠んでいるのであって、これは古代の人々の心が素直で思うところが屈曲することなく単純であるゆえに、多くの言葉を要しないからであるとする。また、この歌に隠された意味があると付会するのは後世の誤りであるとして、思いがそのまま表されていることを強調している。

次の傍線部では、花や霞やいろいろなものに託して、思いを述べているという。ここは歌のはじまりより後の世の歌について述べているのであるが、この真淵の言はこうした歌のさまを批判しているのではない。景物に託して心情を描写することをひとつの表現方法として示しているのである。

以上の和歌観に基づいて述べられる心情の内容について、具体的に見てみたい。

例として、『万葉集』巻二の人麻呂の一三一番歌を取り上げる。この歌は、人麻呂が石見国から京に上る折、別れる妻を思って詠んだ歌である。真淵が、和歌について「いにしへ人のなほくして」（『歌意考』流布本）という状態を理想としたことは先に述べた通りよく知られているが、これは長歌においても当然同じであった。旅程にあって石見の妻の家の門を見たいと、「妹が門見む　靡け此山」と詠んでいることに対して、真淵は、

物の切なる時は、をさなき願ごとするを、それがま丶によめるはまことのまこと也、後世人は此心を忘れて、巧てのみ歌はよむからに、皆そらごと丶成ぬ。（『万葉考』）

と述べている。たとえ現実には叶わないということをわかっていながら、本心から無邪気に願うことはあり、その気持ちをそのまま歌に詠んでいることを評価している。真淵はこうした思いの表出を、次の通り自身の実作にも取り入れている。

侍従貞隆朝臣の、京に御使し給ふをおくる長歌短歌

みぬの山　おきその山は　なびかへと　つけどなびかず　かくよれと　ふめどもよらず　よしゑやし　なびかず
ありとも　よしゑやし　よらずとふとも　かけまくも　いともかしこき　あたら世を　ことほぎまゐる　みこと
をし　もちて行く君　ひきゐます　八十とものをの　こまのつめ　岩ねふみさくみ　すずがねは　山ゆきとほし
たひらけく　やすけくこえん　おきそ山　みぬの山
大きそやをきその山の岩がねもなびきよるべきたびにやはあらぬ

この長歌は、宝暦十二年に横瀬貞隆が後桜町天皇の践祚にあたって、幕府の慶賀の使いとして木曽路を通って京に向かうのを送る際の歌である。(10) 無事の旅路を願う気持ちから、「みぬの山　おきその山は　なびかへと　つけどなびかず」と途中の木曽の山々がなびいて欲しいと詠む箇所は、叶わないことをわかっていながら願う気持ちをそのまま表したものと言えよう。次の「かくよれと　ふめどもよらず」として、踏んでも寄らないと詠むのも同様である。そ

れぞれ実際は叶えられないと詠んでいるのであるが、反歌においては木曽の山々の岩が靡き寄らない旅であろうかと詠む。これは貞隆の旅であれば岩までもなびくほどに穏やかであろうと詠むことで、実際にそのような旅となるようにとの願いを込めたものと言えよう。なお、この語句自体が『万葉集』を典拠とすることについては後述する。

また、同じく『万葉集』巻二の人麻呂の二〇七番歌は、妻を亡くした者の悲しみを詠んだ歌であるが、妻を思い軽の市で泣く情景を「すべをなみ　妹が名喚びて　袖ぞ振りつる」と詠むことに対して、真淵は、

こゝのことば、そらことの如くて、心なんまことの極み也。譬は児をかどはされたる母の、もの狂いとなりて、人目はづる心もうせ、人の集へる所に行て、名を喚袖をふりなどするが如し、極めて切なる情をうつし出せるは此ぬし也。（『万葉考』）

として、子どもを拐かされた母親が狂ったように人目も気にせず、人が集まるところへ行き、その子の名を呼ぶのと同じように、既に妻は死んでいるにもかかわらず、その姿を求めて名を呼び探す姿は、妻を失った切実な悲しみをうつし出していると言う。真淵は、強い悲しみによるにわかには信じられないほどの行為をそのまま表している点をすぐれていると評価しているのである。(11)

この二〇七番歌の強い気持ちの描写も、次の真淵の長歌「岡部の家にてよめる」（宝暦十三年）に共通した表現が見られる。

としどしに　しぬびまつれば　ふるさとに　いますがごとく　常はしも　おもひてしものを　なにしかも　もと

なかへりて　あふ人に　こととひぬれば　ちちの実の　父はいまさず　ははそばの　母もいまさず　しかはあれど　吾が妹なねの　かしらには　しらかみおひて　かな戸より　いづるを見れば　母とじは　いましにけりと立ちはしり　いりてし見れば　おもてには　しわかきたりて　よろぼへる　われをしも見て　妹なねは　父来ましぬと　いぶかしみ　おもひたりけり　かたみに　ことをもとはず　しら玉の　なみだかきたり　むかひゐてむかしへしぬぶ　ことぞさねおほき

真淵が浜松に帰った折、実家で詠んだ長歌である。久しぶりに訪れた我が家で、妹を亡き母と見間違え、母がいるのかと「母とじはいましにけりと立はしり」と駆けていき、一方妹は真淵を亡き父と見まがう。妹と互いを認識して「かたみに　ことをもとはず　しら玉の　なみだかきたり」とひたすらに涙をこぼす様子を詠む。父母の死を事実として認識はしていても、ふとその理屈をこえた悲しみによって引き起こされる錯覚をそのまま詠むことで、その悲しみが際立ったものとなっている。

ここまで、真淵が長歌の注釈において積極的に評価する箇所について、その根拠を考察してきた。真淵は、長歌が短歌よりもたくさんの語句を用いることができるゆえ、音律・繰り返しによる修辞を用いたり、切実な心情に発するふるまいをひたすらに述べたりすることで、言い詰めることなく強い思いを表現できる点を評価しているといえよう。

四

真淵は、『賀茂翁家集』『近葉菅根集』などの歌集、日記や書簡におさめられるものを合わせて、二十五題、三十二首の長歌を詠んでいるが、長歌に関する理念が実際の詠歌に活かされているさまを、特に万葉長歌の年代に関する言及と実作との関係性に注目してさらに確認していく。

真淵の長歌は、村田春海によって次のように評されている。

さて長歌は句の勢ひ調へがたきものなり。万葉の詞をのみとりならべてまねび出でたりとも、万葉の歌の勢をうつさゞれば、調くだけて、むげに拙かるべし。このいきほひをだによく心得たらむには、後の詞を雑へ用ふとも、猶古の長歌のさまをば失はざるべし。県居の翁が長歌に、詞は後の世の詞にて古のさまをうつしたるが多し。こはこの翁より初まれるひとつの姿なれど、今の世にて長歌よまむには、此体に習はではかなひがたし。

（村田春海『歌がたり』文化五年刊）(12)

長歌を詠むときに肝心なのは、『万葉集』の言葉をとることではなく、言葉は後世のものであっても構わないので、その「歌の勢」をうつすことにあり、真淵はそれを実践しているとする。実際には、真淵の長歌は基本的に上代風の言葉遣いで詠まれており、それをあえて「後の世の詞」とする見解は、真淵の上代志向を和らげて読み取ろうとする春海の意志によるものであろう。しかしながら、「歌の勢」をうつすことを重視するという点については真淵の実作を考えたとき、必ずしも外れたものであるとは言い切れない。

次にあげるのは、宝暦十三年二月末に行われた大和旅行の折に詠まれた真淵の長歌「よしの山の花をみてよめる」である。

ことさへぐ　人のくにゝも　聞え来ず　吾みかどにも　たぐひなき　よしの高根の　さくら花　咲のさかりは

馬なべて　とほくもみさけ　杖つきて　みねにものぼり　①見る人の　語りにすれば　きく人の　言ひも継がひて
②天雲の　むか伏きはみ　谷ぐゝの　さわたるかぎり　めでぬひと　こひぬ人しも　なかりけり　しかはあれども
世の中に　さかしらをすと　誇らへる　翁がともは　八百万　よろづの事ら　きゝしより　見のおとるぞと　③い
ひづらひ　ありなみするを　みね見れば　八重白雲か　谷みれば　大雪降と　天地に　こゝろおどろき　よの中
に　言も絶えつつ　ゆく牛の　おそき翁が　うつゆふの　さかりしこゝろ　悔いもくいたる
もろこしの人に見せばやみよしのゝよし野の山の山さくら花

吉野山の桜についての高い評判にもかかわらず、その桜を見たことのなかった「翁」が実際に花を見て得た感動を詠んだものである。傍線部①は「みる人の語りにすれば　聞く人の（みまくほりする）」（『万葉集』・巻六・一〇六二）をとっている。一〇六二番歌についての真淵の評価はわからないが、②の典拠となっている「天雲のむか伏きはみ　谷ぐゝのさわたるきはみ」（『万葉集』・巻五・八〇〇）に関しては、「式の祝詞に四方国《ヨモノ》者天乃退《ソギ》立限青雲乃向伏限。こはいづ方に向ても、天の退立如く見え雲の向はるゝ方に伏てある限、天皇知食国ちの広きをたとへしことばなり」（『万葉考』）と述べ、祝詞にある古い表現であること、国が広いことをたとえた言葉であることを指摘している。③の「（引こづらひ　ありなみすれど）言ひづらひ　ありなみすれど」（『万葉集』・巻十三・三三〇〇）[13]に関しては、三三〇〇番歌全体を「此歌は崗《ノ》本宮より前なるべし。（中略）その古への歌の中にしもよくよみしにて、言厚く雅にして面白し。是らの類此巻に多きをとり集めて唱へ見るべし」と述べ、飛鳥時代以前の古い歌であり、そのなかでもとりわけ優れた歌であると高く評価する。

先に引用した「侍従貞隆朝臣の京に御使し給ふをおくる長歌短歌」の句「みぬの山　おきその山は　なびかへと

つけどなびかずかくよれと　ふめどもよらず」は、「おきそ山　みぬの山　靡けと　人はふめども　かくよれと　人は衝けども　こゝろなき山の　おきそ山　みぬの山」（『万葉集』・巻十三・三二四二）[14]に拠る。この表現について真淵は、「雖レ衝の下に五言はなくて、八言・十言と句をおけり。しかれば、後世人のいふは手づゝに心拙きをしるべし。さて小治田の宮よりもはやき世の歌か、言の置ざまより始めてすべて皆心たけたるものなり。此前後の奈良人の歌の弱く拙きにむかへて、古のめでたきを思ふべし、したふべし」（『万葉考』）とし、まず八言・十言という、一般的な五言・七言ではない句である点を褒めている。ただし、ここを踏まえた真淵自身の長歌においては、五言と七言の繰り返しになっており、この点は取り入れられていない。しかし、そうした「言の置ざま」を筆頭に、「すべて皆心たけたる」とし、これこそが古い長歌であって、その表現すべてが理想的な古い歌の性質を表していると言うように、三二四二番歌への全面的な信頼が知られるのであり、やはりその性質ゆえに実作に取り入れたと見ることができる。

次に「権祢宜度会大夫、二大御神の御池のぬなはに歌そへて遠くおくられたり、八月十五夜しもきたりければ、こたふ」との詞書を持つ、蓴を十五夜に送られたお礼を荒木田久老に述べる長歌をあげる。[15]

高知や　天のみ影　天知や　日の御影の　水に生ふる　ぬなはをくりて　ぬば玉の　よるのをすぐに　しきませる　月よみのみかげ　湛ふなる　八月の今夜　かきむくる　ことのよろしさ　日のみかげ　月のみ影を　かくしつつ　みましもわれも　ぬなはなす　ながくあふがな　ながくあふがな

百ちひろちひろのぬなはむすびあげて神の御池の心をぞしる

久老の送ってきた蓴は伊勢神宮の池のものであったので、そのことを天照大神と関連させて日を、さらに十五夜であったことから月を詠み込み、蓴を送ってくれたことへの感謝を述べている。冒頭の五句は、「高知や　天の御蔭　天知や　日の御影の　水こそは」(『万葉集』・巻一・五十二)の句を用いたものである。この語句について、『万葉考』では「右は上つ代より唱へ伝へたる古言を、事につけてあやにいひなせる也けり」と評し、『日本書紀』「推古天皇」と『祝詞』の用例をあげている。真淵も万葉歌がこの「古言」を引用すると捉え、それと同じ方法により、この句を古代から伝わる表現として自身の作で用いているとも考えられるが、いずれにしても万葉長歌のすぐれた表現方法を受け継いだものであると言える。

真淵は、『万葉集』の一・二・十三・十一・十二・十四の六巻を古い歌を所収する巻として高く評価し、それらをそれぞれ『万葉考』の巻一から六にあてている。これら六巻のうち、長歌を含んでいる巻は『万葉集』巻一・二・十三(『万葉考』巻一・二・三)であり、右にあげた三つの長歌の引用句は、『万葉集』のこれらの巻の長歌のものである。さらに、『万葉考』巻三の序文で、真淵は『万葉集』の長歌について次のように述べている。

上なるは言少くしてみやび、心ひたぶるにして愛《メデ》たし。言少なかれど心通り、心ひたぶるなるが憐《アハレ》なるは、高く真なる心より出ればなり。中なるは言繁くして心巧みなり。繁かれど明らけく巧めど下らぬは、猶失はぬものあれば也。しもなるは心強からまくせれど下よわく、言巧みならまくして穏《オダヤ》かならず。

(『万葉考』巻三・序文)

『万葉集』の長歌は時期により三つにわけられ、後のものは劣っているとする。『万葉考』巻三には、それらが混在しているので、古い長歌を見分けなくてはならないと真淵は述べるのであるが、先に挙げた引用歌のうち『万葉考』巻三(現行の『万葉集』巻十三にあたる)のものは、『万葉考』の注釈部分を見ると、いずれも古い長歌として評価されている。ここまでにあげた真淵の実作における万葉長歌の利用例は、古い時期の長歌が持っている、三三〇〇番歌への『万葉考』注釈でも述べられた「言厚く雅にして面白」い特質への真淵の強いこだわりを示していよう。

さらに真淵は、『万葉集』において対句で用いられている表現を引用し、また引用ではない対句的表現も多用する。対句表現は前述したような歌謡的な音律を歌にもたらす効果がある。対句の引用に続けて言葉を連ねていくならば、その音律を全体に活かすこととなる。

また、記紀歌謡・初期万葉歌において、対句表現の本質は繰り返しや言い換えにあるとされている。(16) 真淵は言葉で心情を言い切って説明する代わりに、その心情を喚起するようなことがらを詠み込むように指導していたが、そのことがらが対句で繰り返されることにより、詠みたい心情を一層強めて表すことができるのである。

このように、真淵は長歌を詠むにあたって、ひたすらに上代語を用いるというよりも、『万葉集』のうちでも古雅で理想的としていた長歌の特質や対句的表現の効果に注目し、自身の長歌にそれらをもたらそうとしたのである。

五

ところで、先にあげた「よしの山の花をみてよめる」の長歌は、宝暦十三年二月末の大和旅行の折に詠まれたものである。この旅には、村田春郷・春海が同行しており、春海は「賀茂のうしと共に我はらからなどかいつらねて大和の国へいきける時に吉野の大瀧をみてよめる」(『近葉菅根集』)の長歌を詠んでいる。真淵は、村田橋彦のもとに逗留したのであるが、その橋彦は「宝暦のころ岡部の大人の此国に来まして、大和路を見めぐりてふたたびおのが家に来入りませる、よろこびながらよめるうた」(『八十浦之玉』二〇三)(17) の長歌を詠んでいる。つまり、長歌を互いに詠み合える仲間のいる場で長歌製作が行われている。

このほか真淵がのこした長歌をみると、送別の歌や挽歌、贈答の品に付す歌として特定の相手を対象に詠まれた歌が半数近くを占める。その対象は、田安宗武、横瀬貞隆、荒木田久老、油谷倭文子、小野古道の妻などの県門の有力歌人やその家族である。さらに、贈答の性格を持たない歌である「詠蝦夷島歌四首并短歌」「夏日東海道中望富士山作歌一首并短歌」の長歌も、『岡部家和文』の識語によって宗武の要請によって詠んだものと知られる。また、「大和のくにをおもひて詠める」の長歌は、村田春郷の「賀茂の大人と共に大和の国にゆきけるに又の年の春その折の事ども思ひいでて詠める」（『近葉菅根集』）と同じ題材をあつかっている。「みな月の末つころたかきやにのぼりてよめる」の長歌についても、『近葉菅根集』に二十三人の門人が「六月ばかり県居大人の高どのにのぼりて」の題で詠む長歌が収められており、門人が一同に会しての長歌製作が行われたことがわかる。真淵と同じ題で詠んでいる歌人は、右に名をあげて説明した以外では、

「青木美行が越の道のくちに行をおくる歌の序」（枝直・正房・茂樹・余野子（以上四名『岡部家和文』延享二年写）[18]・高豊（『賀茂の川水』[19]）、

「倭文子をかなしめる歌」（路子・しげ子・余野子・紅子・枝直・高豊・古道・常樹・秀倉）、

「侍従貞隆朝臣の京に御使し給ふをおくる長歌短歌」（千蔭）、

「詠梅歌」（古道）、

「みな月の末つころたかきやにのぼりてよめる」（門人の歌の題は「六月ばかり県居大人の高どのにのぼりて」。枝直・信益・信幸・千蔭・高豊・秀信・三園・古道・常樹・維寧・義敬・永世・秀倉・春道・葛子・路子・薫梅子・茂子・紅子・清瀬子・造酒女・佐衣女・小百合）

となっている（題は真淵のものを用いた。歌集名を省略したものは、『近葉菅根集』による）[20]。ここからは、真淵の長歌製作は、和歌に関する意識を共有する特定の門人たちとのあいだに限られるという傾向が見て取られる。『冠辞考』（宝暦七年刊）の板下を書いたとされる千蔭・春道・枝直・三園・常樹や[21]、早くから入門し高弟であった高豊・古道は[22]、その古学に対する造詣の深さから、積極的に長歌に関係していたのだろう。真淵にとって、長歌は古学を習得したうえでの高度な実践であり、詠歌の現場においては、実践に見合った門人に限ったうえで、盛んに長歌をすすめていたのである[23]。

ちなみに、こうした門人との長歌の題材は、先にも述べたように送別の歌・挽歌・贈答に付す歌が多く、その他には大和や吉野山の桜、箱根など、固有の地名に関して詠んでいるという特色がある。

なお、文化十二年に県門歌人の長歌集『近葉菅根集』を刊行した清水浜臣は、片岡徳『ふみあはせ』（文政四年刊）に次のような序文を贈っている。これまで序文を送ったことのみが丸山季夫氏『泊洦舎年譜』に紹介されているが、序文の内容が論じられたことはないので、以下に引用する[24]。

ふみあはせのはしがき

中むかしのほど、歌合にならひて、物語合・草子合・艶書合などいふめるみやびわざ、これかれと見えしらがひたれど、近き世となりては、歌合のみうたてしきまで数おほくて、文合などいふことはたえて聞えずかし。それもことわり、これは作者も判者もたはやすからぬわざにて、いにしへ今にわたりて、ふみつくるべき心じたくし、たしかなるぬしたちならではいでこぬゆゑなるべし。しかはいへ、此百とせあまり、みやびの道みさかりになりもてゆきて、こゝにかしこに文かき人々おほくいで来にたれば、さも思ひよるぬしたちあるべかりしを、こゝに思ひよる人なかりけり。今此六人のぬしたちのすさび、いちはやくも物せられたる哉。此文合板にゑりて、世にほどこりゆかば、是にならひたるたぐひ、世におほくいできなまし。さらばすたれたるをおこすいさを、大かたならんやは。こゝにくちをしきことこそあれ。このとしごろ思ひくはだてゝ、おのがもとに物ならふ人々、長歌よみて、其うたをひだり右につがひ、長歌合といふことものしてん、いとめづらしかりなましも、いと文かはらで大かたものしつるを、此ぬしたちにさきこされにけり。此文合いで来て後には、おのがもとなる長歌合は、六日のあやめとなりなましと思ふがねたきものから、かゝるめでたきすさびをきゝては、たゞにやはとてかくなむ。

文政三としといふとしのさつき、都の旅居に筆とりて、清水浜臣しるす

『ふみあはせ』は鈴屋派の藤井高尚とその門人が消息文をあらわし、それを番え、判詞を加えたものである。これらの消息文は、王朝物語に用いられる和文体で書かれている。浜臣が自らの企画した長歌合をこれと類似していると し、『ふみあはせ』ができてしまっては、長歌合はただの追従となってしまうと言い、『ふみあはせ』の新しさを褒めている。このことからは、長歌が上代の詩型であることに必ずしも拘っていない浜臣の姿勢が読み取れる。また、長歌合を可能とするまでに、浜臣が門人たちに長歌を詠み習わせていたこともわかる。

浜臣の師である村田春海の長歌は生涯において、三十首程度だったとされる(25)。それに対し、浜臣には約百首の長歌をおさめた『泊洦舎長歌集』があり、長歌を重視していたことが指摘できよう。浜臣の長歌活動の特徴としては、「春画歌」などそれまで扱われてこなかった鄙俗な素材を取り上げること、対句・序詞を用いず、和文にちかい形式を取ることが挙げられる(26)。浜臣の長歌に関するこうした活動・詠歌方法は、鈴屋派歌人が長歌においては上代風をめざし、『八十浦之玉』の編纂にあたり江戸派歌人の作を改めるまでしたこととは対照的である。真淵の長歌重視の教

えは、鈴屋派と江戸派とに短歌ともまた違った方法で継承され、多くの長歌が作られることになったのである。

おわりに

歌意を言葉で言い尽くし、余情のない短歌が詠み出だされる当代の和歌の傾向に対処するための方策として、また、漢詩に対して和歌の優越を説く材料として、真淵は長歌を重んじた。こうした長歌称揚のあり方は、真淵が当代の詠歌や漢詩といった、自身が批判する対象の動向・性質を意識しながら和歌観を形成していることを示していよう。

近世後期には真淵自身の詠歌やねらいとはやや形を変えながらも、長歌製作がさかんになっていき、やがて新体詩へとつながっていくことからも、真淵の長歌復興活動は和歌史・短歌史上重要なできごとであった。そして、ふたたび詠まれるようになった長歌が和文とどのような性質の相違を持って展開するのか、とくに古学の実践としての長歌と歴史をあつかう和文との関係およびその展開は、本節で検討したような真淵の長歌に対する姿勢のありようを考えたとき、さらに重要な課題としてうかびあがってくる。

注

（1）揖斐高氏「改行論—近世長歌と明治新体詩のはざま—」（『文学』第三巻第二号、二〇〇二年三月、のち『近世文学の境界—個我と表現の変容—』岩波書店、二〇〇九年所収）は真淵以降の長歌研究史を概説する。

（2）引用は、『歌論歌学集成　第十五巻』（三弥井書店、一九九九年）による。

（3）近世堂上歌論において当代に長歌を実際に詠むことの是非についての記事は本文中に掲出したほかには見られないが、長歌の名称についてはいくつかの言及がある。その内容は、『古今集』巻一九雑体所収の長歌に「短歌」とあることを受けての「長歌」「短歌」の名称・定義についての疑問であり、たとえば『等義聞書』（『近世歌学集成　中』明治書院、一九九七年所収）では中川等義の「長歌短歌の事、三十一字を長歌と云。又云つゞくるをば短歌と云との説有之。又古来より云伝るごとく、長歌は長歌、短歌は三十一字の歌をいふと申す。此わかちいかゞ。」という問に対して、清水谷実業が「答、是には種々の説有之。定にくき事也」と答えている。古今伝授においては秘事とされ、二条派流古今伝授の切紙の「短歌之事」には、「短歌」とは「枝葉」の歌体を指す名称であり、『万葉集』では三十一文字の歌、『古今集』では長歌を「短歌」としたと記されている（宮内庁書陵部蔵「当流切紙」、『京都大学国語国文資料叢書　四十』臨川書店、一九八三年所収）。この長歌の名称についての問題は、『俊頼髄脳』など古くから歌論上で論議を呼んでおり、定家『万葉集長歌短歌之説』で「長歌」「短歌」の定義自体は正されたのであるが、近世の堂上歌論での長歌の名称についての言及は、こういった中世歌学の継承にとどまったものと言えよう。

（4）以下、『余言』の引用は、『日本歌学大系　第七巻』（風間書房、一九七二年）による。成立年月は本書の解題による。

（5）宇佐美喜三八氏「田安宗武の歌論」（『近世歌論の研究』和泉書院、一九九二年）。

（6）以下、『余言拾遺』の引用は、前掲注（4）書による。

（7）真淵が『万葉解』（寛延二年成）の通釈で人麻呂の長歌について、「伏案・反復・点合・頓挫・始終の句法」という漢詩の句法を示す語を用いていることからも、漢詩と長歌の関係に対して意識的であったことがわかる。

（8）河野頼人氏『万葉学研究・近世』（桜楓社、一九六九年）。

（9）以下、『万葉集』の引用は、寛永二十年版本を底本とする『国歌大観』（角川書店、一九五一年）により、『国歌大観』歌番号を付した。

（10）鈴木淳氏による『あがた居の歌集』（『新日本古典文学大系　第六十八巻』岩波書店、一九九七年）の脚注指摘に基づく。なお、『あがた居の歌集』は四句目「告ど靡かず」とする。以下、真淵長歌の引用は『賀茂翁家集』（文化三年刊）による。

（11）田中文雅氏「賀茂真渕の万葉研究―歌風・歌人評の位相をめぐって―」（『東海学園国語国文』第二十三号、一九八三年三月）では、これらの真淵の人麻呂評について、「義とか理とかいう道徳的、理性的な規範を排し、人間感情の自然な湧出する表現こそ歌の本質であることを示した」とする。

(12) 引用は、『日本歌学大系　第八巻』（風間書房、一九七二年）による。

(13) 『万葉考』では「いはづらひ」と訓読し、「いひわづらひ也」とする。

(14) 『万葉考』では「みすの山」と訓読している。

(15) 『槻落葉歌集』（弘化三年序、『荒木田久老歌文集並伝記』神宮支庁、一九五三年所収）には、久老が蓴につけて真淵に送った歌が載る。久老は短歌を送り、真淵はそれにこの長歌を返した。

(16) 大畑幸恵氏「〈対句〉論序説―記紀歌謡及び初期万葉長歌の〈対句〉」（『国語と国文学』第五十五巻第四号、一九七八年四月）は、記紀歌謡と初期万葉歌の対句のほとんどが言い換えと繰り返しであるとする。

(17) 『新編国歌大観　第六巻私撰集二』（角川書店、一九八八年）による。

(18) 引用は、浜松市立賀茂真淵記念館蔵本による。

(19) 引用は、黒川真頼旧蔵本である宮内庁書陵部本による。これを底本とする『増訂賀茂真淵全集　第四巻』（吉川弘文館、一九〇四年）は当該歌の題を「源の実行故郷に帰るを送ることば」と翻刻するが、底本により「美行」と改めた。

(20) 引用は、東京大学総合図書館蔵本による。

(21) 清水浜臣『泊洦筆話』（文化十三年序、『新日本古典文学大系　第九十七巻』岩波書店、二〇〇〇年所収）。

(22) 『県居門人録』（『増訂賀茂真淵全集　第十二巻』吉川弘文館、一九三二年）には、元文三年四月の項に小野古道、寛保二年の項に日下部高豊の名が記されている。

(23) 明和元年十月二十四日付の内山真龍宛書簡では、長歌と和文を送ってきた真龍に対し、「さて先短歌をよくよみ侍りてのち、長歌も文も専ら書たまへ。短歌一首をよく得ぬ間は、長歌も文も始終終の語意つらぬかず、あらぬことに成行侍る也」と述べている。

(24) 引用は、東京大学総合図書館蔵本による。

(25) 田中康二氏「長歌受容論―『琴後集』一六六四番歌の受容と変容―」（原題「村田春海長歌変容攷」、『國學院雑誌』第九十七巻第七号、一九九六年七月、のち『村田春海の研究』汲古書院、二〇〇〇年所収）が指摘している。

(26)　東京大学総合図書館蔵本による。

〔付記〕　田中仁氏『江戸の長歌―『万葉集』の享受と創造―』（森話社、二〇一二年）に、真淵に始まる近世長歌の表現方法や歌材、主題の拡がりについての研究が報告された。特に、第一章第一節「賀茂真淵の長歌表現―長歌形式の復興―」では、真淵の長歌表現について詳細に論じている。

第三節　真淵の題詠観

はじめに

題詠は、近世における一般的な詠歌の方法であり、和歌を詠むにあたっては題意をくみ取ることがまず必要とされ、多くの類題集が編まれた。また和歌の指導においても、題意に沿って詠歌が行われているかどうかが問われた。このように重視された「題」について考えることは、近世和歌の特色を把握するために不可欠である(1)。

真淵は、そのように題詠が重視され、当然とされた状況のもとで、和歌は本来実景・実情に基づいて詠まれたものだとし、題詠を批判した。題詠の批判は、当代の歌壇においては特異であり、真淵歌論の特徴の一つである。一方で実際の詠歌においては、和歌が生活に密着している古代とは違う時代ゆえ当然ではあるものの、真淵は生涯題詠をやめることはなく、門人には真淵が許容した題に基づき歌を詠ませるという、一見矛盾した状況にあった。

本節では、真淵の題詠批判の根拠およびその背景について検討することにより、真淵の批判は題詠それ自体を否定したのではなく、当代の題詠の弊害をただすことこそを目的としたものであることを明らかにする。さらに伝統的な歌学の援用のさま、真淵とその門人の和歌が備える虚構性を指摘し、真淵の推奨する詠歌方法の実態を示すこととする。

一

まず、題詠を批判する真淵の主張を確認しておきたい。次にあげるのは、真淵が自身の歌学を端的にまとめた『にひまなび』の記述である。(2)

心に思ふ事、目に見、耳に聞ものは、皆歌の題となりぬ。その時歌をばよみて、後にその有し事をはしに書時は、歌おのづからゆたか也。その事を先書て後歌よむ事は、古人はなかりき。

（『にひまなび』明和二年成、寛政十二年刊）

実景・実情こそがすべて歌の主題になり、その詠歌の状況をあとで端書として記すなら、その歌はおのずと豊かになるということ、詠歌以前に題があるのではないことが強調されている。このように「実」の事を詠むべきであるという主張は、たとえば以下の例が示すように、個々の門人への指導でも繰り返し強調されることであった。

今京こなたには設てよめば、実の事をよめる歌なし。ならの宮ゆ、いにしへ人は題など設てよむ事はせず。その時にあらん心をたゞちにいひ出づ。

（明和六年正月二八日鈴木梁満宛書簡）

「実」は真淵が詠歌に際し重要視した問題である。(3) 古の歌の「実」は、折にふれて思うことをそのまま詠むことで生まれるのであり、題詠ではそうした歌は詠めないとする。このように、題詠とは、当代で「実」をもとめる真淵にとって、それをはばむ根源的な問題なのであった。

こうした題詠批判の根底にある実景・実情の重視は、真淵より以前から、歌壇・詩壇のなかで説かれてきたものであった。真淵が直接享受した教えとして、師である春満による、古の歌が「実」であり、それ以降の歌は心を巧み、「虚」であるという考え方がある。春満の実景・実情を重視する姿勢は、以下のような言が繰り返されることによって明らかである。

いにしへの歌は皆実のみにて、少も虚はなし。今の世の歌にも見もせぬさかひをよみ、ありもせぬ景物をよむ類にはあらず。（『万葉集僻案抄』[4]）

当時の景物を専らと賞愛せずして、来春のことをおもふ情は、古人の詠歌の情にかなはず。後々の人の詠歌の情のおもむき也。（同右）

いずれも、当代の和歌が作者の実情・実景に基づかないことを批判したものであり、三宅清氏は、春満のこうした主張を指摘したうえで、春満から真淵へ、古代和歌の特質として「まこと」を推奨した点が継承されたとする[5]。もっとも、春満の姿勢はそれまでの歌人が題詠を当然のこととしたのに比べれば革新的ながら、当代の題詠を改めることはない。一方、真淵は、後に詳述するように、こうした春満の理念を継承しつつ、その教えを題詠批判として具体的に発展させている点が注目される。

また、漢学の側から出された題詠批判としては、鈴木健一氏も挙げる以下の例がある[6]。

題詠といふ事いできて、和歌はおとろへたり。（荻生徂徠『南留別志』(7)）

古人の歌は、必、実境に対し、実事ありて、実興より出づる故に、其意皆実なり。後世の詩は、題を設けて作る故に、其意多く虚偽なり。（太宰春台『独語』(8)）

徂徠は、題詠が和歌のありようを損なっていることを明確に批判している。そしてそれを受け継いでなされた春台の主張は、歌が作者の現実において詠まれないために後代の歌には偽りがあるとして、現実以外をすべて否定する主張である。題詠批判の嚆矢としてその影響力は大きく、たとえば、この春台の論を念頭に置いて加藤枝直と松宮観山の間で交わされた『和学論』の問答の中で、枝直は、いつわりを詠むことへの批判の一環として次のように述べている(9)。

千載集・新古今集の比は短歌のさまいとかはりもて行、組題など云事をよみ習ひ、見もしらぬ国の名所を東西のわいだめもなくよみいだし、たくみにみやびにうるはしくおかしからん事のみこゝろとしていひ出せることを、実に引あてぬれば、はるかにたがひつるいたづら事なれど、言ばの縁にひかれておかしきさまに聞まどはしむるを歌と心へぬるなり。

先の春台の主張を承け、当代で当たり前に行われている組題や名所詠を、それらがしばしば実感に基づいていないとして非難したものである。ここでは当季にかかわらず一年の景を題とする百首歌などの組題や、実景に基づかない作為的な興趣や言葉の修辞に依存して作られた名所詠が非難されている。
また蘐園派のような「進歩的と見做される人々」ではない、五井蘭洲やその門人加藤景範にも題詠批判が見える。[10]蘭洲は真淵と同年の元禄十年に生まれ、真淵より六年早く宝暦十二年に没している、真淵とはまさに同世代の人物である。その蘭洲の言葉として、景範は次のように記している。

古の歌には古の事をしらるゝを、後の世の歌を見ては、其世をしるべくもあらず。さるは題詠をむねとし、制禁のしげくなりきけるゆへなめり。（中略）しか事のじち（稿者注、実）をうしなへるに、代々の名匠のかくなりきけるあとをのみまもり、ふるきにかへすをしへのなきは、うらみならずや。

（五井蘭洲『古今通』の加藤景範附言[11]）

また、景範自身も、

題詠といふこと専らになりしより、花を見ずして花をよみ、鶯をきかで聞心をよむより、なまくの歌人の心の外に趣を求め出るより、誠はなれたることをつくり出すこと、いとあさまし（中略）時を其時になし、所を其所になし、我身を其境に置て、其時のさま、其所のさま、其身の上の情を、真実に心より案じ出すべし。

（加藤景範『国雅管窺』[12]）

と述べている。蘭洲や景範の題詠の批判は、伝統を意識する保守的な態度からすると、むしろ蘐園派のそれよりも真淵の主張に近い。流派を超えてこうした主張が見られるように、題詠に対する疑問や批判は一般に広まりつつあった。以下に真淵が主張する、当代における有効な詠歌方法の提案を見ていくが、それは、これらの題詠に対する疑問・批判に応え得るものでもあったのだろう。そしてまたこのような要請があったために、真淵の主張は門流をはじめとして確実に受け入れられ、実践され続けたのだと考えられる(13)。

もっとも、春満の実感重視の主張や蘐園派の題詠批判をそのまま実践しようとするならば、「作者の現実」に拘るあまり、詠む世界が著しく狭められることになる。しかしそれに対して、当代の和歌の改善を重要視した真淵の指導は、以下に述べるように、春満や蘐園派の姿勢を受け継ぎつつも、詠者に実情・実景への没頭をひたすらに求めるのではなく、詠者の「実」を損なう題詠の弊害を解消すること自体に常に焦点が定められている。こうした真淵の指導は、実現可能な実感主義の実践という点で、近世和歌史において画期的なものである。

二

先に確認したように題詠は真淵歌論において重要な問題であるにもかかわらず、真淵自身は題に関する具体的・体系的な論を残していない。ただし真淵の没後、弟子の江戸派と鈴屋派のあいだでは題詠をめぐって論争が行われており、真淵の理念を知るために有効である。まずはこの論争を手掛かりに真淵の題詠観を追ってみたい。

一連の論争のなかで、村田春海と本居大平の間で交わされた問答『贈稲掛大平書』とそれをもとに書かれた春海の『歌がたり』は、題を設けて作られた歌の欠点をとりわけ具体的に指摘している(14)。春海は、真淵の教えとして、題を設けること自体は否定されるものではなく、古代と後代とで題詠に質的変化があり、古代では題詠でも実景・実情を詠むのと変わらなかったのだが、後の題詠は、題の文字を歌に詠み込むことばかりに専念して「まこと」を失ってしまっているのが問題なのだとする見解を述べている。さらにそれに続けて、「まこと」を失った歌について、次のように詳しく説明する。

世下りて題詠盛になりての後は、人々題をのみ巧みによみかなへんとかまふるまゝに、此文字を残さじ、彼文字を強くいはむなどいふ事にのみ心移りて、いつしかと心のまことを失ふ事をば忘れもて来ぬるになむ。

（村田春海『贈稲掛大平書』(15)）

題の文字に拘泥することで「まこと」を失ってしまうこうした現象について、春海は以下のような例を挙げ、さらに具体的に述べている。

池水半氷といふ題にて、

池水をいかに嵐のふき分けて氷れるほどのこほらざるらむ

此歌、題の「半」といふ文字を強くよみかなへんとし給へるにひかれて、歌のまことを失ひ給へるになむ。

（同右）

この歌は、『後鳥羽院御口伝』に難題をよく詠みおおせた歌として称賛されて以降、近世においても、当代の二条家歌学を集成した『聞書全集』、広く流布した啓蒙書『和歌八重垣』などの多くの歌学書で、難題をよく詠んだとして手本にあげられてきた歌である。以下に示す『後鳥羽院御口伝』と『聞書全集』の記事は、中世以来真淵にいたるまで、詠歌において複雑な題を詠みこなすことに重点が置かれたことを端的に示している。

一、時々かたき題を詠じならふべきなり。近代、あまりに境に入りすぎて、むすび題の歌も、「題の心いとなけれども苦しからず」とて、細かに沙汰すれば、季経が一具にいひなして平懐する事、すこぶるいはれなし。寂蓮は大きに不請にせし事也。「無題の歌と結題の歌と、たゞ同じやうなる、詮なし」と申しき。もつともそのいはれある事也。寂蓮は、ことに結題をよく詠みしなり。定家は題の沙汰いたくせぬ者也。これによりて、近代、初心の者どもみなかくのごとくなれり。結題をばよく思ひ入れて題の中を詠ずればこそ、興もある事にてあれ。近代のやうは念なき事也。かならず時々詠みならふべきなり。故中御門摂政は、結び題は、ことに題をむねとすべきとこそ申されしか。「池水なかば凍る」といふ題にて、

池水をいかに嵐の吹き分けて凍れる程の凍らざるらむ

と詠まれたりしも、歌がらはさまでならねども、題の心をいみじく思はへて、興もある事にてありき。

（『後鳥羽院御口伝』(16)）

一、久恋の題に、新古今抄に題をまはしたる歌なり。

磯のかみふるの神杉ふりぬれど色には出でじ露も時雨も

結び題をまはして読むべしとなん。たとへば野虫をやがてのべに鳴くむしと詠む。山鹿を山に鳴く鹿などよまんは無下の事なるべきにや。結題に池水半氷と云ふに、

池水をいかに嵐の吹き分けてこほれるほどのこほらざるらむ

と後京極殿よみ、臨レ期変レ約恋といふに、

思ひきやしぢのはしがきかきつめても、夜も同じ丸ねせむとは

など俊成卿のいへる風情を、まはしたるといふにや。又一字題に、

山姫のかざしの玉の緒を弱みみだれにけりなみゆる白露

是ひとつの露を如レ此いひなしたる事、此等やうあるさまといふべきにや。凡て題を上にのみあらはしぬれば、下句よわくて歌尾枯になるなり。（『聞書全集』(17)）

『後鳥羽院御口伝』では、当代には題をきちんと詠みこなせているかどうかを精査しない風潮があると述べ、そうした風潮を批判し、結題の表すところを確実に詠むことによって、おもしろみが生まれてくるという。当該歌は、歌の風格はさほどではないが、結題をうまく詠みおおせているために興ある歌となっている例として取り上げられ、称賛されている。

『聞書全集』では、当該歌の特質がより具体的に指摘され、当該歌は題の言葉すべてを明確に歌に表すのではなく、すなわち題の文字をそのまま歌に移し換えることなく、しかし題意をしっかりと詠み込んでいると言う。当該歌において、「池水」「氷（凍）」という語は詠み込まれており、指摘の焦点となっているのは、「半（なかば）」の意をいかに詠み込むかということであることがわかる。

春海は、この歌をあえて批判の対象として例にあげることで、「難題」をうまく詠みおおせることを手柄と捉える従来のあり方そのものを批判し、「歌のまこと」を追求することの重要性を主張している。さらに、真淵もこうした「難題」では理想的な歌を詠みようがないと言って次の通り批判している。

一国の名所二つ入など様の事は誰が好か。左様にむつかしき題は、よしよみ得ても何のかひなし。たゞ打有ことをよくよみたるがよき也。古今集の作者などの歌のつゞけ言など、高うかまへつゝよみしこと、大概の心づかひにあらず。その心をしりて、今もたけたかく、こと少なに、心おもしろくもやさしくもよむ事をつとむべき也。題むつかしく、それはさる事かなはねば、歌おのづからいやしき也。文字題ならば一字二字を過べからず。

（明和五年六月十八日斎藤信幸宛書簡）

真淵はまず、書簡の相手である信幸の手紙にあったと思われる、二つの名所を詠みこむ歌を諌めたうえで、そうしなければならないような難しい題であれば、題を詠みおおすことばかりに意識が向いてしまい、よい歌を詠むことができなくなってしまうとして、難題を非難している。この主張は、「池水半氷」という難題での詠歌について、「半」の字をうまく処理することにまず発想の基点が定まり、自由な想像が阻害されることを欠点としてあげる春海の指摘と共通する。また、真淵は、よい歌を詠むことができる題は文字題ならば一字・二字が限度であるとも述べている。この点については、先にあげた春海と大平との問答をまとめた『歌がたり』でも改めて同様の主張がなされている。

題詠にも古の様と後のさまあり。いにしへのはかならずしも題になづまず。そは拙くて題をくまなくよみかなへざるにはあらず。そのいひ残したるに、かへりて深き味はひはあり。そは猶おのづからなるまことの歌の心を失はざればなり。後の題詠は、いたく題に泥みて、たゞむげに偽れるふしのみ多し。（中略）題詠の歌専らとなりてよりは、僅かに三十文字あまり一文字の中に、題の意をあながちに尽くさむと思ふ故に、歌の様こちたくこそなりにけれ。さるを事広しと思ふにや。

（村田春海『歌がたり』）(18)

古代は「おのづからなるまことの歌の心」を失っていないので、題を設けたときにもそれを詠み尽くさず、むしろ詠み残したところに妙味が生じるとする。そこにはみずからの実感・実情が詠みこまれているからである。それに対し、後世にはそうした心が失われ、題詠となれば誰もみな題に「泥」んでしまい、それをくまなく詠みこなすことばかりに意識がはたらいてしまっているために歌の姿が損なわれていると言って嘆じている。

こうしたなかで題の文字が多くなったり複雑化したりすれば、先の信幸宛書簡で真淵が述べる通り、題を詠みおおすことのみに意識が向けられ、題の文字に「泥む」現象はより一層強くならざるを得ない。題の文字を少なくせよという真淵の主張は、題字に拘束される当代の題詠の弊害を明確に捉え、やや消極的ではあるもののその解消を目指した具体的な方法だったと言ってよいだろう。

ここまでに述べてきたように、従来の一般的な詠歌の方法では、「題に泥む」つまり、題字に拘ってしまうことは必然であった。それゆえ中世以来、歌の良し悪しを判断する際には、題を適切に歌に詠み込んでいるかどうかが問題とされてきたのであり、またその方法を示すため、題の文字と、歌において詠むべき景物・内容との関連が厳密かつ具体的に繰り返し説かれていた。たとえば、先にも名前をあげた近世期の代表的歌学啓蒙書『和歌八重垣』では、「題のこと」という項を設け、「虚字・実字」「難題」「詞書の歌」という細目を立てて題の字に即した歌の詠み方について解説している(19)。

つまるところ、当代の題詠では題の字をうまく歌に移し替えることが要諦とされていたのだと言ってよい。そして真淵の題詠批判は、こうした当代の題詠によって「まこと」の心が失われるさまをはじめて具体的に示したものとしても注目されるのである。

三

真淵が、題字を歌に詠み込むことばかりにとらわれている当代の題詠歌について、「実」を失った歌として非難していたことを確認してきた。そうした批判は、題字の詠み込み方に重きを置き、また複雑な題を詠むことをよしとする、題詠歌に対する当代の評価の傾向をも憂慮してなされたものであった。そしてそれらはいずれも、実景・実情に基づいた詠歌を尊重する真淵の姿勢に基づくものであった。では、真淵は自らの理想を実現するためにどのような指導を行ったのだろうか。

真淵は古代の題詠を志向して、次のように主張している。

問　歌を題詠にする事、後世の事とおもはる。余は此後は題詠をばやむべくおもひ侍る。いかゞ。

答　後世の歌、先は題詠にてそこなひためり。よりておのが方にては歌会にもはしに詞を書てよみ、又は絵などをよませ侍り。されど古今六帖の題の書様などは風流なるも有、雑思といふ部に書し題どもをかしければ、さる題はよませもしつ。

（『龍のきみへ賀茂のまふち問ひ答へ』宝暦十年成）[20]

題詠は後世の事であるので、題詠を止めようという龍草廬に対して、真淵は大いに賛同し、題詠こそが後世の歌を堕落させた要因であるとする。また、ここで真淵は、自身の歌会においては詞書や絵、『古今和歌六帖』の雑思部の題による詠歌を試みていると述べているが、この発言は題詠の弊害を乗り越えるための具体的な方法を提示したものとして注目される。そこでまずは以下、真淵が勧めたという「絵の題」と「詞書の題」について、検討してみたい。

推奨する「絵の題」については、先にも引用した春海の『贈稲掛大平書』においても、真淵の指導を紹介するかたちで次のように説かれている。

其よみざまは、其絵の内に見ゆる人に我身をなしていひ侍れば、まことに其事其所に当りてよめらむに異なる事なし。かゝれば翁は、題を設けて人によまするには、此月次絵などの題を常にとりいで侍りしなり。

（春海『贈稲掛大平書』）

春海は架空の詠歌状況を設定してその空間に身を置く、いわば疑似体験に基づいて歌を詠むことは実景、実情詠と同じであるとし、それゆえ真淵はその状況設定のための具体的な方法として月次絵の題を課していたという。真淵は、絵を題とすることによって詠者の自由な想像を喚起しようとしたのである。また、こうした「絵の題」は、伝統的な歌学に裏付けられたうえで詠者の選択の幅を広げることができるという利点もあった。絵を題とする伝統的詠法として屏風歌があるが、その屏風歌について、たとえば『八雲御抄』は次のように詠み方を指示する。

如二屏風歌一は題字多けれども、よきほどにはからひてよむ也。いたく心を入とすれば歌すがたわろき也。さればとて又つやつや題をわすれてよめるも見苦。

（『八雲御抄』(21)）

屏風歌はかならずしも絵を見て詠むのではなく、絵を説明する言葉を題とすることもあるが、いずれにしても、景物が多くあるため、そのなかから作者が選択して詠んでよいとされており、作者に選択の自由が確保されている。同様に、真淵も絵の題の歌について、こうした伝統的な屏風歌の詠み方を継承していたことは、次に挙げる門人への指導からも明らかである。

この十七日には当座もはし書て有べし。絵に、氷をくだきて水くむところ、大道に雪ふるに車行、山里に女あり、男鷹すゑて門にたてり（割注・これは女の心にても男の歌になりてもよし）。此分よみて給へ。右の絵どもはこと多ければ、大かたはそのよせの詞のみにてよみてよし。皆よまんとしては、歌がらあしくなりぬべし。

（『賀茂の川水』[22]）

歌会の当座題として「絵の題」が出されたようである。真淵は「絵の題」の詠法の指導において、題として示される多くの景物ないし、それより連想される言葉からの自由な選択を勧めているのである。このように、題を自由に選択することが認められてきた「絵の題」の使用は、題の文字をくまなく歌に詠み込まなければならないとされてきた従来の題詠の弊害を乗り越えるためのものでもあったのだと思われる。なお、絵の中の人物の心になって詠む際、男女どちらの立場をとってもよいと指導していることも注目されるのだが、これについては後に詳述する。

さて、真淵が「絵の題」とともに勧めていた「詞書の歌」の詠み方については、当時の堂上歌論において次のように言及されている。

一　詞書の歌は題の歌とはよみやうかはりあり。題の歌はそらさぬ様によむ也。ことば書の歌は子細を詞書にして歌の心をたすくべし。（中略）これらは詞書に梅とありて、歌には花とばかり、又藤の花、あめふりと詞書にありて歌には雨も藤の花もなし。（中略）されば詞書の歌の一体と心得て詞がきせんときは、歌とことば書と同じからぬやうに歌の心をたすけて書べきなり。

（姉小路実紀『竹亭和歌読方条目』[23]）

ここでは、「題の歌」が題にある語を歌に反映させるのに対し、「詞書の歌」は詞書と歌とが一体となって「歌の心」を表現しており、必ずしも語そのものが一致するわけではないとして、「題の歌」と「詞書の歌」との違いについて述べている。本来詞書とは詠歌状況を単に記したものであったはずだが、この記事からは詞書までもが創作・表現の一環として捉えられ、詞書を記して歌を詠むことが詠歌の一つの方法と見なされていたことがわかる。こうした「詞書の歌」の詠み方は、先に書名をあげた『和歌八重垣』などにも同様に定義されており、堂上歌人ばかりでなく、地下歌人にも広く踏まえられていたものなのであるが、真淵がこうした「詞書の歌」を推奨した理由については、江戸派の橘千蔭の、次の記述が参考になる。以下は、鈴屋派の長瀬真幸から題詠の是非を問われ、その返答として「詞書の歌」を取り上げたものである。

（真幸）すべてうひまなびのほどは、題をまうけてよむことも、などかいみ侍るべき。

（千蔭）歌は多くよまざれば、歌まなびは得がたし。（中略）されば、後の題詠とても、嫌なくよむべきなり。其題詠をよまむにも、その題を詞書に見なして、詞書の歌よむ心になさざれば、歌のさまきすぐになるものなり。

（『真幸千蔭歌問答』[24]）

ここで千蔭は、題詠を「詞書の歌」を詠むつもりで詠ずるべきであると主張している。真淵が「詞書の歌」を推奨したのは、題として架空の状況を設定した場合でも、その題詠を「詞書の歌」のように、すなわち題の字に拘泥せず、題が「歌の心」を助けると考えれば、「実」を損なわない歌を詠むことが可能になると見ていたためであろう。題を詞書としてとらえ、それが書き添えられた由来であるような心持ちで歌を詠むことによって、実感を詠み出だすことができるのである。

また、真淵は、こうした絵の題、詞書の題に加えて、仮名書きの古今六帖の雑思部の題についても推奨していた。一般的な恋題は、物に寄せる題や結題など、詠み込むべき景物や心情を細かく設定するものが多いが、それとは対照的に雑思部の題は、「いひはじむ」「としへていふ」というように恋の状況を端的に表しており、題による細かな制約が少ない。さらに、真淵が古今六帖雑思部の題を絵の題、詞書の題とともに評価したのは、この制約の少なさとともに、真淵以前にはそれほど一般的には用いられておらず、したがって他の題のように詠み方の規範がきびしく設定されていなかったゆえであろう。つまり、真淵の意図は、作者の自由な発想を阻むことの少ない題を求めることにあったと考えられる。

以上のように、真淵が基本的には題を設けることに否定的であり、とりわけ題が歌意を強く固定してしまう場合を忌避したことが明らかになった。また、絵の題や詞書の歌、古今六帖雑思部の題による詠歌はいずれも、真淵以前に確立された歌学において、題に拘束されることなく作者が自由に発想を展開すべきことが保証されてきたものであった。真淵がこれらを有効な題詠方法として推奨した理由は、まさにこの点にあったのだと思われる。

四

真淵は、題を設けない実景・実情による詠をまず第一に評価はするものの、題詠そのものを排除しようとしたのではなく、「絵の題」や「詞書の題」を推奨し、題詠の弊害の解消策を具体的に提示していた。以下に、こうした題による詠歌が実感の重視のみに留まらない性質をもつことを指摘する。

まず、作者が自由に詠み込む内容を選択でき発想を妨げられないという点で有効な手段として捉えられ、推奨された絵の題について、門人の詠を見てみれば、女を描いた絵を題にして男性歌人が女性の立場で詠むもの、またその逆に女性歌人が男性の立場で詠む歌が散見する。[25] 作者と違った性別の立場に立って歌を詠むことは、作者自身の実感を詠むべきであるという真淵の主張とは矛盾するようであるが、しかしこうした性別の問題について真淵は、前掲した絵の歌の詠み方を説く『賀茂の川水』においても、「これは女の心にても男の歌になりてもよし」といい、それを問題とはしていない。鈴木淳氏は、女性が男性に呼びかける際の語である「せこ」を用いている真淵の歌を提示し、それを女の立場で詠んだ実作として指摘している。[26]

ここでは特に女性門人である鵜殿余野子が、性別の規定されない絵について詠んだ歌を取りあげる。余野子には、絵の題と見られる次の歌の一群がある。

山吹さきたる家にみる人あり

くれて行く春だにとまる山吹の籬がもとにたつなとがめそ
山吹の下行く水にすむかはづ鳴きてもしばし春をとめなん
とふ人もなくて移ろふ山ぶきの下行く水にかはづなくなり
我やどの池のみぎはの山吹に立ちよるものは浪にざりける

（余野子『佐保川』[27]・二三七—二四〇）

一首目は、山吹の咲く籬に立つ私をとがめないで欲しいというものであるが、籬に立つという行為は、たとえば『万葉集』で、

大伴宿祢家持更贈二紀女郎一歌

我妹子がやどのまがきを見に行かばけだし門より返してむかも　（『万葉集』巻四・七七七・大伴家持）[28]

うつたへにまがきの姿見まく欲り行かむと言へや君を見にこそ　（同右・七七八）

と詠み、紀女郎を見るために籬に立つとする例や、『源氏物語』にしばしば見られる男性による女性の垣間見の例など、古典文学においては男性的な行為として表現されている。したがって、余野子の「くれて行く」の歌も男性の立場で詠まれたものと見てよい。一方、家の中の人物の立場で詠まれた三・四首目は、女性の立場と見ることもできる。性を自在に入れ替えて詠歌を行うさまが見て取られる。

続いて絵の題とともに推奨された、『古今和歌六帖』の雑思部の題による詠を次にあげる。

をしまず

人ごとは夏野の草の茂くとも猶ふみわけてやまずかよはん　（余野子『佐保川』・一九二）

二夜へだてたる

ふた夜をばやみのうつつに過してきまたずは夢にあはましものを

（春海『琴後集』・九六六）

一首目は余野子の歌であり、女のもとに通う男の立場で詠んでいる。また二首目は一首目とは逆に、男性歌人である春海が、やって来ない男を待つ女の立場で詠んでおり、いずれも作者と詠歌主体の性が逆転している。

さらに、絵の題による真淵の歌の表現方法について、実感の尊重とは対照的な修辞といえる既存の表現を利用した例を見てみたい。

柳ある家に人来れるかたを

春風のあわをによれる柳もて問来る人をとめんとぞ思ふ

（『賀茂翁家集』[29]・三八）

家の前にある柳を緒に見立て、それを「あわ」に撚って、尋ねてきた客人を留めたいと詠んだものである。

この真淵の歌の第二句「あわをによれる」は、

玉の緒をあわをによりて結べればありて後にも逢はざらめやも

（『万葉集』巻四・七六三・紀女郎[30]）

玉の緒をあわをによりて結べらば絶えての後もあはんとぞ思ふ

（『伊勢物語』三十五段[31]）

を念頭に詠まれている。『万葉集』、『伊勢物語』の歌はいずれも、多くの糸でよった糸を「あわ」結びにすれば解けたように見えても幾筋かは残るように、一度絶えたように見える男女の仲も絶え切ったのではなく、戻すことができるとよみかけた歌であった。[32]真淵は、これらの歌の「あわをによれる」という句を「柳」の形容に用いることで、『万葉集』・『伊勢物語』における、相手を深く思うゆえに結びつきの強さを望む気持ちを自身の歌に詠み込んだのである。

真淵の絵の題の歌について、同様の例をさらに見てみたい。[33]

八月十六日永昌がなり所に人人集りて、屏風に川辺なる家に月見るにまらうどの来るかたあるを、所につけたる絵なれば、この心よまんとてともによみける、あるじの所に

さざらなみよるしもかくてとはるるは月こそ宿のあるじなりけれ　（『賀茂翁家集』）

この歌は、川辺の家で月見をしているところに客が訪れるという、詠歌時の真淵たちの状況とまさに同じ情景を描いた絵を題にして詠まれたものである。「月こそ宿のあるじなりけれ」という表現は、

北白河の山庄に、花のおもしろくさきて侍りけるを見に、人人まうできたりければ

春きてぞ人もとひける山ざとは花こそやどのあるじなりけれ　（『拾遺集』巻十六・一〇一五・藤原公任）

の歌の下句に拠っている。この『拾遺集』の歌は、『今昔物語集』や『宇治拾遺物語』にも収載されるよく知られた歌で、宿のあるじの公任大納言が、花が咲いてようやく客人が訪ねてくるようになったのであるから、宿の主人は花

なのであるよと諧謔味をこめて詠んだものである。これを踏まえた真淵の歌は、『拾遺集』で日中の訪問客を花に惹かれたものとするなら、夜までもこのように多くの客人が訪れるのは、月に惹かれてのことであると詠むことで、満ち足りた気持ちを表し、この機会を与えてくれた宿の主への賛辞を一層強調して詠んだものとなっている。

右の二例は、いずれも物語にも用いられた著名な和歌を利用して詠まれている。こうした典拠の利用は、実感を詠むべきであるという真淵の主張と一見そぐわない。しかし、絵の題や詞書の歌を推奨する真淵の意図がそうであったように、真淵が追い求めた「実」の歌とは、それが現実であるかどうかが問題なのではなく、そこに作者の実感が込められているかどうか自体が問題とされている。それゆえこうした典拠の利用そのものが問題とされることはなく、むしろ作者の「実」を増幅して表現できる効果的な方法として躊躇することなく用いられたのである。

以上、真淵とその門人の題詠歌について検討してきた。これらはある種の虚構性を持っていたが、真淵のいう「実」のさまたげとならなかったために、排除されなかった。なぜなら、真淵が強く希求する「実」とは、そもそも作者が自身の心のうちに情趣を自由に喚起し、それを表現するにあたってあたう限り改変することなく、あるがままに詠み出だすところに存在したからである。

おわりに

真淵は、題の字に拘束され過ぎる当代の題詠の弊害を的確に把握し、それを是正するために題詠を批判した。真淵の考える弊害とは、題の字に拘束されることにより作者の主体的な発想による「実」が阻害されることであった。したがって真淵は、ただやみくもに題詠を否定するのではなく、従来の歌学によってその自由な発想が保証された絵の題や詞書の題を効果的に用いて題詠を行っており、そこには実感の尊重のみにとどまらない、旧来の和歌に用いられてきたある種の虚構性さえもが備えられている。そしてそれが「実」を示すために取り入れられたものであることは、本節で論じてきた通りである。

真淵以後、和歌の本質や表現についての再検討が続々と行われていくが、真淵の一連の題詠批判およびその解決法は、当代の題詠ひいては和歌そのものについて、その行き詰まりの原因の所在を具体的に示したものとして画期的である。本節で検討した真淵の論が果たした役割は大変大きい。

注

（1）題詠に関する研究は、中世を主な対象としたものが多くあり、近世に関するものでは、鈴木健一氏の「歌題の近世的展開」（和歌文学会編『論集〈題〉の和歌空間』笠間書院、一九九二年）がある。鈴木氏は、類題集に立項される題を収集して、新たな歌題の拡充を指摘する。また、題詠の是非に関する主張を取り上げ、近世を「題詠史の隆盛期である中世から、題詠の否定を提唱する近代短歌への過渡期的状況」とみなし、題詠についての「根本的な模索がなされた時代」であると位置付ける。

（2）時期によって真淵の歌風に変遷が見られることは定説となっており、春満に師事していたころの第一期、田安家に出仕した延享三年からの第二期、田安家を致仕した宝暦十年以降の第三期に分ける三遷説（千蔭・春海・佐佐木信綱など）、また第一期と第二期以降に二分すべきとの説（福井久蔵氏・井上豊氏など）がある。揖斐高氏は、「江戸派の揺籃」（『文学』第五十巻第二・三号、岩波書店、一九八二年二・三月、のち『江戸詩歌論』汲古書院、一九九八年所収）において、この真淵の歌風の変遷を「万葉風がはっきりとあらわれ、歌論としてもそれを明確に提唱しはじめたのは第二期、具体的には田安家出仕の延享三年五十歳頃より以降とみる」とまとめている。このように新古今風を志向した第一期と、万葉風を意識しそれを追求した第二期以降の和歌および歌論には明らかな違いがある。『万葉集』への志向の高まりは、真淵の主張に「実」の歌への希求として表れ、題詠批判はこうした主張の一環であった。宝暦二年と推定される真淵書簡に、「惣て題詠は風雅を害候事に候へば、近年は多は不詠候。此方月次題は大かたは、はし書又は絵にて候」とあり、題詠批判の根拠は示されないが、この時期既に一般の題詠を控え、本節で詳述する推奨される題での歌会を行っている。本節では、題詠に関する理念について、こうした背景を持つ題詠の批判がまとめられるに至った第三期（宝暦十年以降）の言及を中心に取り上げている。

（3）井上豊氏は、真淵の著作における「まこと」の用例に着目し、「（真淵は）「まこと」「しらべ」をいにしへぶりの本質とみ、これを理想とした。しらべは主としてことば、表現に関するものとすれば、まごゝろはこれにたいしてこゝろに関するものであり、まことはこゝろ、ことば、をつらぬく純粋自然な統一性を意味する。（中略）まこと、しらべ、はやがて古道の核心をなすものでもあるが、それは同時に古道そのものの性質をものがたつてゐる。」（『賀茂真淵の学問』八木書店、一九四三年）と述べ、真淵の古道主義を示す中心的な用語として、「まこと」の語を定義している。

（4）引用は、『荷田全集　第一巻』（吉川弘文館、一九二三年）による。

（5）三宅清氏『荷田春満』（国民精神文化研究所、一九四〇年）。

（6）鈴木健一氏前掲注（1）論文。

（7）引用は、『日本随筆大成　第二期十五巻』（吉川弘文館、一九七四年）による。

（8）引用は、『日本随筆大成　第一期十七巻』（吉川弘文館、一九七六年）による。

（9）鈴木淳氏は「江戸和学論」（原題「江戸派和学攷」『和漢比較文学叢書七　近世文学と漢文学』汲古書院、一九八八年、のち『江戸和学論考』ひつじ書房、一九九七年所収）において、この問答を「蘐園派の文学説の影響を色濃く受けた枝直の和歌説に、観山がそもそも和学は如何にあるべきかとの枠組をもって道学者流の反論を加えたもの」と評している。『和学論』の引用は、鈴木淳氏「加藤枝直・松宮観山著『和学論』」（『江戸和学論考』ひつじ書房、一九九七年）による。

（10）中村幸彦氏は、「五井蘭洲の文学観」（『文学研究』第六十六輯、一九六九年九月、のち『中村幸彦著述集　第一巻』中央公論社、一九八二年所収）において、「近世儒者の文学観に関する研究の現状は（中略）余りにも進歩的と見做される人々に片寄っている。」と述べ、そうした観点から、仁斎・徂徠・北山ら「進歩的な人々」に比べ、進歩性・独創性では劣る蘭洲を、変化しつつあった後期朱子学者の代表者として取り上げる。なお、本節で検討した蘭洲・景範の発言は、中村氏の論考でも引用されている。
(11) 引用は、国文学研究資料館蔵初雁文庫本による。
(12) 引用は、管宗次氏編『和泉書院影印叢刊　四十六』（和泉書院、一九八五年）による。
(13) 真淵以降の歌人の家集や類題集に、後に詳述するように真淵が提案する題詠の方法での詠歌が多く見られることは、真淵の指導の影響力を示している。たとえば江戸派の春海・千蔭・清水浜臣らの家集に絵を題とした歌が多く見られるのは、画賛とともに絵の題による歌会の成果が反映されているためである。また、仮名書きの『古今和歌六帖』雑思部の題について、『類題草野集』、『類題鰒玉集』が例歌をおさめていることも、真淵が与えた影響の一例といえる。
(14) 田中康二氏は、『歌がたり』について「「題詠」という詠歌態度は『歌がたり』の中でも、とくに力を入れて批判される項目なのである」と述べ、春海の主張における題詠批判の重要性を強調している（「歌論成立論―『歌がたり』の成立とその位置」、原題「村田春海『歌がたり』試論」『国文論叢』第二十一号、一九九四年三月、のち『村田春海の研究』汲古書院、二〇〇〇年所収）。
(15) 以下、『贈稲掛大平書』の引用は、『日本歌学大系　第八巻』（風間書房、一九七二年）による。
(16) 引用は、『歌論歌学集成　第七巻』（三弥井書店、二〇〇六年）による。
(17) 引用は、『日本歌学大系　第六巻』（風間書房、一九五六年）による。
(18) 引用は、『日本歌学大系　第八巻』（風間書房、一九七二年）による。
(19) 架蔵本による。『和歌八重垣』の他にも、板行された啓蒙的歌学書類には、近世を通じて、題詠および題字に関する記事が載る。その一部をあげる。

一、結題　但虚字実字ト云フ事アリ。実字トハ四字五字ノ題ヲ残ズ歌ニ読入レネバ叶ハザル題アリ。又、虚字トハ読入ネドモクルシカラザル題アリ。タトヘバ野外何ト云外ノ字ハ虚字ニテスツルベシ。只、野ノ事マデニテクルシカラズ。

一、題廻　是モ上手ノウヘニテ題ヲ歌一首ノ中ヘオシマワシテヨムナリ。俗ニ云、隠題トハ違也。

（『歌道名目抄』正徳三年刊）

（目録）〇出題の事〇組題の口伝〇仮名題并古歌の句題の事〇題詠の覚悟

（余裕『増補和歌作法』明和九年刊）

（目録）○一字題○結題○難題○経文題○詩句題○組題○結題の文字虚実○結題の文字まはしてよむ格○傍題○落題○おもしろくよまれぬ題○詞書のある歌のよみかた
（尾崎雅嘉『和歌呉竹集』寛政九年刊）

(20)『増訂賀茂真淵全集　第十二巻』（吉川弘文館、一九三二年）による。

(21)引用は、『日本歌学大系　別巻三』（風間書房、一九七二年）による。

(22)引用は、宮内庁書陵部蔵本による。

(23)引用は、『近世歌学集成　中』（明治書院、一九九八年）による。また、この証歌に対して、『耳底記』では、詞書にある語が歌に詠み込まれないことを理由に、当代ではそうした詠みぶりを行わないようにとする細川幽斎の教えを記している。「詞書の歌」の史的展開については、本書第二章第二節で詳述する。

(24)引用は、『日本歌学大系　第八巻』（風間書房、一九七二年）による。

(25)男性歌人による「女歌」あるいは女性歌人による「男歌」自体は、古来より多く詠まれ、特に問題ともなっていない。たとえば後藤祥子氏は、式子内親王の「玉の緒の」の歌は男の立場で詠まれたとするべきであるという論の中で、「新勅撰に至れば、女流による男性恋歌はもはや常識であって、中世歌人は誰一人それを奇異とはしなかった。」（「女流による男歌」『平安文学論集』風間書房、一九九二年）と述べている。そうした状況のもと、真淵は、実情・実景に基づいて歌を詠むべきであると主張する一方、こうした伝統については継承することで創作の自由度を確保している。

(26)鈴木淳氏「県門の女流歌人たち」（原題「近世の女流歌人たち―賀茂真淵とその門流―」『国文学　解釈と鑑賞』第六十一巻第三号、一九九六年、のち『江戸和学論考』ひつじ書房、一九九七年）。真淵が注釈において「せこ」の語は女が男を呼ぶ語と強く主張しながら、自身の歌で「萩がちる秋風寒く成ぬるかせ子が衣もぬひあへなくに」というように「せこ」の語を用いていることを指摘する。なお、真淵と同様、橘千蔭にも次に挙げるように「せこ」を用いた歌があり、こうした詠歌は真淵に限ったものではない。
　嵐山たかねのさくら折りかざしかへれわがせこ花ちらぬまに（千蔭『うけらが花』「二月ばかり京へ行く人をおくる」）

(27)以下、『万葉集』以外の和歌の引用は『新編国歌大観　第九巻私家集編五』（岩波書店、一九九一年）により、『新編国歌大観』歌番号を付した。

（28）以下、『万葉集』の引用は寛永二十年版本を底本とする『国歌大観』（角川書店、一九五一年）により、『国歌大観』歌番号を付した。

（29）この歌と並んで同題で『賀茂翁家集』に載る歌が、別本系の真淵の家集である『鴨真淵集』では「柳多き家にまろうどの来てたてるかたを」という題で収録される。春海に「柳おほかる家に人来たれり」、千蔭に「柳おほかる家に人来る」という題の歌がある。真淵が詠歌方法の選択にあたって、場を共有する門人の質を意識していることは、長歌を対象に本書第一章第二節で論じたが、短歌についても同様に詠まれた場の検討が必要と考えられる。よって、ここではまず、高弟である千蔭と春海も詠んでいるこの題の歌を取り上げた。なお、この歌は田林義信氏『賀茂真淵歌集の研究』（風間書房、一九六六年）によれば、延享三年二月の作とされる。同年九月に真淵は田安家に出仕するため、区分としては第一期に当たるものの、寛保二年からの「国歌八論」論争以降は万葉主義がはっきりしだすと井上豊氏が指摘するように、第二期の特徴が色濃く見られる時期である。

（30）『万葉考』は第三句「結べらば」と訓読する。

（31）引用は、『伊勢物語古意』（『伊勢物語古注釈書コレクション　第五巻』和泉書院、二〇〇六年）による。

（32）「あわをによれる」の解釈は、以下に示す『伊勢物語古意』三十五段の解釈に拠った。引用は、前掲注（31）書による。なお、『万葉考』では狛諸成の私見が書かれているのみで真淵の解釈は不明である。

　万葉にては、玉の緒は数の糸してよれる糸をもて沫てふむすび形に結べるなり。其緒の如く、共に心の糸を交おかば、今こそあれ、在経て後にも必あひてんとなぐさめてより。（中略）沫緒は緒の結び方の名也。

（33）田林義信氏前掲注（29）書によれば延享四年の作とされる。

第四節　真淵の万葉調

はじめに

本章第一節でも佐佐木信綱の言を引いて述べたように、一般に和歌史上における真淵の評価の中心は万葉調和歌にあるとされてきた。その万葉調ゆえに、真淵は当代にそぐわないとして、あるいは万葉調を読みおおせていないとして批判もされ、また近代の万葉調歌人たちに称賛されもした。ただしその批判と称賛の内容は、批評する者の立場に引きつけたものであることが多く、近世和歌研究においても、真淵の和歌表現を具体的に分析する機会は乏しかったように思われる。したがって真淵の万葉調の実態は十分に解明されているとはいえないであろう。本節では、真淵の鷲を詠む歌を端緒として、真淵の万葉調の実態について考えてみたい。

一

真淵に、以下の詠がある。

嵐

しなのなるすがのあら野をとぶわしのつばさもたわにふくあらし哉　（『賀茂翁家集』巻二・三〇四）

この歌は、宝暦二年（一七五二）に詠まれたものである。(1) 真淵の諸歌集に収録されており、有名な歌のひとつと言ってよいだろう。この歌は万葉歌を典拠としており、真淵歌におけるいわゆる万葉調の歌といえる。ただし、真淵の万葉調は万葉歌の特質を正しく継承できておらず、不完全であるとされることが多い。その場合に比較的若い頃の作であるこの歌は、その典型のように評される。またこの歌は、近代歌人が真淵を万葉調の点から評する際にも言及されるほか、本節で詳述する通り、歌材の選び方や表現方法にも真淵の特徴がよく表れたものと考えられる。そのため、真淵の万葉調を解明する好例といってよい。

以下、この詠に対する評価を検討したのち、表現方法や題材の選択について具体的に分析し、真淵の万葉調の特徴について指摘する。

二

まず、この歌に対する批評を見る。前述のとおりよく知られている歌であるため、注釈や言及は数多くあるが、なかでも、特に表現について詳しく扱う正岡子規と窪田空穂の批評をあげてみたい。

「飛ぶ鷲の翼もたわに」などいへるは、真淵集中の佳什にて、強き方の歌なれども、意味ばかり強くて、調子は弱く感ぜられ候。実朝をして此意匠を詠ましめば、箇様な調子には詠むまじく候。「もの丶ふの矢なみつくろふ」の歌の如き、鷲を吹き飛ばすほどの荒々しき趣向ならねど、調子の強き事は並ぶ者無く、此歌を誦すれば霰の音を聞くが如き心地致候。（正岡子規『三たび歌よみに与ふる書』(2)）

子規はこの歌を、内容や趣向ばかりが強く荒々しいが、歌全体の表現としては弱く感じられるとして批判している。この子規の評価について林達也氏は、この箇所以外も含む子規の真淵評全体を踏まえて考察を加え、子規の批判が表現の方法に向けられていることを指摘し、「「嵐」の景ならば、もっと緊迫した、それこそ鷲の羽音を感じさせるような語調の表現がなされるべきだと言うのである」、「子規の見るところでは、真淵には『万葉集』の表現をすべて丸抱えで受け入れることに躊躇するところがあ」ると結論する。(3) 鈴木健一氏は林氏の子規読解に賛同したうえで、批判されがちな真淵のこの特徴を「この歌人の美質である」ともする。(4)

このような子規の批判の一方、空穂は真淵歌をそれなりに評価もしている。

> 題詠の歌で、嵐の強さをいはうとしてゐるものである。「信濃なるすがの荒野」を、国柄と名前とから、嵐の強い所とし、その空に鳥の王ともいふべき一羽の鷲を捉へ、そのひろげた翼の撓むことによつて、嵐の強さを具象したものである。調べも、直線的に、直《ひた》押しに押したもので、強さがあるといはなければならない。分解すると、すべてが整つてゐるのであるが、それを一首の歌とすると、感味はその割合には無く、題詠の臭味が可なりまである。力を尽した作と見えるが、実感でない限り、真淵にしても如何ともし難いところがあつた事を示してゐる。
>
> （窪田空穂『江戸時代名歌評釈』(5)）

歌を部分部分で捉えてみると、場所、鷲とその様態など、詠まれたものがそれぞれ強さを示すもので、その表現も直線的で強い印象があると空穂は評価する。しかし、歌全体で見ると、感動が得られないという。その理由を、題詠であるために、実感が伴いにくく、ともすれば臨場感を欠いてしまうことにあると結論している。真淵の弟子筋の間宮永好が『八雲のしをり』において、この歌を「是等は実をもてよめり[6]」とするのと対照的である。

子規と空穂の評価は、否定の度合の違いこそあれ、強い歌を目指して景物や言葉が選び取られているものの、歌全体としてはその強さを持ち得ていないということでは共通している。この評価を踏まえ、なぜそのような印象を与えるのか、典拠の利用法、景物の詠み方、ことばの使い方に注目して、以下検討してみたい。

三

当該の真淵歌は二句までを以下の万葉歌に拠る。

信濃なる須我の荒野にほととぎす鳴く声聞けば時過ぎにけり　（『万葉集』巻十四・三三五二[7]）

この歌は巻十四の五首目の歌で、東歌のうちの一首、信濃国の歌である。信濃国の菅荒野は、『歌枕名寄』にも立項され七首の歌が収められており、それなりに知られた地名と言ってよい。『歌枕名寄』の七首には、右の万葉歌とともにこれを取った源俊頼の「信濃なるすがのあら野にはむくまのおそろしきまでぬるる袖かな」（『散木奇歌集』）も取られており、本万葉歌は菅荒野の詠の基本になっていると考えられる。この歌の現行の注釈をみると、「信濃の須我の荒れ野でほととぎすの鳴く声を聞くとその時節は過ぎたらしい[8]」とされている。古注釈では、「時過ぎにけり」の解釈をめぐって見解が分かれている。たとえば契沖は、次のように述べる。

和名集云、筑摩郡宗賀《ソガ》〈曽加〉。（中略）落句ハ、時ノ至ルト云意ナリ。第六ニ、時ノユケレバ都ト成ヌトヨメル

ヲ思フベシ。霍公鳥ハ農ヲ催ホス鳥ナレバ、サル心ナドニテモカクハヨメル歟。（『万葉代匠記』精撰本）(9)

まず「須我の荒野」に関して、『和名抄』に拠り、筑摩の「そが」であるとする。そして結句を「時が至る」すなわち、その「時が来たら」と解している。この句と同趣の歌としてあげている「第六」とは、万葉歌の、

　をとめらがうみをかくてふかせの山時のゆければ都となりぬ（『万葉代匠記』巻六）

のことであり、「時が来たら」鹿背の山が都になったという内容を指している。これを当該万葉歌に当てはめれば、「時が来たら」ほととぎすが鳴いたということになろうが、契沖はほととぎすについて、農業作事を促す鳥であるので、そういった意味合いもあって詠んだかという。ともあれ契沖は、「時過ぎにけり」の句を春が過ぎて初夏が訪れたという意味に解しており、その場合この歌は東国の初夏の風景を詠むものとなる。

それに対して真淵は、この歌に強い望郷の念を読みとっている。

　和名抄、此国の筑摩郡に苧賀郷《ソガノ》〈曽加〉といへる有、是ならん。集中に菅・曾我通はしいへる数有。（中略）旅に在てとく帰らんことを思ふに、ほとゝぎすの鳴まで猶在をうれへたるすがたも意も、京人の任などにてよめりけん。又相聞の方にも取ば取てん。（『万葉考』巻六）

場所については契沖と同じく筑摩の「そが」であるとする一方、真淵は当該歌を、旅にあって早く帰りたいと思っ

ていたにも関わらず、ほととぎすが鳴くにいたるまで長くとどまってしまったことを憂う歌とする。京の人が地方官などの任で詠んだのかといい、また思う人に会いたいという恋心を読みとることもできるとしている。つまり、この歌は信濃で思いのほか時を過ごしてしまって、京にいまだ帰ることのできていない境遇を憂うことを旨とすると判断しているのである。

ちなみに真淵の師である荷田春満の注釈をうけつぐ荷田信名『万葉童蒙抄』の解釈は次の通りである。[10]

此ときすぎにけりを、時来りたると云ふ義と釈せる説あれど、ときすぎとあるを、時の来れるとは差し当りて無理なる説也。時過ぎたるとなれば夏もたけ秋の頃にもなれる意なるべし。さるによりて、すがのあらのと詠みて、あれ過ぐるの意を含みて、あら野を詠出たるなるべし。すがのあら野は信州にある野の名也。

（『万葉童蒙抄』巻十四）[11]

「時が来た」とする契沖に見られる説を否定している。場所の認識は契沖、真淵と同じである。ただし、どのような感慨が込められたものなのか、時が過ぎたとはどういった状況なのかといったことに対する言及はない。

こうして見ると、積極的に詠歌主体の心情を読み取ろうとする真淵の解釈が目立つ。しかしながら、真淵自身の当該鶯詠にはこうした万葉歌の心情は少なくとも言葉のうえには表されておらず、また背景に活かされているとも考えにくい。

『万葉考』は真淵の晩年の著作であり、この鶯の歌は『万葉考』に先行して詠まれているため、歌を詠んだ当時に真淵が前述のような心情を深く読み取る解釈を取っているとは必ずしも限らないが、真淵の歌には詠まれている景に対する心情、感興が直接的に表現されていないことは確かであり、その点において、典拠とした万葉歌に詠歌主体の感興が述べられるのとは大きく異なる。むろん、典拠を用いて歌を詠む場合、典拠とする歌の趣向をそのまま取り入れないことが伝統的な和歌のあり方としては目指されるべきであり、(12) 真淵の方法はむしろそれに適ったものともいえる。ただしそうした場合、心情を直接的に述べることで生まれる素直さや力強さといった万葉歌の特質は失われてしまう。子規や空穂が述べる、力強い言葉、題材、表現を用いながらも歌全体の印象がそれに相応しないというこの歌の特徴は、こうした典拠の利用法が一因になっていよう。

四

これまで典拠の利用法について考えてきたが、ここからは「嵐」という題において「鷲」を詠み込んだ真淵の意図を検討する。「嵐」という題は『古今集』以下勅撰集に見られず、「山家嵐」「旅宿嵐」のような結題であれば『新古今集』で見られるようになる。勅撰集以外では、類題であるため厳密には「題」ではないが『古今和歌六帖』の「天」の項目にあるのが早く、その後も類題集に立項されるほかには『永久百首』「秋十八首」のうちに歌題として設定される程度で、単独での歌題としてはなじみの薄いものとなっている。したがって、歌題としての「嵐」の本意は定まっておらず、「嵐」を感じられる景を自由に詠むことができると考えられる。つまり「嵐」と「鷲」の組み合わせに必然性はなく、この選択は真淵の創意によるものと言える。それゆえこの歌を理解するには「鷲」の持つイメージの把握が重要になる。

「鷲」そのものは、和歌史においてはそれほど一般的な鳥ではないが、一定の詠まれ方がある。これを踏まえることが当該歌を解釈するうえで重要であるので、一覧しておきたい。

まず鷲を詠んだ歌として古いのが、万葉歌である。

鷲の住む筑波の山の裳羽服津のその津の上に率ひて（以下略）　（『万葉集』巻九・一七五九）

筑波嶺にかが鳴く鷲の音のみをか鳴き渡りなむ逢ふとはなしに　（同・巻一四・三三九〇）

渋谿の二上山に鷲ぞ子産とふ指羽にも君がみために鷲そ子産とふ　（同・巻一六・三八八二）

鷲は筑波嶺に住んでいるとされ、筑波の山の形容として用いられたり、その鳴き声を詠まれたり、羽を翳にでもされたいと子を産むと詠まれたりしている。鷲が動く姿は詠まれておらず、実際に見たり身近に感じられたりといった機会には乏しい鳥であるように思われる。鷲のイメージをさらに知るために、これらの歌の古注釈のうち、とくに鷲に関して述べている箇所を参照すると、以下のとおりである。

此鳥ハ深ク険シキ山ニ棲テ巣ヲモクフ故ニ、山ヲホメテ云ナリ。　（『万葉代匠記』巻九）

巻十四の常陸歌にも、筑波根にかゞなく鷲と詠めり。高山故常の山に異なれば、鷲の住なるべし。　（『万葉童蒙抄』巻九）

鷲のこゑを奥山にて聞しに、鳥の声ともなく、大なる木など折が如く、我久々々《ガグヾヾ》と鳴ぬ。　（『万葉考』巻六）

鷲は、深く険しく高い山に棲む鳥であり、むしろその鷲の存在によって、山の高さ、険しさを際立たせ、その山を称賛することができるという。また、鳴き声も普通の鳥とは違うとされるように、一般的な鳥とは違う存在として捉えられていることがわかる。ここでも、鷲が実際に飛ぶことや鷲の全体像などについては言及がない。「鷲」という語自体は詠まれていないものの、鷲が詠まれているとも解される万葉歌もある。

真鳥住むうなでのもりの菅の根を衣にかき付け着せむ児もがも　（『万葉集』巻七・一三四四）

真鳥が住むうなでの神社の菅の根を衣にかき付け着せてくれるような女性がいて欲しいものだという歌である。初句の「真鳥」について真淵は次のように述べている。

木の真木は檜也、獣の真がみは狼也、鳥の真鳥は鷲をいふにあらずや。かの真鳥の大臣の名もあるからは、真鳥てふものは有ぬべき也。さて巻九に鷲住筑波乃山とよみ、又集中に筑波嶺に賀我鳴わしともいへるをむかへ見るに、この雲梯の神社はいと〲神代より伝りてあらたなる事と聞え、世に殊に木深くて鷲の住が故に、何となくよめるにやあらん。さては冠辞ともあらねど、他《ヒト》の説によりて挙つ。（『冠辞考』巻九「まとりすむ」）(13)

『冠辞考』は枕詞の解説書であり、真淵は「まとりすむ」を枕詞とは思わないがとことわりつつ、他の人の説で枕詞とされることがあることを理由に解説を加えている。この真淵の解説によれば、木や獣にも「真」をつけて、それぞれ檜や狼を表すという。なぜ木や獣のなかで檜や狼を言うのかという理由は説明していないものの、それぞれ木、獣のなかでとりわけ優れている、目立っているといったものを「真」をつけることで表せるということであろうか。真淵はこの法則に従い、「真鳥」を鷲であると確定している。先にあげた契沖の『万葉代匠記』巻九にもあったように、鷲が住む山は険しく深い山であるということも述べている。

現在でも「真鳥」は辞書類でもまず鷲があげられ、ついで鵜など、立派な鳥も指すといった定義がされているようである。[14] しかし古注釈・歌学書などでは、「真鳥」が何を指すのかについては次のように諸説ある。

真鳥ハ鷲也。エスビ《ママ》ハワシノハヲバマトリトイフ也。
（『仙覚抄』[15]）

顕昭云、まとりとは鵜をいふなり。さてまとりすむうと、やがてその名をつゞくる也。随て或人の申されしは、件杜に鵜おほく住むなり。（中略）但、敦隆が類聚万葉には、鵜歌と真鳥歌と別挙レ之、別鳥と存歟。（中略）或人云、別鳥名也。ま文字はよろづのものに付けたり。（中略）然者まとりといふものある歟。
（『袖中抄』[16]）

鵜　まとり。しまつとり。
（『八雲御抄』[17]）

管見抄云。まとりは鵜の名なり。うなでは美作の国に有森の名なり。まとりはうなれば、うなでとつゞくといへども、住といふ字に心得がたし。鵜は海に住ものなれば、まとり住海といひかけたるものなり。今案、まとり住海と料簡したる面白し。又ひとつの愚意を述ば、鵜ならずとも、木をまきといふごとく、よろづの鳥を真鳥といふべし。もりには諸鳥来てあつまるものなれば、かくもつゞくる歟。
（『万葉代匠記』初撰本）

此真の字心得難し。魚鳥ならんか。真鳥と云鳥を何いへるとも無二証明一也。諸抄の説は鵜の一名といひ伝へたり。又鷲のことゝもいへり。説まち〳〵にして一決し難し。尤、上古人名に大伴真鳥といへるものありしは、鳥の一名とも聞えたり。然れ共何鳥と云考ふべきより処なし。（中略）こゝも鵜の一名と見て、うなでの森と詠出たる冠字に置ける五文字と見て済也。
（『万葉童蒙抄』）

『仙覚抄』では鷲であるとするが、『袖中抄』以下『万葉童蒙抄』まで、鵜説を重視している。「う」音を持つ「鵜」が住むもりであるゆえ「うなで」を導くという、『袖中抄』に見られる説を『万葉童蒙抄』は支持し、『代匠記』は下河辺長流の『万葉集管見』の鵜説を検討しつつ、いろいろな鳥を真鳥というとする。このように諸説ある状況のもと、真淵が鷲説を強く打ち出していることからは、鷲こそが鳥を代表するにふさわしいという鷲に対する強い思い入れが読み取られよう。

さて、『万葉集』以後の「鷲」の語を使う和歌についてごく簡単にまとめておく。勅撰集において「鷲」は、釈迦が説法をしたという「霊鷲山」を詠み込むときに用いられる。その際、「わしの山」「わしのみ山」と呼ばれる。比叡山をさすこともある。その内容は、たとえば次にあげるように、釈教歌として詠まれている。

寿量品のこころをよめる

わしの山月をいりぬとみる人はくらきにまよふ心なりけり　（『千載集』・巻一九・西行・一二三二）[18]

霊鷲山に月がはいってしまったと見る人は、闇に迷う心を持っているのだ、という歌である。このように「わしの山」を詠む歌は、『後拾遺集』以下、数多く詠まれている。その一方で、「鷲」そのものを詠む歌は、先にも述べたように、類題集である『古今和歌六帖』『新撰和歌六帖』『夫木抄』にそれぞれ「わし」の項目が立てられ、入集しているに留まる。[19]

真淵は古今六帖題を詠むことを推奨したが、それは他の題よりも自由な発想がゆるされるからであった。[20]『夫木抄』は、珍しいものを含んだ非常に数多くの題の歌を収集していることを特徴とする類題集であり、そこには勅撰集の伝統から外れるものも含まれている。勅撰集が作り出す伝統的な和歌の世界の中心に鷲を詠む歌はなかったといえよう。そうした状況にあって、『古今和歌六帖』の「わし」の項にあげられているのは二首で、先にあげた「筑波嶺にかか鳴く鷲の音の」(巻一四・三三九〇)・「渋谿の二上山に鷲そ子産といふ」(巻一六・三八八二)であり、いずれも万葉歌であることを踏まえれば、和歌における「鷲」はとくに『万葉集』のイメージを持つ鳥といってよいだろう。なお、『古今和歌六帖』の「わし」の項目は、第二帖の「野」の下位分類として設けられているが、その「わし」の項にあげられる二首の万葉歌にはいずれも「野」の語そのものは詠み込まれていない。元来、鷲は野にいるものという認識に基づく分類項目の設定なのであろうが、この二首自体にも山の麓の野はイメージされるものと捉えられてもいよう。真淵が「鷲」と組み合わせて「あら野」を詠みこむことを選んだ背景には、『古今和歌六帖』における「鷲」と取り合わせられる景物としての「野」を分類項目とする万葉歌読解が反映していると思われる。

「鷲」のそうしたイメージにくわえて、当該歌の典拠の歌との景の違いも重要である。先述の真淵の解釈にしたがえば、典拠とした万葉歌において、すがの荒野に存在するのはほととぎすの声を聞く詠歌主体のみであり、聞こえてくるほととぎすの声を聞くとその憂いに気付かされるという。すみなれた古里を遠く離れ、寂寥とした東国の地にひとりたたずみ、聞こえるのはほととぎすの声ばかり、といった景がうかぶ。一方、当該歌で詠まれている景は、嵐の中で翼をたわませて荒れ野に飛ぶ鷲という、もとの万葉歌の寂然とした景とは対照的に、いわば動きのある景物がぶつかりあう、非常に動的なものである。そもそも嵐は、和歌の世界では庵の寂寥感を増したり、花を散らせたりすると詠まれることも多く、鷲の翼をたわませるほどの激しい暴風は目立つ。ここにも、当該歌が力強さを志向して詠まれたものであることがあらわれている。

以上、真淵にとって「鷲」を詠む意味と詠み振りの特徴について検討してきた。嵐の激しさを詠むにあたり、『万葉集』に詠まれることを特徴とする「鷲」を選んだことはまず『万葉集』に対する真淵の関心の高さを表している。

そして、『万葉集』における鷲の詠み振りの典型からは離れ、力強い鳥の王としての「鷲」が、嵐に立ち向かい、空に大きく羽ばたく姿を詠むことを真淵は選んでいる。それが、理想とする「ますらをぶり」を真淵なりに表現する方法であったのだろう。

五

これまで当該歌の『万葉集』との関連、伝統的和歌世界を離れた景物・詠み方について論じてきたが、つぎにことばの使い方について考えてみたい。

第四句、「つばさもたわに」であるが、「たわに」という語は、雪や露が置いて枝などがたわむ場面でよく用いられる。たとえば『古今和歌六帖』『後撰集』に入る以下の歌がある。

卯花のかきねある家にて
時わかずふれる雪かと見るまでにかきねもたわにさける卯花

（『古今和歌六帖』巻一・八二一、『後撰集』巻四・一五三）

この歌は、卯の花があたかも雪が積もっているかのごとくたくさん咲いて、垣根がたわんでいる様子を詠んでいる。「たわに」の語は、花の重みで枝が静かに沈みこんだ状態を表す語として用いられている。それに対し、真淵は大空を力強く飛ぶ鷲と向かってくる風という、力と力がぶつかり合った結果、そのつばさが風でたわんだ様子を詠んでおり、本来の「たわに」の語のイメージではその激しさを表し得ないように思われる。

さらに「弱い表現」といえるのが、結句の「ふくあらしかな」である。これについては、真淵歌について肯定的に評する傾向にある斎藤茂吉でも、「結句の『ふく嵐かな』は弱く、いまだ万葉調を理解していない」[21]と批判している。「かな」は新古今時代に多く用いられており、また近世には「かな」で結句を留め、安易に余情を含ませることを禁ずるため、「つつ」とともにこれで結句を留めることが制限されもし、伝授も存在した[22]。実際、「ふくあらしかな」という句はたとえば、「ささのはは深山もさやにうちそよぎこほれる霜を吹く嵐かな」（『新古今集』巻六・六一五・良経）として『新古今集』に詠まれている。

当時から真淵のこの表現が問題とされたことは、本居大平が古風の和歌を集めて編んだ歌集『八十浦之玉』への入集の仕方を見てもわかる。『八十浦之玉』には、大平が自らが理想とする古風の和歌となるよう、歌の表現を変えてしまっている箇所が多くある[23]。真淵のこの歌も、結句は「ふく嵐かも」と改められている。大平が真淵歌の「かな」を「かも」に変えている箇所は他にもあり、接続する語に関わらず、「かな」の語は古風にふさわしくないと大平は考えていたのだろう[24]。

以上のように、真淵の鷲詠について具体的に検討してきた。当該歌は、上句を『万葉集』に拠りつつ、『万葉集』に登場し、力強い印象を持つ鷲を、これまで和歌ではなじみのない動的な場面に設定して詠んでいる。一方で、万葉歌が示すような直接的な心情表現を持つことがなく、また勅撰集にもよく見られる伝統的和歌表現を利用した、当代において奇異なものとは見なされない叙景歌として仕立てあげたものといえる。

六

これまで述べてきたように真淵の鷲詠では、強く感情を表す万葉歌を典拠としながら、その感情の部分を継承せず、また新たに心情の描写を加えることはなく、新たな歌を作り出していた。こうした傾向は、真淵の他の歌にも見られる。

二月九日さくらを
うらうらとのどけき春の心よりにほひいでたる山ざくら花
（『賀茂翁家集』）

これは宝暦六年（一七五六）、真淵宅で行われた歌会の詠である。この歌は、次の万葉歌を意識していよう。

うらうらに照れる春日にひばり上がり心悲しもひとりし思へば
（『万葉集』巻一九・四二九二）

うららかな春の日の光に、雲雀が高く飛びあがるなか、一人物思いすることのもの悲しさを詠む歌である。のどかな春の日にひばりは高く上っていくが、詠歌主体は孤独で悲しみを感じている。春日とひばりは背景にあって、詠歌主体の悲しみの心情を際立たせている。

この歌を踏まえた真淵歌は、うららかな春の日に咲き出した桜花であるとして、その景を詠むばかりである。詠み込まれているのは花の咲くごく一般的な春の様子であり、そこに詠歌主体の強い思いが表されるわけではなく、また激しい感慨もない。一首全体として真淵歌は春の日を穏やかに詠んだ歌である。

うぐひすを

うちわたす竹田の原の雪のうちに鴬なきぬ春のはつこゑ

（『賀茂翁家集』）

これも宝暦十二年（一七六二）正月十八日の歌会で詠まれた歌である。真淵は、見渡す限り広がる竹田の原にまだ雪があるうちに鳴いた鴬の春の初声であるよと詠んだ。この歌の典拠は、

うち渡す竹田の原に鳴く鶴の間無く時無し我が恋ふらくは

（『万葉集』巻四・七六〇）

であろう。この万葉歌は、見渡す限りの広い竹田の原に鳴く鶴のように絶え間もないことだ、わたしが恋しく思う気持ちはという歌である。万葉歌では「鶴の」までは「間無く」を導く序であり、自分の恋しく思う気持ちの絶え間ない様子を強調するために用いられたものである。それに対して、真淵の歌は寒い雪のなかで春の到来を知らせる鴬が鳴くという竹田の景を詠むことに目的があり、ここでもまた、詠歌主体の心情は示されない。

最後に、晩年の真淵が詠んだよく知られている歌を取り上げておきたい。

にほどりのかつしかわせのにひしぼりくみつゝをれば月かたぶきぬ

（『賀茂翁家集』）

明和元年（一七六四）、引っ越しをして間もない真淵宅での月見の宴において詠んだ歌で、「九月十三夜県居にて」という詞書をもつ連作の五首目である。この歌には複数の典拠を指摘できるが、その一つが次の歌である。

にほ鳥の葛飾早稲をにへすともそのかなしきを外《と》に立てめやも　（『万葉集』巻一四・三三八六）

この万葉歌は、葛飾の早稲を神に供えて斎みこもる夜であっても、どうして愛しい人を外に立たせておくことができようかとして、強い愛を詠むものである。対する真淵の歌は、新酒を飲みながら過ごしていると夜が過ぎてしまったという出来事を詠んでおり、その楽しさが背景に意識されてはいるだろうが、万葉歌のように、激しい「かなしき」気持ちを強調して示すために葛飾早稲を用いるというのではない。真淵歌は心情を表すことはなく、「にほどりのかつしかわせ」の語も景の一部として詠み込まれている。

このように万葉語を用いながらも、万葉歌の有する心情描写は継承しないという方法は、『万葉集』らしい力強さを失った歌を生み出すことになり、これが後世、不完全な万葉調であるとして批判を受ける一因となっているようにも思われる。しかしながら、万葉語を用いて詠歌主体の周囲の景物を新たに詠み出だすことは、万葉世界を当代によみがえらせる試みと言え、ある種の万葉調を達成している。また、心情を言葉で表現しないのは、直接的に心情を説明するのではなく、その感興が歌を読むものに自然と起こるのが古代の理想的表現であるとする真淵自身の主張の実践でもある。(25)

おわりに

本節で検討した真淵の鷲詠は、真淵が上代志向を確立するまでの過程に位置付けられるものではある。しかし、この歌を検討すると、万葉歌を典拠とする際に、真淵にとっての万葉らしさと伝統的和歌表現を組み合わせて一首に仕立てるという、後の和歌にも共通する手法が取られていることがわかる。ここに真淵の生涯にわたる万葉調の基盤を指摘できるように思われるのである。

注

（1）田林義信氏『賀茂真淵歌集の研究』（風間書房、一九六六年）による。
（2）引用は、『子規全集　第七巻』（講談社、一九七五年、初出『日本』一八九八年二月十八日）による。
（3）林達也氏『近世和歌の魅力』（日本放送出版協会、一九九五年、のち『江戸時代の和歌を読む―近世和歌史への試みとして―』原人舎、二〇〇七年）。
（4）鈴木健一氏「賀茂真淵の古今集」（『和歌文学研究』第八十六巻、二〇〇三年六月、のち『江戸詩歌史の構想』岩波書店、二〇〇四年所収）。
（5）窪田空穂『江戸時代名歌評釈』（非凡閣、一九三五年）。
（6）引用は、『日本歌学大系　第九巻』（風間書房、一九七二年）による。
（7）以下、『万葉集』の引用は、寛永二十年版本を底本とする『国歌大観』（角川書店、一九五一年）により、『国歌大観』歌番号を付した。
（8）小島憲之氏・木下正俊氏・東野治之氏校注・訳『新編日本古典文学全集　第八巻』（小学館、一九九五年）。

(9) 引用は、『契沖全集　第六巻』(岩波書店、一九七五年)による。初撰本では「時すぎにけり」の解釈が記されるのみで、ほととぎすに関する言及はない。
(10) 荷田春満の『万葉集』注釈は、断片的に残っているものの、この歌に関する注釈は現在のところ見つかっておらず、『万葉童蒙抄』を参照した。
(11) 以下、『万葉童蒙抄』の引用は、『荷田全集　第五巻』(吉川弘文館、一九三二年)による。
(12) 『詠歌大概』に示される本歌取りの方法など。
(13) 『冠辞考』は宝暦七年に出版されており、真淵の著作の出版としては早いものである。本節で検討している鷲詠とも比較的年代が近いといえよう。
(14) たとえば『日本国語大辞典　第二版』(小学館、二〇〇一年)は「見事な鳥。立派な鳥。多くは鷲《わし》の異称として用いるが、時には鵜《う》にもいう。」とする。この万葉歌については現行の注釈書類でも、鷲とするものが多い。なお、『仙覚抄』以下特に詳しい記事を取り上げたが、ほかにもたとえば北村季吟『万葉拾穂抄』ではそれまでの諸注釈を集成するなど「真鳥」に関する言及がある。
(15) 引用は、京都大学文学部国語学国文学研究室編『万葉集註釈　仁和寺蔵』(臨川書店、一九八一年)による。底本「エスビ」は「エビス」の誤記であろう。
(16) 引用は、『歌論歌学集成　第四巻』(三弥井書店、二〇〇〇年)による。
(17) 引用は、『日本歌学大系　別巻三』(風間書房、一九七二年)による。
(18) 引用は、『新編国歌大観　第一巻勅撰集編一』(角川書店、一九八三年)により、『新編国歌大観』歌番号を付した。以下、『万葉集』以外の和歌の引用は『新編国歌大観』(岩波書店、一九八三―一九九一年)による。
(19) 『新撰和歌六帖』『夫木和歌抄』の歌でも鷲の羽やその羽音など鷲の一部分が注目されて詠まれることが多い。また上田秋成や村田春海らには、『万葉集』を意識した鷲の鳴き声を詠む歌がある。散文においては、良弁が幼いときに鷲にさらわれたという伝説から、子どもをさらう恐ろしい鳥としても描かれる。たとえば山東京山『鷲談伝奇桃下流水』の「三之助」や曲亭馬琴『南総里見八犬伝』の「浜路姫」などがそれにあたり、それぞれ挿絵には恐ろしい様子の鷲が描かれる。

(20)　本書第一章第三節。

(21)　斎藤茂吉「近世歌人評伝」(『岩波講座日本文学』岩波書店、一九三二年、のち『斎藤茂吉撰集　第十九巻』岩波書店、一九八二年所収)。

(22)　伝授については大谷俊太氏「テニハ伝受と余情―つつ留り・かな留りをめぐって」(『テニハ秘伝の研究』勉誠出版、二〇〇三年)に詳しい。

(23)　『八十浦之玉』の編纂事情と所収全真淵歌に対する改変の実態は岡中正行氏「本居大平編『八十浦之玉』の編纂をめぐって―賀茂真淵の撰入歌を中心に―」(『帝京大学文学部紀要』第二十号、一九八八年十月)に詳しい。

(24)　たとえば『賀茂翁家集』には「くたに咲くそのふの木木のわかみどり夏このましき宿にも有るかな」として入る歌の結句は、『八十浦之玉』では「屋戸にもあるかも」となっている。

(25)　本書第一章第一節・第二節。

第二章　真淵の古典注釈学

第一節　真淵の初期活動 ―『百人一首』注釈を中心に―

はじめに

真淵の文学史上の活動は、大きく詠歌と古典注釈に分けられる。第二章では古典注釈について論じていくこととする。

真淵は、当初荷田春満・在満を中心とする荷田家のもとで和歌および古典研究を学び、延享三年、在満に代わって五十歳で田安家に出仕して以来、真淵独自の詠歌・古典注釈をしだいに確立していったものと考えられている。しかし、真淵が自身の著作をまとめるのも主にそれ以降のことであり、活動を示す資料に乏しいこともあって、延享三年以前の真淵の活動の実態についてはいまだ明らかでない点が多い。

真淵の詠歌に関しては、数少ない詠草から、晩年に強く主張するような万葉調とは大きく異なる新古今調の歌を詠んでいたことが指摘されていたが、古典注釈のそうした質の変化についてはこれまで具体的に解明されてはこなかった。本節では、真淵自身が若さゆえの拙さが表れているとのちに嘆じた『百人一首古説』（以下、『古説』）と、その欠点を補うため晩年に改稿して、没後出版された『うひまなび』の二つの『百人一首』注釈を比較して、古典注釈における真淵の初期活動の実態とそれに対する晩年の意識を明確にする。

一

はじめに、真淵の『百人一首』注釈について概要をまとめておく。

真淵は、先に述べたように江戸で田安家に出仕する以前に、京で春満に師事している。その在京時代である享保二十年に『百人一首』講義を行ったことが、『大西家日次案記』によって確認できる。(1)この講義が真淵が行った古典講釈のうち現在確認できるもっとも早いものである。その後、江戸に移って以降も、荷田在満・信名を交えて『百人一首』講義は行われた。こうした講義を『信名在府日記』は、「百人一首会」と記録しており、(2)在満・信名・真淵による共同の研究会であったと考えられる。荷田家での『百人一首』研究に関しては後に詳述することとし、ここではまず、真淵がこうした共同研究を行い、それが『古説』の基盤となっていることを確認する。(3)

真淵には、この『古説』と『うひまなび』という二つの『百人一首』注釈がある。真淵は、『うひまなび』「後序」において次のように述べている。

こはおのれがわかくていまだしきほどに、こゝろみんとてせしわざなれば、後見るにひがごとおほく、ことの書ざまもつたなかりけり。さるをいかにと有ことにや、世にひろごりぬと俗いふなる。ひたぶるに古へのふみを思ひて、解もしるしもするに、いとまをしかれば、かゝる類ひのものは、かいやりおきつるを、此ごろよし有て、こゝかしこけしなどすることあり。猶したゝかにせんはひまなくてなむ、よしやわらはべの歌を意得んしたには、さても有なんやといふ人もあるに、え捨もかねつ。かれ名も古説といひしは、ことがましとて、うひまなびとぞかへたる。

真淵は若い頃に書いた『古説』が不完全なものであるのに流布してしまったと聞いた。ひたすらに古代の文芸の読解をおこなっているばかりで、以前試みに取り組んだ解釈は誤り多く拙いままにしていたが、近頃理由あって、この『古説』については「こ、かしこけしなど」して改訂したと言う。その改訂もきちんとしたものではないが、童蒙のためには有効であるという人もいるので、それに合わせて題も『うひまなび』と改めてまとめたと述べる。

序文において作品の完成度の低さを悔やむなどの謙辞をともなうのはよくあることである。改訂が十分でないとする真淵の言もそうしたものでもあり、これをもって内容に不満があるとは言えない。ただし、古代文芸の注釈に力を注いでいるなかで、あえて『百人一首』の注釈の改訂を行ったとすることには注目される。この頃の真淵は、『日本書紀』の和歌や『神楽歌』などの注釈を行っており、古代文芸に熱心に取り組んでいるのは間違いない。改訂に取り組むことになった「よし」自体は明らかではないが、『百人一首』という、本来尊重する古代文芸からはかなり時代の下った作品に対する注で、かついまだに不完全なものであるとしながらも『うひまなび』を出版することにした背景には、出版当時の真淵にとって、どうしても削除しておかねばならない、あるいは改めておかねばならない記述が『古説』にはあったと考えられよう。

この改訂を『うひまなび』の時点を基本にして考えれば、『古説』はいわば『うひまなび』の稿本に相当するものであり、この二編は真淵の学問の変化を捉えることのできる資料であると言ってよい。しかし、『古説』の冒頭に「賀茂真淵著・荷田在満校」と記されているゆえ真淵単独の著作とは見なされてこなかったこと、版行されたのが『うひまなび』だけであり、後世への影響が大きかったことなどから、真淵研究においても、『百人一首』注釈研究においても、『うひまなび』のみが注目され、従来『古説』への言及は少ない(4)。

ただし本書は真淵の数少ない初期の著作であり、活動の時期を示すものとしてその成立年次については言及が見られる。井上豊氏は「百人一首古説は寛保から延享の初年までの間にできたものらしい」と推測する(5)。なお、現在知られている『古説』の諸本を確認すると、土佐山内家宝物資料館蔵本にみられる谷垣守による延享四年二月十一日書写の奥書がもっとも古い年次を記したものであり、そのほかに成立年を示す記述などは見受けられない。そこで、井上氏の推測の根拠を次にあげる。

百人一首古説の成立は、本文のなかに「さりし比金吾君へ奉りし左注論」とあるから寛保二年以後なるべく、谷垣守の日記に延享四年正月から二月にわたつて、百人一首古説五冊写了の趣がみえる由であり、（三宅清「賀茂真淵の皇国学」）延享三年九月に田安家にたてまつ、た祝詞解には、冠辞考の草稿を古語冠辞考、あるひは冠辞考とよびながら、本書のなかには冠辞古説とあるから、延享三・四年ごろまでになつたのであらう。

「左注論」とは寛保二年に真淵が田安宗武に献上した『古今集左注論』を指す。井上氏は、真淵の著作に見られる書名と『古説』の書写の記事から成立年代を推定した。この井上氏の説に従い、本節でも、『古説』の成立を寛保二年以後、延享三年頃までと考えておく。

こうした『古説』を改稿して成った『うひまなび』は明和二年の跋文を持っている。明和二年は、真淵が『万葉考』巻一・二とその別記の最終加筆を終えた年であり、その上代志向も確固たるものになっていたといってよい。上代文芸を理想としながらも、『新古今集』を代表する歌人である定家が選び、新古今歌人の歌を多く収める『百人一首』について、注釈書である『うひまなび』を執筆した意図は、その序文に端的に示されている。

こゝに近き世のならはひとして、うなひ児どもを、百くさのことの葉の林にあそばしめて、にひしきほどの学びぐさとする事あり。しかしあれば、是ぞ此もの、初めに、かの山口をいはひたゞして、あがうからのかぎり、道のまけにあはせず、神なほ日のなほきいにしへの心にならはせなむとて、これをしもぞことわりぬ。

（『うひまなび』序文）

当代において、幼な子が手始めに『百人一首』を学ぶ慣習があることを認め、そうした初学段階で正しく「なほきいにしへの心」を習得できるように、『うひまなび』を著したとする。(6) このように当代の歌を学ぶ人々の実情に即して自らの主張を展開していく姿勢は、真淵の学問の特徴である。(7) 初学者の啓蒙を目的に成った『うひまなび』は、結果として真淵が晩年にいたって確立した「なほきいにしへの心」を端的に表しているという点でも、真淵の注釈学において注目に値する。

さらに、真淵の学統にある歌人たちも『百人一首』に関する活動を行っている。宣長は、注釈書こそまとめてはいないものの、契沖の『百人一首改観抄』（以下、『改観抄』）に詳細な書き入れを行い、くりかえし講釈を行っている。(8) また、春海や大平は『うひまなび』に書き入れを行って、『百人一首』研究をすすめた。(9) 真淵の学統において江戸派、鈴屋派の別に関係なく、『百人一首』はよく扱われた古典であるといえよう。

以上の点を踏まえ、まずは『うひまなび』で書き換えられた『古説』の記述を分析することにより、真淵の意識の変化を探っていくことにする。

二

『古説』と『うひまなび』のいずれにおいても、真淵の『百人一首』注釈が他の人のそれと異なる点は、歌や歌人に対する真淵自身の評価が多く述べられていることである。この傾向は、『万葉考』や『続万葉論』など、他の真淵の注釈にも共通するものである。

『うひまなび』に至って書き換えられた箇所を検討していくと、注釈の内容よりも、こうした真淵の評価が述べられている部分が多く書き換えられていることが注目される。たとえば『古説』では、『古今集』より後の時代の歌についても積極的に評価し、とくに表現に関する技巧のうまさに賛辞を与えているが、『うひまなび』においてはそのような箇所が多く削除されている。(10) 以下に具体例をあげる。

『拾遺集』にも所収される平兼盛歌、

忍ぶれど色に出でにけり我が恋は物や思ふと人の問ふまで（四十番歌）

に対して、『古説』では「ゆたかにして心の切なる歌也(11)」といってその詠まれている心情を称賛し、『万葉集』の「あひおもはずあるらん君をあやしくも歎きわたるか人の問ふまで」を典拠として指摘したうえで、「上の句の詞よろしければ、みづからの歌となれり」と、全体として典拠と同趣ではありながら、兼盛の上の句の表現に独創性をみとめて賞賛し、内容・表現ともに兼盛歌を高く評価する。ところが『うひまなび』になると、内容・表現のいずれに関する賛辞も削除される。

同様に『拾遺集』所収歌である右近の、

忘らる丶身をばおもはず誓ひてし人の命の惜しくも有哉（三十八番）

に関しても、『古説』では、

ちかごとに違ひたる男は、命をやうしなひなん、いとをしきわざかなと也。か丶る時は天のさかてをうちてのろふだにあるを、却てわがうらみをおきて、人をかなしむこと、聞人心を興すべきことになん。

と述べ、誓いを破った男を恨むのが当然であるのにそれを心配する心情を、思いやりあるものとして高く評価しているが、『うひまなび』では、

か丶る時は天のさかてをうちてのろふだにあるを、わがうらみをおきて、人をかなしむことよとてめづる人あれど、まこと丶もおぼえられず。（中略）古への歌の真こと丶は、其いへる心はよくまれあしくまれ、思ふ心のま丶にのべ出すをこそいへ、此右近の歌は、から人の思ひめぐらして作りなしたる文の教へめきて聞ゆ。後撰に、信明、わびしさを同じ心と聞からに我身を捨て君ぞかなしき、是もいか丶あらん。此ころはやく古へとことに成て、言のみまことめく世となりし也。

と述べ、思いやりと取る解を否定して、いつわりの心情を詠んだものと見なし、そこに「から人の思ひめぐらして作りなしたる文の教え」、すなわち作為性および漢学の教訓の趣があるといって非難するようになる。実際にそうした趣があるかどうかは判断し難いが、真淵自身はこの『拾遺集』の和歌について、「思ふ心のまゝにのべ出」していた「古へ」の時代とは異なり、いかにも真心があるように見せるために言葉を取り繕うことばかりに心を砕いていると言い、こうした傾向は下った時代の歌風が原因であるとする。

また、作為性に関しては、『詞花集』所収の伊勢大輔の、

いにしへのならの都の八重桜けふ九重に匂ひぬるかな（六十一番）

に対する評価の変化も注目される。『古説』では、

いにしへといひて今日こゝとうけ、時をほめたる心さへおのづからこもる《リ》侍る也。

というように、「いにしへ」と「今日」の対句的構成を指摘し、これにより時節を賛美する心までが自然と織りこまれていると称賛する。ところが『うひまなび』では、

古へといひて、今日こゝとうけたり。（中略）とりあへぬ事にてはよく侍り。されど口さきらのかしこげなるは、実の高き歌てふ物にはあらず。

とし、咄嗟の機転としてはよくできているが、本質的には認められないとする。真淵は技巧的な構成を取ることが目的化していると捉え、そこに生じた作為性を批判している。

和歌そのものではなく歌人に対する評についても、変化が見られる。たとえば、俊成について、『古説』では「遠島御抄云、釈阿はやさしく艶に心もふかく哀なる所もあり云々」として、『遠島御抄』すなわち後鳥羽院の『後鳥羽院御口伝』での俊成評を引用し、その肯定的評価を踏襲する。しかし、『うひまなび』では、この部分に引き続き、「この御定めのごとし。たゞ丈夫なる歌のなき也」と、後鳥羽院の俊成評は認めながらも、真淵自身は俊成を否定的に評するようになっている。

同様に、良経についても、歌自体を称賛することは変わらないものの、本歌取りの技法について論じるにあたり、『古説』では「此公は自然の妙手にて、つとめて至れる人の、猶及ばざるところ也」としているのに対し、『うひまなび』では「是は此公の常の歌のさまならず、いとすぐれたる也」と良経の常の技量については否定的に言及するというように、歌人評としては全く正反対になっている。

以上のように、真淵は初期の活動においては、のちに批判の対象とする『古今集』以降の歌についても積極的に評価し、特に表現技巧に高い関心を抱いていた。また新古今歌人についても、その技巧を称賛する当代の堂上歌人と変わらない認識を持っていたことがわかる。

『古説』だけに見られるこうした記述は、書簡や初期の詠作によって部分的に推測されるきらいがあった真淵の初期の意識[12]や活動内容を具体的に示すものであり、なおかつ『うひまなび』における修正は、晩年の真淵が初期と現在の活動との齟齬を明確に意識していたことを表すものとして注目される。

ここまで歌の評価について確認してきたが、続いて注釈自体の変化について、特に「序歌」の捉え方に注目して考察する。

三

真淵の注釈において「序歌」に関する定義が古典注釈史上画期的なものであることは、すでに白井伊津子氏の指摘がある。(13)白井氏は、柿本人麻呂の、

足曳の山鳥の尾のしだり尾のなが〳〵し夜を独かもねん（三番）

の歌についての『うひまなび』の次の記述を取り上げる。

古への人は心なほく、言もおほからねば、古事記に片歌といへるが如く、三句にてもいひはてたりしを、五句のしらべを専らとする世と成て、序歌てふ体は出来たり。それも猶意は末にのみ有て、本には末の意にまどひなき他《アダ》しごとを、はなやかにいひ下して、しらべをもたすけ、かざりともする也。仍て古へは序にして、たとへをかねたる歌はなし。

白井氏は、これを「『万葉集』に収める「古へ」の歌の場合、「序」であって、かつ譬喩の意味を帯びた例はないと結論すべく、「序歌てふ体」の成り立ちおよびその役割にまで言及する」と説明する。また、白井氏は真淵が『うひ

まなび』において、右のように「足曳の」の歌に対しては序が譬えを兼ねることはないとしながら、『新古今集』所収歌である好忠の歌「由良の門を渡る舟人かぢをたえ行方もしらぬ恋の道かな」（四六番）には、「命かぎりの大事なるべき事を序としていへる様、譬へをもかねたりと見ゆれば」と譬喩を兼ねているとすることを取りあげ、「真淵は、譬喩的な意味を持つと解釈しても支障はない同工の歌については、歌の詠まれた時代の新古という差を設け」て序を捉えたところに特徴があると結論する。

真淵は、古代の人々の心は素直で「言」が多くないので、三句でも思いそのものは言い尽くせたが、現在のような五句の和歌が一般的になるに従って「序歌」が成立したとし、その段階ではあくまで序の導く末にのみ歌の趣意があり、序は調べを助ける装飾の要素で意味を持たず、趣意にも関わらないと述べる。大弐三位の、

有馬山猪名のさゝ原風吹ばいでそよ人を忘れやはする（五十八番）

に関して、『うひまなび』で「歌の本は序にて、そよといはん料のみ」として、序は「そよ」という語を導くためだけにあると強調するのにも、そうした序歌観が表れている。この序歌観は、次にあげるように『国歌論臆説』にもみることができる。

さてその始は思ふ心ざしを短くうたひたるを、歌ふものから助辞・発語おのづから出で来たり。それより、冠辞、いはゆる序歌など長き発語も出で来たりて、こと長くはなりぬらん。かの序歌といふを見れば、志はたゞ一言にのみあるなり。(14)（『国歌論臆説』）

序歌の表す意味は導かれる語にのみあることが強調されている。真淵以前の『万葉集』注釈書における序歌に関する言及については、下河辺長流が譬喩的な序を指摘するにあたり、「序」という語を用いず「たとへてよめる」「よせたる」としていることや、契沖には譬喩的序歌の指摘が少ないことが既に指摘されている。[15] こうした真淵に先行する注釈においては、譬喩と序の関係についての言及が見られないのに対し、『うひまなび』や『国歌論臆説』などの真淵の序歌論はその関係を明確に論じ、意義付けたところに特徴がある。

右にあげたように、序や冠辞といった真淵の定義するところの「発語」には語としての意味内容は託されていないとし、あくまで掛かっていく語の飾りと見る考えは、真淵の上代志向の根拠として重要な位置を占めると考えられる。そのことは「ひとつ心」という語に注目するとより明らかになってくる。

古事記日本紀らに二百ばかり、『万葉集』に四千余の数なむ有を、言はみやびにたる古こと、心はなほき一つごゝろのみなんありける。（『万葉考』「万葉集大考」宝暦十年成）

かくうたふも、ひたぶるにひとつ心にうたひ、こと葉もなほき、常のことばもてつゞくれば、続くともおもはでつゞき、とゝのふともなくて、調はりけり。（『歌意考』明和元年成）

真淵は上代の歌を「ひとつ心」によるものと評し、そこに「なほき」心を見出していることがわかる。内村和至氏はこの真淵の「ひとつ心」という語の用例を検討し、その概念について、「真淵学の動機として位置付けられ、思想そのものとして独立していない」ために「空虚」であり、そのゆえに、それは「真淵学を吊り支える形而上学的中心であり、それは歌文と文献学の求心力として機能している」と結論づけ、「ひとつ心」が真淵学の中心をなす非常に

重要な術語であると強調する。(16)

真淵の「ひとつ心」の語に概念としての統一的な意味を把握しがたいことを踏まえたうえで、これら一連の真淵の記述を和歌の表現の問題に限って考えると、そこに具体的な意味が指摘できる。発語として用いられている語句自体の意味内容は、先にあげた『国歌論臆説』で言うところの「志」つまり歌の「心」には当たらないが、導くところの語の意を強調・増幅する要素として有効に機能していると真淵は主張していた。この強調される「意」は歌の「心」にほかならない。これを理想的な古代の和歌のあり方と考えるがゆえに、真淵は当代の和歌が過剰な意味内容を表そうとして「いひつめて」しまい、俳諧寄りになってしまうことを批判し、対句や発語を用い、一途な心情を反復強調して詠む長歌を復興させた。(17)内村氏も「真淵がその言葉（稿者注、「ひとつ心」）を〈一途な心・ひたぶるなる心〉という「古意」において用いたことも確かである」とするように、歌においては、一途な「心」をひたすらに詠むということを真淵は「ひとつ心」に基づくと述べるのである。

この観点に立てば、序はあくまで一途な心情を強めて表すものであり、その序自体は固有の意味を持たないからこそ、歌が「ひとつ心」によって詠まれているということになる。

ところが、『古説』では、先の「足曳の山鳥の尾のしだり尾の」の部分に関して、「序にして即譬をかねたるなり」といい、たとえとしてその意味内容を認めており、『うひまなび』とは全く異なる解釈を行っている。先にあげた大弐三位の「有馬山」の歌に関しても、『古説』では上句が序であるとは述べるものの、『うひまなび』のように「そよ」の語のみを導くと強調することはなく、序をどのように捉えているか判然としない。なお、真淵に先行する実証的注釈書である契沖の『改観抄』も、『古説』の真淵の解釈と同様に三番「あしびきの」の歌も五八番「有馬山」の歌も『古説』で序とした部分について意味内容が含まれていると解している。

その一方で、早くも『古説』において、先にあげた好忠の「由良の門を」の歌について「序歌とのみいふはくはしからず。譬たる言葉を序のやうに言ひくだしたる也」と述べ、四八歌「風をいたみ岩うつ波のおのれのみくだけて物を思ふころかな」に対して「譬喩歌とある中の一体也。序歌といふにはあらず」とするように、序はあくまで意味を持たないものとし、譬喩と序を明確に区別する箇所も見られる。

晩年に『うひまなび』で後世の序歌にかぎって譬喩的な意味をみとめるようになるのは、『古説』におけるこうした序歌論の発展したものと考えることができるだろう。たとえば崇徳院の、

瀬を早み岩にせかるゝ滝川のわれても末に逢はむとぞ思ふ（七十七番）

に対して、

本を一向に序とせんは、古歌にてはさる事なれど、此ころの御歌なれば、障りあることをそへてつゞけ下しませし成べし。然らでは右に引万葉の歌と、意も言も同じく成は、少しことなる意あるべく覚ゆ。（『うひまなび』）

とする評は、古歌では存在しないとする譬喩的序が、後世にいたって必要が生じ詠まれるようになったとする解釈を示したものとして注目される。上代の「ひとつ心」に基づくときは、直接的な心情をつつみ隠す目的があって歌を詠むことはない。時代区分と表現方法の関連性を明確にすることで、真淵の古代を尊重する歌学は体系付けられたのである。

これまで見てきたように、『古説』には譬喩と序を相対するものとする指摘が既に見られ、そのほかにも冠辞・序といった発語への言及が少なくない。こうした考察を経て、以後、古代の発語においてはその言葉そのものに意味内容が含まれないと捉えるようになることで、古代の和歌を「ひとつ心」の実践として解釈するにいたったのであろう。『古説』は真淵が自身の注釈学・歌学を確立していく過程をも示しているのである。

四

さて、真淵の古典注釈には、それ以前の注釈を排して新たな解釈を提示し、現在にいたるまで通説とされている説が見られる。『百人一首』注釈においてもそうした例はあり、真淵のそれらの解釈がどのようにして生まれたものかを見ていきたい。

『古今集』所収歌である、

ちはやぶる神代も聞かず龍田川から紅に水くゝるとは（十七番）

について、現在は「から紅に水くゝる」という語句は、紅葉の浮かぶ龍田川の様子を纐纈染めの布に見立てたものと解するのが通説になっている。よく知られているように、この語句は、顕昭以来契沖に至るまで、「水潜《くぐ》る」とされ、紅葉の下を水が潜ると理解されていた。『古今集』注釈史上では、現在通説となっている纐纈染め説は真淵が『続万葉論』で初めて提唱したとされている。(18)

ここで、『百人一首』注釈を検討すると、この解釈は『続万葉論』に先立つ『古説』にすでに記されており、そして荷田家で行われた『百人一首』評会でこの説が提示されたことがわかる。真淵は田安家に出仕する以前、江戸で荷田信名・在満と『百人一首』の評会を催しており、その成果の記録のひとつに『古説』があり、また、信名は『百人一首発起伝』（以下、『発起伝』）、在満は『百人一首解』（以下、『解』）という記録をそれぞれ残していて、そうした記録にこの説が共通して見られるからである。荷田家の『百人一首』評会については、鈴木淳氏が次のようにまとめている。

> 信名・在満・賀茂真淵等は江戸で『百人一首』の評会を催していたのであり、その成果としてそれぞれ『百人一首箚記草案』（稿者注、『発起伝』）・『百人一首解』・『百人一首古説』を著作するに及んでいる。いずれも春満説に依拠しながら自説を加味し、かつ評会を通じて得た相手の説を互いに引き合うなどしたものである。[19]

真淵は『古説』で「是は或家の古説に、此くゝるは泳《クヽル》にはあらで絞也と侍るによれり」と述べ、類例として在原友于の「時雨には立田の川も染にけりから紅に木葉くゝれば」を挙げており、この記述は『うひまなび』にもそのまま継承される。在満の『解』も「水くゝる、纐纈也」「此くゝる纐ならで泳と解すべからず」と纐纈染め説をとる。また『発起伝』は「在満案、纐纈《しぼり》の事を云たる歟。今云しぼり染の事也。しかればくゝりぞめにすると見立てる也」[20]とする。「在満案」とあっても、真淵自身は「或家の古説」としてもおり、出どころは不明である。ともあれ、この解釈が定説となる契機は荷田家の評会において認められ、共有されたことにあったと言ってよいだろう。[21]

「水くゝる」の解釈と同様に、真淵と荷田家の人々がそれまでの解釈とは異なる説を提示する例は、家持の、

烏鵲のわたせる橋におく霜の白きを見れば夜ぞ更にける（六番）

においても見られる。この歌の「橋」を天の川と解する先行注釈に対し、『古説』は宮中の御階説を強く主張し、『うひまなび』にも継承される。『発起伝』、『解』ともに「禁庭のみはし」とする。この歌は『百人一首』のほか『新古今集』に入るが、宮中の御階説は中世・近世における『新古今集』諸注釈にも稿者の調査の限りでは見ることができない。つまり、御階説も絞り染め説と同じく荷田家と真淵に共有された新たな見解であったと考えてよいのではないだろうか。

さらに、

誰をかも知る人にせん高砂の松も昔の友ならなくに（三十四番）

において、「高砂」を普通名詞ととらず、地名と取るべきであることを示す考証も真淵の功績とされている。[22]「高砂」を地名と取る解釈自体は古く顕昭が提示した説であり、契沖もこれに賛同するが、真淵は複数の例をあげてこれを論証した。その際、『古今集』仮名序に出る「相おい」の語を「相老」の意味で取るべきことが根拠のひとつにされているが、その説は、『古説』に「わが師の達見なり」、『うひまなび』に「東麻呂うしぞいひたる」と述べられるものである。真淵が春満説に拠って自説を立てたことは疑いない。[23]

また、現在は省みられない説となってしまっているが、真淵がそれ以前の注釈とは違った解釈を行い、それが『発起伝』『解』に共通しているものも多く見られる。たとえば、

難波潟短き蘆の節の間もあはで此世を過してよとや（十九番）

で、「過ぐ」に「身まかる」という意味を掛けるという解釈は、真淵独自のものと捉えられ、有吉保氏は「付会に過ぎる」と断じたが[24]、これもまた『解』に「古くは死するを過すといへり[25]」とある。

同様に、真淵独自の解釈とされる、

逢みての後の心にくらぶれば昔は物をおもはざりけり（四十三番）

を「後朝の歌」と限定する解釈も、『解』が『古今和歌六帖』の部立を根拠に後朝の歌とする解釈を載せており、荷田家での『百人一首』研究により共有されている解釈である。

以上のように、真淵の『百人一首』注釈において、斬新であると評されてきた解釈のうち、多くの部分が荷田家での『百人一首』研究の成果であった。荷田家においては旧来の説にとらわれない、意欲的な古典研究が行われていたと言えよう。そして、その成果は『うひまなび』において発展的に継承され、『百人一首』注釈のみならず真淵の他の古典注釈にも影響を及ぼしている。荷田家の『百人一首』研究の実態そのものを示す資料に乏しいため、真淵の見解を荷田家で共有したのか、荷田家の人々の見解であったのかについては、はっきりとはわからない。しかしながら、荷田家での活動が、真淵の古典注釈の基盤を形成したということは確かであろう。

五

　ここで、真淵が参照した先行注釈について考えてみたい。『古説』には、「或抄に」「或説に」と先行注釈を引用し、それについて批判することで自説を展開する部分が多くある。『古説』は、これまでに述べたように荷田家で行った『百人一首』研究をもとにしていることから、春満の説が継承されたものであると言われてきた。そしてその春満が細川幽斎の『百人一首抄』（以下、『幽斎抄』）を批判しながら自説を展開したことに鑑みれば、[26]『古説』もまた、たとえ間接的であっても『幽斎抄』を参照して成っているはずである。また、『うひまなび』については、「契沖説を多く引用している実証的注釈書[27]」ともされてきた。

　このことを念頭に置き、『古説』において真淵が批判的に受容している先行注釈を検討すると、確かに『幽斎抄』と一致するものも多くあるが、宗祇などの古注や契沖『改観抄』、北村季吟『百人一首拾穂抄』（以下、『拾穂抄』）の内容を検証の材料としていることがわかる。特に『拾穂抄』は語句のレベルまで一致し、利用していることが確実である。

　そうした性格が顕著な例として、持統天皇の、

　　春過て夏来にけらし白妙の衣ほすてふ天のかぐ山（二番）

に対する注釈の一部を挙げる。真淵は、「白妙の衣ほすてふ天のかぐ山」を実際に衣を干す風景と解す。以下に示すように、真淵は自説を展開したのち、それと異なる先行注釈を引用し、その欠点を批判することで自説の正しさを実

証しようとする。なお、この箇所は『うひまなび』では割注として残されている。

或抄に、春霞の消たる首夏の天に此山の明白に見えたるを、白妙の衣さらせりとよみ給ふなどいへるは白妙の詞を心得たがひ、且古歌の様を心得ぬ人のしわざ也。その証とて、

春霞しのに衣を織かけて幾日ほすらん天のかぐ山

佐保姫の衣ほすらし春の日の光に霞む天のかぐ山

大井川かはらぬ井せきおのれさへ夏来にけりと衣ほす也

これらを引たれど是みな霞、或は波を衣と見たる歌也。霞の晴て後明白にみゆる物は何ぞや。（中略）古歌は実景をこそ述侍れ、さる虚偽の歌はあらぬ事なり。後世の人の意をもて古歌をとく物はみなたがへり。

言葉通りの衣を干すという風景ではなく、霞が消えたあと明白に山が見えた様子を言うとするという解釈は古注諸説が取るものであり、たとえば『幽斎抄』には、

春過ぬれば霞も立散して此山明白に見ゆるを白妙の衣ほすとはいへり。

とあり、真淵が引用する先行注釈の内容とほぼ一致する記述を見ることができる。ただし、点線を付したその例歌は、『拾穂抄』に次のように載るものである。

愚案（中略）亦此歌により香久山に衣ほすと云事、後世おほく詠ならはせり。

春霞しのに衣をゝりかけて幾日ほすらんあまのかく山
白妙の衣吹ほす木枯のやがて時雨るゝあまのかぐ山
佐保姫の衣ほすらし春の日の光にかすむ天のかぐ山
大井川かはらぬ井せきおのれさへ夏来にけりと衣ほすなり(28)

「愚案」と始まる箇所に書かれることから、右は季吟自身が引いた例歌であると思われる。真淵は『古説』を著すにあたり『拾穂抄』を参照したのだろう。真淵は傍線部のように、この例歌によって歌を解くことについて「詞を心得たがひ、且古歌の様を心得ぬ人のしわざ」「後世の人の意をもて古歌をとく物はみなたがへり」と記し、注釈を行った人物を強く非難する。

周防内侍の、

春の夜のゆめばかりなる手枕にかひなくたゝむ名こそをしけれ（六十七番）

の歌の注釈においても、同様の事例を指摘できる。「かひなくたゝむ」の解釈に関して、『古説』も『うひまなび』も「かひなく」に「腕《かひな》」を掛けているとする。契沖の『改観抄』も同じく掛詞とするが、それ以前は掛詞ではないとされてきた。『古説』は、そうした掛詞と取らない説を批判して次のようにいう。

或説に、かひなをたて入たりとみるべからず、といふは誤れり。（中略）且さいへるが学者のいましめ也など侍る説は、いよ〳〵ひが事也。虚を教て実を嫌ふ事をいましめとせんは、歌書にはいまだ見えぬ事也。

真淵は、「腕」を掛けていないとする注釈を非難するが、その注釈のひとつで述べられたとされる「学者のいましめ也」という記述が具体的に何を指すのか、真淵の注釈だけではわかりにくい。点線部のように「腕」を掛けないという解釈が、歌を学ぶ者への戒めのために生じたものとするのは、次にあげる『拾穂抄』の説であった。

御抄（稿者注『幽斎抄』）云。（中略）かひなくをかひなをたち入てみれば歌あしくなる也。愚案、中古の歌にかやうの詞をたち入てよむ事おほし。然ども作意くだ〳〵しくきこゆる故、後世の歌よむ人のいましめに、たち入てとはみるべからずとの御註釈にや。まことに学者おもふべき所にや。

季吟は先に示した『幽斎抄』の説を引用したうえで、中古の歌には実際にはこのような掛詞が用いられることが多いが、それはくだくだしく思われるので、当代に詠んではならないと戒めるために、掛詞と見てはならないと幽斎が解釈しているとして、古典の注釈をする「学者」はそうした配慮を持たなくてはならないと言う。真淵はこのように、後世の人々の置かれた状況によって、歌が詠まれた当時の事実をねじ曲げて解釈することを許す季吟の姿勢を強く批判する。なお『うひまなび』では、「或説に、かひなをたて入たりと見るべからずといふは何事ぞや」とするに留まっているが、解釈自体は『古説』をそのまま継承している。

また、

人もをし人もうらめしあぢきなく世を思ふ故に物思ふ身は（九九番）

に関しても、

或説に、関東を討給はんには、人民のそこなはれん事を惜み給ふ事といへるは、ふと思ひよりたる説にて、をしといふ詞の義にもたがへり。

といい、何の根拠もない説であるとして、「或説」を強く批判している。この説は『拾穂抄』に「師説」すなわち貞徳説として引かれる説であるが、貞徳自身の注や貞徳の説を引く他の注釈書類には見られず、真淵は『拾穂抄』に拠ったものと思われる。

以上のように、真淵が『拾穂抄』を参照しながら『古説』を著したことは明らかである。また、その批判の述べ方も、先の傍線部にある通り「いよ〳〵ひが事なり」「ふと思ひよりたる説」など、他の先行注釈を批判する箇所に比べて、一段と厳しい表現になっている。また、『発起伝』・『解』では、このように『拾穂抄』を個別に検討し、それを否定的に評する記述は見られず、『拾穂抄』の利用が荷田家の『百人一首』研究で重視されていたとは考えにくい。季吟の『拾穂抄』に対する批判的な態度を記すことは、『古説』の特徴であると言えるだろう。

こうした姿勢が『古説』の時点で取られていたことは、真淵の注釈方法の形成を考えるにあたり重要である。真淵は注釈を行うにあたり、手始めに季吟の注釈を検討する方法を取ることが多いからである。真淵は宝暦十年に『大和物語直解』を著しているが、これは真淵が門人と研究会を開き、季吟の『大和物語抄』を検討することによって成った注釈であった。『大和物語抄』も『拾穂抄』と同じく古注を集成したものである。『大和物語直解』は研究会の記録といった趣がつよく、ここに真淵自身の説はあまり記されないことから、この『大和物語抄』を下敷きに古注の是非を考えることが注釈の第一段階であったことがわかる。また、『源氏物語新釈』は、季吟の『湖月抄』への書き入れを整理したものであり、そのほか注釈書としてまとめられることはなかったものの、季吟『枕草子春曙抄』への真淵の書き入れが残されてもいる(29)。

このように真淵は生涯にわたり、季吟注をよく参照している。季吟注は古注の集成を主な性格とするために至便で、かつ板行されたこともあり一般に広く用いられていた。それゆえ論の下敷きにすることによって、手軽に複数の古注を検討できるのみならず、それとは異なる自説を強調して主張することができる。すなわち季吟注を用いることは、中世以来の伝授を主とする古注の解釈から脱し、実証的かつ正確な解釈としての自説を印象づけるために、効果的な方法であったに違いない。季吟注は真淵の主張を述べるための基盤として有効に機能していたのである。

おわりに

真淵は初期の注釈活動において、今まで知られていた詠歌と同じように、晩年の上代志向とは大きく異なり、歌や歌人を評価するに際し、当時の堂上歌人と同様に『古今集』以降『新古今集』時代までを評価し、作為性や漢学の影響について批判しなかった。晩年の真淵はそうした現在の主張との食い違いを明確に自覚していたために、『うひまなび』を出版し、以前の主張を打ち消そうとしたのであろう。

その一方で、その後の真淵の中心的思想になる「ひとつ心」を根拠づける事項、すなわち発語への関心はすでにあらわれていた。そして、荷田家での共同研究は、注釈史上の新見を真淵が持つにいたる基盤となった。以後の真淵が晩年にいたるまで取り続ける季吟注を前提とする手法もまたこの時期に作られていたと言える。

従来真淵の詠歌については、初期と晩年の隔絶が注目されてきたが、『百人一首』注釈の変遷を見るとそこには隔絶とともに数々の連続性をも見出すことができる。真淵の意識の変化をそうした連続性のなかで捉えることによって、真淵が追求した「なほきいにしへの心」がより鮮明に浮かび上がってくる。

注

（1）『大西家日次案記』は、荷田信眞氏『賀茂真淵翁伝新資料』（井上文鴻堂、一九三五年）による。

（2）『信名在府日記』は、荷田氏前掲注（1）書による。

（3）『古説』が荷田家における『百人一首』研究会の成果をまとめたものであることは鈴木淳氏『百人一首改観抄』解題（『百人一首改観抄影印』桜楓社、一九八七年）、吉海直人氏「【解題】『百人一首発起伝』について」（『新編荷田春満全集　第七巻』おうふう、二〇〇七年）等が指摘している。

（4）こうした研究の状況のもと、小町谷照彦氏は、『古説』と『うひまなび』を対比することで、真淵の注釈の進展を見ることができ、削除された部分を検討して新たな注釈の可能性を見出せるとし、「『宇比麻奈備』ばかりでなく、『古説』にも注目して、その存在意義を評価したいと思うのである」と述べている（「『宇比麻奈備』『百人一首古説』解説」『賀茂真淵全集　第十二巻』続群書類従完成会、一九八七年）。

（5）井上豊氏『賀茂真淵の学問』（八木書店、一九四三年）。小町谷照彦氏も井上氏の説を踏襲する。なお、大坪利絹氏は『百人一首古説』の跋文中の「おのれわかくていまだしきほど」という文言が寛保三年四十七歳の時のものとしては違和感が生じるとし、『国書総目録』「百人一首古説」の項にある「宮城伊達（百人一首師説　享保十五年写　一冊）」という一伝本の記載を取り上げ、「享保十五年まで成立を遡上させ得る」とした（「『百人一首うひまなび』解題」『百人一首注釈書叢刊　第十六巻』和泉書院、一九九八年）。ただしこの本は、祐海『百人一首師説抄』に『うひまなび』の一節が混入したものと考えられる。宮城県図書館伊達文庫本『百人一首師説』は、外題に「百人一首師説　真淵大人考　全」（書題箋）、奥書に「此一巻、或人の秘蔵せられしを書写を免れ侍る。意味は九牛の一毛弁べくもあらねども、唯かたく他見なきことをおもふ。是は先生の厚志をおそるのみ。おしむにはあらず。于時享保十五年戊年初秋如月」とある。内容は順に、①「百人一首師説系譜」という系図②『師説抄』の総説部分③「真淵大人考」と題される文（『うひまなび』の序文の一部と一番の天智天皇の歌の注釈の冒頭部分）④『師説抄』本文⑤享保十五年の奥書を収める。ここで問題となるのは奥書であるが、乾安代氏による伝本調査では享保十五年の奥書を持つ『師説抄』はないものの（「『百人一首師説抄』解題」（『百人一首注釈書叢刊　第五巻』和泉書院、一九九三年）、伊達文庫本が参照した『師説抄』が享保十五年書写の奥書を持っていたと考えるのが自然であろう。引用される『うひまなび』は、序文・注釈ともに天明元年刊本にほぼ一致しており、享保十五年に書写された本とは考えにくい。外題の「真淵大人考」の表記は、③の『うひまなび』引用部分の冒頭に「真淵大人考」と書いてあることによるのではないか。

（6）『百人一首』が多くの往来物に利用されていることも、『百人一首』が江戸時代には初歩的な教養として広く認知されていたことを示す事例のひとつである。

（7）本書第一章第一節・第二節・第三節。

（8）鈴木淳氏「本居宣長と『百人一首』」（『神道文化』第二号、一九九一年三月）。

（9）福井久蔵氏『大日本歌書総覧　中巻』（不二書房、一九二七年）は、本居大平『宇比麻奈備書入れ』について、「真淵の百人一首宇比まなび、天明元年須原屋板本に大平の自説を書き入れたもの」と紹介する。また、春海の書き入れ本についても、同書が「松井氏の蔵本」として取りあげており、これは現在静嘉堂文庫に所蔵されている。

（10）井上豊氏は真淵の初期活動について述べる際、「後にはこの百人一首古説等に不満をかんじ、（おもに復古思想についてらしい）」（『賀茂真淵の学問』八木書店、一九四三年）と評したが、こうした点を踏まえたものと思われる。

（11）以下、『古説』の引用は、『賀茂真淵全集　第十二巻』（続群書類従完成会、一九八七年）によるが、静嘉堂文庫本も参照し、引用箇所に異同のないことを確認した。

（12）真淵の初期の意識については、これまで寛保元年と推定される五月三十日付の杉浦国満宛書簡や寛保元年八月『荷田在満家歌合』判によって推測されてきた。

（13）白井伊津子氏「序歌研究史攷」（『文藝言語研究　文藝篇』第四十二巻、二〇〇二月一〇年、のち『古代和歌における修辞』塙書房、二〇〇五年所収）。また山口正氏「序詞の定型」（『国語と国文学』第十四巻第七号、一九三七年七月）は本節にも掲げた『うひまなび』の記述と『万葉考』の分析をもとに、「真淵は音調式・掛詞式のものを純粋の序詞とし」と結論し、上田設夫氏「万葉序詞の享受の実相」（『万葉序詞の研究』桜楓社、一九八三年）はそれに加えて『冠辞考』の序文を踏まえ、真淵が「序詞の機能を一義的には韻律効果に求めるもので、意義的な面は付随的にともなうものとみなす」ことを指摘する。

（14）引用は、『日本歌学大系　第七巻』（風間書房、一九七二年）による。

（15）上田設夫氏前掲注（13）論文。

（16）内村和至氏「賀茂真淵における「ひとつ心」―〈空虚〉の内部構造―」（『文芸研究』第八十三号、二〇〇三年三月、のち『上田秋成論―国学的想像力の圏域』ぺりかん社、二〇〇七年所収）。

（17）真淵のこうした長歌復興をめぐる経緯は、本書第一章第二節で論じた。

（18）竹岡正夫氏『古今和歌集全評釈』（右文書院、一九七六年）、有吉保氏『百人一首全訳注』（講談社、一九八三年）、片桐洋一氏『古今和歌集全評釈』（講談社、一九九八年）など。

（19）鈴木淳氏前掲注（3）解題。

（20）引用は、『新編荷田春満全集　第七巻』（おうふう、二〇〇七年）による。

（21）当該歌の真淵の解釈が『解』『発起伝』に見られることは、（3）に掲げた吉海氏論考でも指摘されている。また当該歌は『伊勢物語』第一〇六段にも載る。竹岡正夫氏『伊勢物語全評釈』（右文書院、一九八七年）では、当該歌の解釈について、「真淵（→古意（稿者注　伊勢物語古意））が冷泉家流の解釈にもとづき、河に浮かぶ紅葉を唐紅色のくくり染め（しぼり染め）と改めて以来、その解に従う」と述べているが、「水くくる」の解釈について『古今集』・『伊勢物語』注釈を網羅的に検討した野中春水氏「異釈による本歌取―「水くくる」をめぐつて―」（『国文論叢』第三号、一九五四年十一月、のち『百

人一首注釈書叢刊　別巻二』和泉書院、二〇〇三年所収）では、真淵が「或家の古説」とする「或家」は不明とされており、稿者も竹岡氏の指す「冷泉家流の解釈」を確認できていない。

(22)　有吉保氏前掲注（18）書。

(23)　中川自休は『大ぬさ』において、真淵の『古今和歌集打聴』が「相老」説を取ることについて、

　　相生を相老ならんといへるは、東麿の説にて、その師説を真淵かすめて、例の打聴にいれたるなり。

と非難したが（『日本歌学大系　第八巻』風間書房、一九五八年所収）、本文中に述べた通り、真淵は春満説であることを明示している。

(24)　有吉保氏前掲注（18）書。

(25)　引用は、『荷田全集　第七巻』（吉川弘文館、一九三一年）による。

(26)　鈴木氏は前掲注（3）解題において、春満書き入れ『幽斎抄』が存することを述べ、春満がその書き入れをもとに自説を展開し、講釈を行ったと推測する。

(27)　吉海直人氏『百人一首注釈書叢刊　第一巻』（和泉書院、一九九九年）。

(28)　引用は、『百人一首注釈書叢刊　第九巻』（和泉書院、一九九五年）による。

(29)　原雅子氏「賀茂真淵の『枕草子』考」（『賀茂真淵とその門流』続群書類従完成会、一九九九年、のち『賀茂真淵攷』和泉書院、二〇一一年所収）。

第二節　『伊勢物語古意』考

はじめに

賀茂真淵は晩年になるにしたがって、上代文学に高い評価を与えるようになる一方、中古以降の文学について否定的な言及をするようになり、注釈の内容にも変化があったことは、これまで述べた通りである。[1] 真淵の文学観および注釈学の変化の時期に関しては、延享三年に田安家に出仕して以来、次第に上代志向を深めたとされているが、[2] 真淵自身も「若きときは学せばく候へば、彼是へうつりやすく、拙者などもいろ〳〵に成候て、漸六十以後一定いたし候へば」と言っており、[3] 六十歳すなわち宝暦六年頃から上代志向を確固たるものにしたと考えていたようである。

宝暦三年に一旦成立し、その後改稿が繰り返された『伊勢物語古意』（以下、『古意』）は、上代志向を深めていく過渡期の著作といえるが、本書には、『伊勢物語』に対する肯定的評価と批判的評価の両方を見ることができる。本節は、そうした『古意』の評価と批判の分析を通じて、過渡期における真淵の活動の実態を明らかにし、晩年の真淵の活動との関連を指摘するものである。[4]

一

まずはじめに『古意』の成立および真淵の『伊勢物語』観について確認しておく。

『古意』は、宝暦元年に初稿が成立し、田安宗武の要請により宝暦三年頃清書本が書かれ、宗武のもとに献上されている。諸本の検討により、その後も改稿が加えられたことが確認されている。(5)初稿本、清書本のいずれも、巻一から巻六の全編にわたり真淵自筆本と確実に認定されるものは残っておらず、またその他の諸本は校合本や転写本である。書写年がはっきりしていて、校合本ではないとされているのが、宝暦九年の奥書を持つ橘千蔭書写本である。版本は寛政三年に出されているが、これは上田秋成が校訂したものである。

真淵の注釈学に関しては、前述のように宝暦六年頃上代志向が固まったのであり、詠歌においては宝暦十二年頃からを万葉主義を極めていく時期とされるが、(6)この二つの変化の時期が一致することから、晩年の真淵の上代志向の印象は強い。また、次にあげる書簡に示されるように、真淵も自らの学問の変化を説明している。この書簡は、弓をならして神託を唱えることがあるかどうかという斎藤信幸の質問に対する返信である。

惣て此物語（稿者注、『伊勢物語』）の作者の歌は余りに巧に過、はたらき過て、かすかなる所を曲となせしもあれば、右の説あるまじとも覚えず。此説のごとくのみにては、弓をならすよしにはあらず覚ゆ。今は此物語などはすて侍れば、よろづ忘れて心をもやらざる故に、くはしくは答へがたし。

（明和五年六月十八日信幸宛書簡）

真淵は、神託を弓をならして唱えるという例は『伊勢物語』にしか見られないために、それだけでは確実にあるとは言えないとしながら、(7)傍線部のように明和五年現在においては『伊勢物語』を棄て、忘れてしまったので詳しくは答えられないと述べる。こうした発言によって、真淵は晩年には上代文芸に専念し、中古以降の物語に対するかつての自分の注釈を省みることはないと考えられてきた。また詠歌および学問について、晩年の活動こそが中心とされ、それをもって真淵の特徴と捉えるきらいがある。

しかしながら中古文学の注釈を中心に行っていた時期の『古意』においても、後述するように『伊勢物語』で独自に詠まれている和歌についてはさかんに批判をしており、この頃の真淵が必ずしも全面的に中古文学に傾倒しているわけではない。また晩年の真淵は扱う対象こそ変化してはいるが、『古意』などそれ以前の成果を踏まえて研究を進めている。よって、その連続性に注目することによって、上代志向の内実や意味も明らかになろう。

『伊勢物語』注釈研究においては、大津有一氏による、鎌倉中期から室町初期までの注釈を古注、室町中期の『伊勢物語愚見抄』以来江戸初期までの注釈を旧注、それ以降を新注という分類が広く用いられている。[8]『古意』は新注にあたる。この大津氏の分類を踏まえて、古注の特徴としては物語に秘められた事実を想定した解釈、旧注の特徴としては教訓的解釈というようにその特徴が具体的に明らかにされてきた。[9]

大津氏は契沖の『勢語臆断』以降を新注としたが、新注の定義として「国学者と称せられた人々の勢語注釈」と述べている。確かに『勢語臆断』は、語釈にあたって、多くの典拠を原典引用によって示すスタイルをとり、国学者らしい実証的な注釈書といえる。ただし、西田正宏氏が指摘しているように、実証に用いられる用例がそれ以前の注釈を集成したものであるという点においては、旧注との連続性も指摘できるのである。[10]

『伊勢物語』注釈研究史においてその内容によって多く言及されるのは、新注の嚆矢として位置づけられているものの旧注との違いが際立っていない『勢語臆断』よりも、荷田春満『伊勢物語童子問』（以下、『童子問』）である。契沖までの注釈が、『伊勢物語』の主人公である「男」を基本的に業平と捉え、業平の史実と関係づけて理解しようとするのに対し、『童子問』の特徴は、『伊勢物語』をあくまでも「寓言《そらごと》」すなわち作り物語と捉え、各章段が独立しているものであるとすることにある。『童子問』は本文を真名本に多く拠っているという欠陥もあるが、「『伊勢物語』

作り物語説」は画期的な説であったため、『伊勢物語』注釈史において看過することができないものとなっている。

こうした状況にあって、『古意』に対しては成立や諸本に関する研究がまず進められ、その具体的な内容については、たとえば大津氏が「註釈は契沖の臆断と春満の童子問を基にして、その上に自己の見を立てたのである」とするように、契沖の豊富な用例と春満の新しさに比べると注目が低いように思われる。[11]

真淵自身は、師である春満の『童子問』を踏襲する意識が強く、『古意』の「総論」には次の記述がある。

今ある五百年このかたの本にむかへ見るに、今の本はいと文字も乱れたるを書伝へてや有けん、理りなき所多し。故に、東万呂も古本を用ゐたり。今もそを専らとして解をなし、たま〳〵今本をばとれり。（中略）中にも源氏物語は此文を書ひろめたる物也と東万呂のいひし如く、げによくみれば、此文の一言をあまた言にいひのべて、すべての趣もしか也。（『古意』（総論）「作れる時世は」「むかし男てふは」）[12]

ここでいう「古本」は真名本を指し、『童子問』も『古意』も真名本を重視していることは大きな特徴である。また、『伊勢物語』を書き延べたものが『源氏物語』だという捉え方も、春満と真淵に共通する特徴的な見方である。真淵は「総論」において春満以外の説を引用するときは「或説」としており、真淵が春満の説をその他の説とは区別し、最も重視していたことは明らかである。

以上、『古意』は真淵が上代志向を確固とする以前、春満の説に強く影響を受けて成立した注釈であることを確認した。

二

『童子問』は先行注釈、特に『伊勢物語闕疑抄』への批判を目的とするが、[13]『古意』も同様の目的のもとに行われた注釈であるかどうかを検討していく。

『童子問』で最も強調されるのは、『伊勢物語』が業平の一代記ではないという主張である。それ以前の注釈では、契沖でさえも「此伊勢物語は在原業平朝臣の一生の事をしるせり」（『勢語臆断』[14]）とするように、『伊勢物語』を業平の一代記とするのが当然のことであった。もっとも次に示す通り、『童子問』においても業平をモデルとして書かれていること自体は否定してはおらず、真淵もそれを踏襲している。

業ひら一生の物語と見るは甚誤り也。只、昔をとこ・むかし女の物がたりとみて業平をふまへてかけるなれば、此物がたりにては一條もなりひらの事と見ぬが作者の本意成べし。（『童子問』一二五段[15]）

さて、此物語、大かたは業平朝臣のことを書。はた、あだし人のうへをもかけり。されど、皆元の事とはかへて物がたりに作りたれば、かの朝臣のつねに有し事とは思ふまじきことわり、はじめよりあきたきまでいへるがごとし。（『古意』一二五段）

このように『童子問』の基本的な姿勢を踏襲する『古意』ではあるが、個々の注釈には違いも見られる。『童子問』にはなく『古意』には見られる指摘として、たとえば章段の配列に対する注目が挙げられる。次にあげるのは、第八段、いわゆる一連の東下りの物語群の中にあり、男が浅間山を見て歌を詠む章段である。

一条〳〵各別に書たる物語を、次第連綿の書と心得たるは見る人の誤なるべし。（『童子問』）

此つゞきの条々、おの〳〵別なるを、類をもて書つらねたる物なれば、こゝは浅まの嶽《だけ》みゆるほどの所にてよめりとすべし。（『古意』）

春満は章段のひとつひとつが独立したものであることを強調するばかりであるが、これに対して真淵は、各章段を独立したものといいながらも、類似の内容を並べたという意図的な配列を指摘する。真淵がこうした作者の配列意識に『伊勢物語』のおもしろさを見いだしていることは、次にあげる十五段の注釈に示される、十四段と十五段の内容に関する言及にも明らかである。十四段は「桑子」「くたかけ」といった卑俗な素材を鄙びた表現で詠み、男に対して積極的に接する女を描く段であり、十五段は男が平凡な人の妻らしくはない女に興味を持ち、歌を贈ったところ、女は返事の歌を差し控えたという段である。

上の条の、しれたる女は用意もなく、ひなびたる歌をも多くよみて、わらへる事をも悦びたるに、此条にはかくよしある女をいひて、歌のこたへをもわざとつゝしみてせざるをもて、二条を対に書たる文の様、えもいはずおもしろし。（『古意』）

真淵は、このように対照的な女の様子・行動を描いた段を対にして配置したことによって、新たな面白みが生まれていることを指摘する。さらに真淵は、『伊勢物語』の終わりの数章段について、次のように述べている。

前の条には、男のしたへども、女のまことなきをいひ、こゝには男のあきがたになりて、出ていなんてふを、女のうらむるけしきもなくて、たゞ野となるまに〳〵鳴をりつゝ、いとせめてかりそめに来んよすがをだに待をらんといへる、限りなき女のまことを感《めで》て、男のとゞまれるをいへり。作りなしたる物といへど、こをよむとき、あはれすすまざるはなし。然れば、此意を添んとて、巧にはしの詞をかへ、はた是ぞ男女のなからひをいふ終なれば、いとも戯たりし事どもの末に、しかしながら、見る人心せよとて、記者のこゝろせるにや侍らん。みよ〳〵、次の二の条も故あるつらねざまなるを。（『古意』一二三段）

一二二段で「まことなき」女が提示されたのちに、一二三段ではそれとは反対に「限りなき女のまこと」が描かれることによって、一二三段の「女のまこと」がより強調され、感興が催されるというのである。真淵はここでも作者が記事の内容ばかりでなくこのような配列によって、面白さを効果的に示すという表現手法を用いていることを指摘している。この段で男女の関係についての記事が終わり、その次の二段の配列もまた作者が心して行ったものであると真淵は述べており、年老いて気付いたことと、死に際して気付いたことをそれぞれ詠む、一二四・一二五段の配列も意図的であるとする。

初段の「いちはやきみやび」の語について、次のように述べていることによっても、真淵が『伊勢物語』において各章段の独立性に拘らず、むしろそれを貫く全体に共通する記述を想定していることがわかる。

且此下の条々、皆古歌をとりかへて風流たるたくみをなせるを、此初の条にて暗にしらせたる語也。その条々をよく解得ん時しらるべし。

（『古意』）

初段は、元服した男が狩に行き、土地の姉妹に狩衣を切って歌を贈った段である。「みちのくのしのぶもぢずり誰ゆゑにみだれそめにし我ならなくに」という古歌を変えて、「春日野の若紫のすり衣しのぶのみだれかぎり知られず」という歌を男は詠む。真淵は「古歌をとりかへて風流たるたくみをなせる」という物語全体に見られる手法が早くもここに示されていると指摘している。

以上のように、真淵は史実として業平の一代記であることは否定したものの、『伊勢物語』全体で内容を連関したものだとも捉えており、春満よりも柔軟な姿勢が見て取られる。この例からも『童子問』が先行注釈に対する批判を目的にしているのに対して、『古意』は批判に終始するのではなく、作り物語説を踏まえ、それを具体的に注釈内容に反映させているといえよう。

三

ここまで真淵が春満の作り物語説を踏襲した上で新たな解釈を模索していることについて検証してきたが、以下、真淵の『伊勢物語』に対する肯定的評価を検討することで、真淵の作り物語観を考えてみたい。

真淵は『伊勢物語』の文章と和歌について以下のように述べている。

（『伊勢物語』は）文のよろしき事、類ひまれなればしたがひて、古本のことすくなにて意こもり、その歌と相てらして意を催すことなど学ぶべし。

（『古意』（総論）「むかし男てふは」）

簡潔な描写によって心情を醸し出すことのできる「古文」として真淵が『伊勢物語』の文章を高く評価していたことは後に詳しく述べる。まずここで注目したいのは、真淵が『伊勢物語』について、傍線部のように文章と和歌が一体となって趣意を示しているといい、その点を称賛していることである。

真淵の評価を知る前提として、『伊勢物語』の文と和歌の関係についての真淵の認識を確認する。『万葉集』や『古今集』などの先行歌集の歌を一部変えたり、組み合わせたり、あらたに詞書を付したりすることによって『伊勢物語』が成立したと真淵が考えていたということについては、既に奥野美友紀氏の指摘がある。[16]春満は『古今集』歌を引用する段について、「端書」を添えたと指摘するのみであるのに対し、真淵は「端書」によって歌の解釈自体が変わってくるとして、「端書」の機能に注目しているという違いを奥野氏は指摘する。以下、奥野氏の論を踏まえたうえで、『童子問』との違いに注目しつつ、和歌から物語が作られる過程に関する真淵の言及を検討していきたい。

真淵は『伊勢物語』の成り立ちを次のようにまとめている。[17]

此文は男女のたはくるひが事のみならず挙たる歌も、或は時代ことなる人の歌をもて贈答を作り、或は上句は万葉を用ひ、下句は古今を取て一首の歌とし、或は古歌の一言一句をかへて意をことにし、或は全く挙ても、はしの詞をかへてこと意とおもはせ、或はよみ人をもことにし、時代・官位の次第をもたがへなどしつゝ、おちくひがごとならぬはあらざるべし。されば僻事物語てふ意にて、伊勢物語とは書也けり。[18]

（『古意』（総論）「伊勢物語と名づけたるは」）

先行する歌集の歌の引用を典拠に用いて、異なる時代の歌を組み合わせたり、複数の歌を取り合わせて一首に仕立て直したりして『伊勢物語』の歌が作られていることを真淵は指摘する。また「端の詞」を加えることで、歌を違う内容に変えているとも述べている。

古歌を取り込んで、詞書を付与して物語を作る方法について、二十三段ではその具体的な過程を説明している。この段で、高安郡の新しい女のところに通う男を思って妻が詠む「風ふけば沖つ白波たつた山夜半にや君がひとりこゆらむ」が『古今集』九九四番歌であることについて、[19]『童子問』は「此物語には古き歌をとり合て作り物語をしたる也」とするのみであるが、真淵は次のように述べている。

此文にとりて、はし書を作りて一つの物語とせり。さて万葉などにては、本の一・二句はたゞ序にて、末もかくれたる事なし。此文にとりては、白浪に盗人の事もふくめて、さる深くさがしき山の、ぬす人さへあらん所の夜るの通ひを、女心にかなしめるよしにしなせるなるべし。（『古意』）

〈頭注〉さて、白浪立つてふは、万葉古今にては、論なう、たゞいひかけのみ也。然るに、此物がたりにては盗人をそへたりといふ説はよし。

真淵は「風ふけば」の歌の典拠として『万葉集』の「海底おきつ白浪立田山いつか越なん妹があたり見ん」の歌をあげ、序である万葉歌の一・二句「わたのそこおきつ白波」に基づく、『古今集』の上句「風ふけば沖つ白波」について、『伊勢物語』では「はし書」を添えることによって、盗賊を心配する気持ちとして新たに意味内容を持つように作り変えられたと指摘する。[20]添えられた「はし書」として真淵が指摘している範囲は明確ではないのだが、端書を作ることによって物語を作ったという記述からは、この歌の詠まれた状況および高安郡の女に通うことになった背景を説明する部分と思われる。つまり、典拠となった万葉歌では序であり、それをとったこれも序としての『古今集』の上句に沿って、山深い盗賊が出るような道を越えていくという設定がまず考えられ、それを展開させて、その山を越えた女のところに通うという物語が作られていったと真淵は想定するのである。歌に詠まれている景物や心情に着目し、その歌が詠まれるにふさわしい状況を地の文として作り出すことが、物語を生み出す過程であると真淵は考えている。

本書第三章第一節で詳しく扱う二十五段においても、詞書の機能に注目すべき言及がある。この段は、『古今集』では関係がない業平の「秋の野に笹わけし朝の袖よりも逢はでぬる夜ぞひちまさりける」と小町の「みるめなきわがみをうらと知らねばやかれなで海人の足たゆくゝる」を、贈答歌として合わせた段である。この段は、真淵以前は業平と小町の実際の関係を示しているかどうかが注釈の主な論点となっていた。それに対して、真淵は「色ごのみなる女、返し」という詞書を添えたことによる歌の意味の変化に注目して、次のように述べる。

古今集にては、女の我かたちなどわろきまゝに恥て、えあはぬを然とはしらで男のかくまで来るがいとほしとよめり。まことに小町の歌にてやさしき也（中略）さるを此文には中々に「色ごのみなる」てふ詞をくはへて意をいともかへたり。（中略）古今集にては、上のは業ひら朝臣、次のは小町のにてことく〵なる歌をとりて、是には贈答にもちゐたるを巧とすれば、歌はおほくもかへずして、詞をくはへていと異ごゝろとなせるなど、例のしわざ也。(21)（『古意』）

真淵は、「みるめなき」の歌は、『古今集』では女が自分の劣った容姿にも関わらず訪ねてくれる男の行為をいじらしく思う気持ちを詠んだ優美な歌であるのに対し、『伊勢物語』では詞書を添えることで、歌の言葉そのものは変えることなく男の気を引く歌になっていると指摘する。真淵以前は、『古今集』の小町歌が、『伊勢物語』のこの段で「色好みなる女」によって詠まれていることについて、『伊勢物語』では女を小野小町と解するべきではないという指摘がなされたものの、歌の内容の違いは問題になっていない。一つの歌について、『古今集』における解釈と『伊勢物語』における解釈とが詞書によって違うものとなるという真淵の指摘は特徴的である。

このことは、『伊勢物語』において和歌そのものには解釈の多様性が残されており、地の文としての詞書が加わることで和歌の解釈が定まり、その和歌と詞書が一体となって一つの内容を示しているという真淵の認識を示している。ここで注目したいのは、八十七段における真淵の解釈である。この段は、布引の滝で我が身の不遇を嘆く兄弟の話を中心とした話であり、歌自体は先行する歌集に含まれているものではない。詞書に滝の様子が示される兄の歌「わが世をば今日かあすかとまつかひの泪の滝といづれたかけん」について、真淵は次のように解釈する。

泪の滝とは、泪のいと多く下るをいひて、かの滝をば見つゝあれば、そはいはで、こなたの泪の滝もて、かれにあらそふぞ、古歌のいひなしの常なる。

（頭注）はし書、又、画などの意よむは、その詞、其画にゆづりて余りの心をよむべき也。（『古意』）

真淵は和歌の「泪の滝」は目の前の滝の形容ではなく、滝のように流れる兄の涙を指すという。それの比較対象である滝のことは目の前にあるものとして理解し、歌には詠まないのが「古歌のいひなしの常」であると述べている。

さらに頭注では、詞書に「ゆづる」ことが重要であると言う。
この和歌は、先行注釈においては次のように解釈されている。

なみだのと心のうちに句を切て、たきとよみてしかるべきよし、御説なり。（『闕疑抄』[22]）
泪のたきと此布引の滝と心得べし。（『勢語臆断』）
其瀧は「布引瀧」にて、詞にみえたるをしられざる成べし。（『童子問』）

すべて「滝」を兄弟の目の前の布引の滝として解しており、兄の涙とは捉えていない。これは「いずれたかけん」という句から、歌に比較対象が示されるはずであるということによる判断と考えられるが、真淵は目の前にある滝を重ねて歌に詠み込むことは古歌らしくないということを根拠に、先行注釈を否定し、涙として解釈したのである。

和歌は詞書に「ゆづる」ものである、つまり詞書は和歌との重複を避け、さらにそれが一体となって意味を具体的に規定するという前提があってこそ、詞書を添えることで和歌はそれだけで存在したときとはまた別の新たな意味を担うことが可能になる。和歌をもとに新たな物語が展開され、その際に歌の意味が変わりもするという真淵の『伊勢物語』成立論は、歌が詞書に「ゆづる」ことが前提になっているといえる。そしてその「ゆづる」ことが「古歌のいひなし」として好ましい性質であると真淵は捉えており、『伊勢物語』はそれを正しく実現したものなのである。

ところで、詞書に「ゆづる」という表現に注目して先行注釈を見てみたい。次にあげるのは、『伊勢物語』八十段・『古今集』一三三番の本文である。

昔、おとろへたる家に、藤の花植へたる人ありけり。三月のつごもりに、その日雨そほふるに、人のもとへおりて奉らすとてよめる。

濡れつゝぞしゐておりつる年の内に春はいくかもあらじと思へば　（『伊勢物語』[23]）

やよひのつごもりの日、雨のふりけるに藤の花を折て人につかはしける　（『古今集』一三三・詞書[24]）

この「濡れつゝぞ」の歌と詞書について、『伊勢物語肖聞抄』は「雨と藤とをば前の詞にゆづりてよめる也」と述べている。[25]また、『古今集』注釈では、『古今栄雅抄』に「雨とも藤ともいはず。ぬれつゝしゐてをるとよめる。例の詞書にゆづるなり」とあり、「例の」という言葉から、詞書に「ゆづる」ことが『古今集』によく見られる表現であるとされていることがわかる。『伊勢物語肖聞抄』や『古今栄雅抄』の成立した室町期には、歌が詞書に「ゆづる」という評語がある程度一般的な了解を得ていたものと思われる。[26]

「ゆづる」ことが古歌のあり方であるという指摘も、『古今栄雅抄』に見られるものである。たとえば、次にあげる一三六番歌にもそれは見られる。

卯月に咲ける桜を見てよめる

あはれてふことをあまたにやらじとや春に遅れてひとり咲くらむ

歌には「ひとり咲くらむ」とあるのみで、そこから花の咲いている景を想定できるものの、花の種類はわからない。

詞書に「桜」とあってはじめて、遅く咲いた桜を詠んだものとわかる。これについて『古今栄雅抄』は、「此歌遅桜をよめれどひとりさく覧といふ。これも詞書にゆづる古歌の体なり[27]」と述べている。「ゆづる」というありようについて近世では、北村季吟『伊勢物語拾穂抄』において宗祇説として「雨をも藤をもいはざる所、昔の歌の習ひ也[28]」と述べられており、古歌のさまとして詞書に「ゆづる」現象が認識されている。

このように詞書に「ゆづる」という性質は、『伊勢物語』や『古今集』の注釈において古歌の詠み方として指摘されてきたものであり、詠歌の場で言われているものではない。詞書はそもそも詠歌状況を記したものであり、その表現方法には特段の注意は払われていなかったのだろう。『耳底記』（慶長年間成）では以下のとおり、先にあげた『古今集』一三三番「濡れつつぞ」歌の詞書と和歌について、題詠が中心の当代においては題が適切に詠み込まれていないとするべきものであるとして見習わないように教えている。

一　同（稿者注、「古今の前書に」）、ぬれつ、ぞしひてをりつるとしの内に春はいくかもあらじとおもへば、此歌前書にやよひのつごもりの日、雨のふりけるに藤の花を折りて、人につかはしけると有り。雨といふ事も花といふこともなし。今はかやうによむべからず、いかに古今にあればとて、これを証拠にすべからず。（『耳底記[29]』）

ところが、さらに時代がくだると、次にあげるようにこれを肯定的に捉え、「詞書の歌」として教える記事が見られるようになる。題詠の方法が飽和状態になり、新たな詠歌方法としてあえて意識的に詞書を記して歌を詠むことが生まれてきたことが考えられよう。たとえば有賀長伯『和歌八重垣』（元禄十三年刊）では次のように述べている。

詞書歌の事　詞書の歌は、題の歌とはいさゝか心持かはれり。しかる故は、題の歌は題の上に合せて題をそらさぬやうによむ也。詞書はその歌の子細を詞に書て歌の心を詞書にゆづり、又は歌の心を詞書にてたすくるやうにする也。たゞしそれも詞書の中に題あるは、題の歌の詠格也。（中略）

古今集　三月のつごもりの日雨のふりけるに藤の花を折て人につかはしける　業平朝臣

ぬれつゝぞしひて折つる年の内に春はいくかもあらじと思へば

是詞には藤の花とありて歌には雨も藤花もなくぬれつゝぞといふに雨をもたせ折つるに藤花をもたせたり。これを詞書にゆづるといふ。(30)

詞書には具体的な詠歌状況を示し、和歌にはその詞書の内容を詠み込むことは避け、詞書と和歌が一体となって、一つの意味をなすように心掛けるべきであると説いている。この主張は、近世中期の堂上歌論(31)にも、地下の建部綾足の『はしがきぶり』（明和三年刊）(32)、藤井高尚『さき草』（文化三年刊）にも同様の主張が見られ、近世を通じて広く支持されていたことがわかる。

真淵自身もこうした詞書を付した歌の詠み方をみとめており、題をもうけて歌を詠む際もそれを詞書として捉えることで、題の字に拘束されないで歌を詠むことを奨励したことは既に述べた(33)。真淵は、先行する『伊勢物語』注釈においては一二三段に限って指摘されていた、詞書に「ゆづる」という詠み振りを、当代において理想的な和歌と詞書の関係と捉え、さらに幅広く『伊勢物語』の詞書としての地の文と和歌において実践されているものとして、注釈を行ったといえよう。

以上、真淵の『伊勢物語』注釈の前提として、「古歌のいひなし」として和歌は詞書に「ゆづる」べきであるという認識があったことを確認し、「詞書の歌」の展開を『古今集』・『伊勢物語』注釈書の記事によって跡付けた。真淵は、伊勢物語が作り物語であるという春満の説を踏襲したうえで、近世前期の歌学を援用することによって、詞書と和歌から成る『伊勢物語』の表現を評価したのである。

四

ここまで、真淵が『伊勢物語』の和歌と詞書の関係について肯定的な評価を与えていることを確認してきた。その一方で、真淵は作者が先行する歌そのものを改変したり新たに詠み出だした歌については批判する傾向が強いことを指摘したい。

たとえば男がひじき藻とともに「思ひあらばむぐらのやどにねもしなんひじきものにはそでをしつゝも」という歌を贈る第三段について、春満と真淵の見解は分かれている。この「思ひあらば」の句は、真淵以前に意が通りにくいとして諸説解釈に揺れの見られる部分である[34]。

此歌、本は「思有者」とかけるを「おもひあらば」とよみ来れるより、物がたりの作者の意とたがひたるか。（『童子問』）

此おもひあらばてふ詞少しいひたらはねど、此記者の歌にはさる事常也。（『古意』）

春満はこれまでの真名本本文の読み方が間違っているのであり、実際に作者の考えた本文ではなく、したがって、わかりにくい歌を詠んだのではないとして作者を擁護する。それに対して真淵は、この作者は表現が熟さずわかりづらいこともよくあるとして、否定的な見方をしている。こうした批判は春満を含めて真淵以前の注釈と比べたとき、真淵にのみ顕著な特徴である。以下、真淵の批判の対象をあげる。

二十一段は、夫婦であった男女が仲違いをして女が出て行ったあと、男と女でまた元の関係に戻ろうとして歌を詠み合うという話である。この段で女が最後に贈った歌「中空に立ちゐる雲のあともなく身のはかなくもなりにけるかな」に対して、

此中空にてふ歌は、記者のよめる故に、いとむつかしき心をこめて作れる、例の事なるをや。（『古意』）

としてこれを批判する。二十二段では、別れた男女のうち女がやはり恋しいと歌を贈り、その思いに応えて男が詠む「あひ見ては心ひとつをかはしまの水の流れて絶えじとぞ思ふ」の歌について、

且中島ある川水は、わかれて末合なるを、ことぐ〳〵しくたとへたり。此記者の歌にて、例のうるさきまでことを含たり。（『古意』）

と指摘している。いずれも、自らの置かれた境遇・心情を、景物に託し、その情景を詠むことで余情を持たせ、心情を読み取らせようとする歌である。このように心情をうまくたとえようとして具体的な景物を選択するという、技巧が先に立った詠み振りを『伊勢物語』作者の歌の特徴として、真淵は批判しているのである。

次に挙げる初段における春満の言及は、真淵の批判に関係するものである。男が春日の里に狩に出向き、若々しく

魅力的な姉妹に対して、狩衣の裾を切って贈った歌「かすがの、わかむらさきのすり衣しのぶのみだれかぎりしられず」について、春満と真淵は次のように述べる。真淵は地の文で示される「みちのくの忍ぶもぢずりたれゆへにみだれそめにし我ならなくに」の歌にも言及するが、この歌は第四句を「乱れむと思ふ」して、『古今集』に源融の歌として載る。

此歌、風体も業平の口風とは聞えず。（中略）およそ此物語は、古歌によりて物がたりの詞を作りたる条も有。物語の詞によりて、歌を作りたる条もあり。此歌は物語の詞より作りたる歌と見えたり。（『童子問』）

紫を女にたとへ、摺たる垣衣の形の乱たるを以て、わが恋のみだれに譬へたり。此歌はかの融公の歌をとりて記者のよみたりとみゆ。業平のならぬ事、既にいへり。かくこまか成たくみは此記者の常也。歌は此記者のよめらんは、いとむつかしくてしらべもわろし。（中略）記者のたくみ過して作れるが多し。専らは興にそなへしのみにて、いとわろき歌ども也。（『古意』）

春満は、此歌は業平の詠みぶりとは見られないとし、『伊勢物語』は古歌から地の文を作る場合と、地の文から歌を作る場合があり、この歌については地の文から歌を作ったものであるという。真淵は、「かすがのの」詠について、女を紫、自らの恋心をしのぶずりの乱れ模様とたとえるという技巧を「こまか成たくみ」としたうえで、こうした「たくみ」を駆使して詠む作者の歌を「わろき歌」として断じている。

春満の言うように物語の地の文が先にあって歌を詠むならば、詠むべき景物が先に存在し、そこから歌の趣意を考えることになる。作者は、その際、地の文のことばにいかに心情を託して詠み込むかに意を払ってしまうのである。

その結果、題詠が題の字に拘束される弊害と同じように、地の文によって限定された和歌が詠み出だされることになる(35)。ここでも、真淵の認識は春満の批判を具体的に発展させたものと見てよいだろう。

何かを詠みこむ「たくみ」を主眼として詠むことを真淵が批判するのは、詠み手がその思いをそのまま詠み出ださず、その技巧を実現するために思いをねじ曲げてしまうからである。真淵は晩年、上代文学は思いを素直に詠み出だしているゆえにすぐれていると繰り返し主張する。その主張を端的に表すのは、『万葉考』の序文「万葉集大考」である。

古への歌ははかなき如くして、よくみれば真こと也。後の歌はことわり有如くして、よく見ればそら言也。古への歌はたゞことの如くして、よくみれば心高き也。後の歌は巧みある如くして、よくみればこゝろ浅ら也。

（『万葉考』「万葉集大考」）

後世の歌は理が通っているようで実は虚言であり、巧みがあるようで内容が伴っていないという右の主張は、技巧にばかり力を注いで詠まれた『伊勢物語』の作者の和歌を批判する真淵の言と共通する。『古意』の和歌批判には、晩年の真淵の上代文学に対する姿勢と共通する性質を指摘することができよう。

おわりに

『古意』は春満の作り物語説を踏襲したうえで、それを注釈方法に具体的に反映させた注釈である。『伊勢物語』全体の配列に注目し、作者の創作手法を考えることからは、春満が先行注釈を批判するために主張した作り物語説を継承しつつも、真淵はそれをやや穏やかなものに変えて、物語を創作意識に即して理解する方法を作り上げていったことが指摘できる。

真淵は『伊勢物語』において古歌を利用して作られた部分を評価しており、詞書の付与や歌の意味の変化に注目して注釈を行っている。とりわけ歌に詞書を与えることによって物語が生み出される過程について、『伊勢物語』の和歌と詞書の関係を理想的であるとして高く評価している。この関係は近世前期の歌論を援用し、和歌からある程度離れた詞書を付与することで和歌の自由な発想が確保されるとした真淵の歌学を実践したものといえる。

その一方で、真淵は『伊勢物語』の作者が詠んだ和歌については技巧を主眼として作られているとして強く批判したが、これは晩年の上代文学に対する注釈における主張と共通する。『古意』は、晩年における『伊勢物語』批判と必ずしも相反するものではない。

以上のように、『古意』は『童子問』を前提としつつも、真淵の歌学を前提とすることによって、その創作方法に踏み込む注釈となっており、中古文学の性質を自らの歌学に照らし合わせてその是非を具体的に検討するという、上代志向への過渡期の真淵の姿をよく示すものとなっている。

注

（1）本書第二章第一節。本節で引用する明和五年六月十八日斎藤信幸宛書簡にも真淵自身が『伊勢物語』を「すて」たと述べている。

（2）井上豊氏『賀茂真淵の学問』（八木書店、一九四三年）。

（3）明和五年十一月八日斎藤信幸宛書簡。
（4）真淵が『伊勢物語』の文章を高く評価したことについては、『源氏物語』との比較において、本書第二章第三節で詳述する。
（5）田中まき氏『伊勢物語古注釈書コレクション　第五巻』解題（和泉書院、二〇〇六年）。
（6）佐佐木信綱氏『増訂賀茂真淵と本居宣長』（湯川弘文社、一九三五年）。
（7）この箇所は、『伊勢物語』二十四段について言及したものであるが、真淵は『古意』において真名本に従い、男の歌「梓弓ま弓槻弓歳をへてわがせしがごとうるはしみせよ」の「わがせしがごと」を「わがせし神言」として理解して、「神言」と「弓」が関連があるものとしていた。
（8）大津有一氏『伊勢物語古注釈の研究』（八木書店、一九八六年）。
（9）片桐洋一氏『伊勢物語の研究〔研究編〕』（明治書院、一九六八年）をはじめとして、古注・旧注の特徴に関しては多くの研究が重ねられている。
（10）西田正宏氏「「諸注集成」の再評価―契沖『勢語臆断』と貞徳流『伊勢物語秘々注』と―」（『女子大文学（国文篇）』第五十号、一九九九年三月、のち『松永貞徳と門流の学芸の研究』汲古書院、二〇〇六年所収）。
（11）大津有一氏前掲注（8）著書。
（12）以下、『古意』の引用は、『伊勢物語古注釈書コレクション　第五巻』（和泉書院、二〇〇六年）による。
（13）『荷田春満』（国民精神文化研究所、一九四〇年）をはじめとする三宅清氏の春満に関する一連の論考に『童子問』を含む春満の著作が旧来の歌学に対する批判的精神に基づいていることが述べられている。その後、片桐洋一氏「伊勢物語注釈研究のために―荷田春満の勢語注釈に関連して―」（『伊勢物語の研究〔研究篇〕』明治書院、一九六八年）、山本登朗氏「虚と実―伊勢物語童子問の旧注批判」（『光華日本文学』第三号、一九九五年八月、のち『伊勢物語論　文体・主題・享受』笠間書院、二〇〇一年所収）などによって、『童子問』の詳細な検討が行われ、『伊勢物語』注釈史における位置付けがなされた。「古本」の語は、『伊勢物語』の真名本を指す。『古意』は本文を真名本で取っているため、『古意』の注釈は真名本の本文を対象としたものである。

(14) 以下、『勢語憶断』の引用は、『契沖全集　第九巻』（岩波書店、一九七四年）による。

(15) 以下、『童子問』の引用は『伊勢物語古注釈書コレクション　第四巻』（和泉書院、二〇〇三年）による。引用は、『荷田全集　第一巻』（吉川弘文館、一九二八年）による。

(16) 「『本朝水滸伝』論―近世的歌物語の創造―」（『江戸文学』第二十二号、二〇〇一年二月）。奥野氏は、真淵は『伊勢物語』が虚構であることの証左として、先行する歌集が、①歌の語句を変える②異なる時代の人物や和歌を組み合わせる③新たに「端書」を加えることで詠歌状況を変える、という手続きを経ていることを挙げていることを指摘する（論旨については稿者が私にまとめた）。特に③について、詞書を付与することによって和歌が当初の趣意を変えられて物語に取り込まれていることに注目し、綾足が『本朝水滸伝』執筆に際し、この方法に学んでいるとする。奥野氏はまた「虚構《フィクション》の発想―建部綾足『由良物語』の割注から―」（『日本文学』第五十五巻第十二号、二〇〇六年十二月）において、この方法の『由良物語』への影響を論じた。本節は、真淵の『伊勢物語』に対する評価を明確にするにあたり、奥野氏の指摘を踏まえ、特に和歌と詞書の関係の具体像について、注釈史を確認しつつ考えるものである。

(17) この箇所については奥野美友紀氏前掲注（16）論文で引用されており、奥野氏は注（16）に示したように真淵の『伊勢物語』成立論をまとめている。

(18) 「意をことにし」以下「こと意とおもはせ」までの語句は底本の誤写として前掲注（12）書の編者が「私見を示した」本文である。『古意』の総論に先行する『勢語七考』や、『古意』諸本を私に検討・確認し、本節においてもこの語句を補って引用した。

(19) 真名本に従って真淵は『伊勢物語』の歌としては第五句を「独往覧《ゆくらん》」とする。

(20) 真淵の序詞理解については本書第二章第一節に述べた。

(21) 奥野美友紀氏前掲注（16）論文で、『古意』における、詞書によって歌の異なる解釈が可能になるとする解釈例の一つとして引用される。

(22) 引用は、『伊勢物語古注釈大成　第五巻』（笠間書院、二〇一〇年）による。

(23) 引用は、『新日本古典文学大系　第十七巻』（岩波書店、一九九七年）による。

(24) 以下、『古今集』の引用は、『新編国歌大観　第一巻勅撰集編一』(角川書店、一九八三年)により、『新編国歌大観』番号を付した。
(25) 引用は、片桐洋一氏『伊勢物語の研究〔資料編〕』(明治書院、一九六九年)による。
(26) 『古今栄雅抄』の成立については片桐洋一氏「飛鳥井家の古今集注釈」(『中世古今集注釈書解題　四』赤尾照文堂、一九八四年)に基づく。
(27) 引用は、新潟大学附属図書館佐野文庫版本による。
(28) 引用は、『北村季吟古注釈集成　第二巻』(新典社、一九七六年)による。
(29) 引用は、『日本歌学大系　第六巻』(風間書房、一九五八年)による。
(30) 引用は、架蔵本による。
(31) 近世中期の堂上歌論における「詞書の歌」の論については、本書第一章第三節に述べた。
(32) 奥野美友紀氏前掲注(16)論文では、和歌は詞書に「ゆづる」べきであるという『古意』の言及をあげ、建部綾足『はしがきぶり』(明和三年刊)の序にも同様の記述が見られることを指摘している。
(33) 本書第一章第三節。
(34) この歌の解釈の変遷については、大谷俊太氏「業平像の変貌―伊勢物語旧注論」(『展開する伊勢物語』国文学研究資料館、二〇〇六年)に詳しい。
(35) 本書第一章第三節。

第三節　『源氏物語新釈』考

はじめに

真淵の古典研究については、真淵自身が晩年に上代志向を強調したこともあって、『万葉考』をはじめとする上代文学研究に対する評価が中心とされ、中古文学研究および中古文学に対する認識についての検討は十分になされているとは言えないということは、これまで述べてきた通りである。先に真淵が積極的に評価している『伊勢物語』の注釈について検討してきたが、本節では、真淵の批判の目立つ『源氏物語』の注釈の具体像を、その批判も踏まえて把握することにより、真淵の注釈学の実際について考えてみたい。

真淵の中古文学研究のなかでもとりわけ『源氏物語新釈』（以下、『新釈』）は、晩年の真淵が書簡において「源氏再考未了」と記し、『新釈』を再考する意向を示しているため、真淵自身は『新釈』を不十分なものと考えていたのだろうと見なされ(1)、真淵研究において省みられることが少なかった。また、『湖月抄』に書き入れる形式で注釈がなされているために『湖月抄』の踏襲に過ぎないと見られる一方で、『源氏物語』研究においては、真淵の個性的な解釈が部分的に取りあげられてもきた(2)。

以下、真淵の『源氏物語』に対する批判の内実を示したうえで、『新釈』を検討し、『新釈』全体の方針、さらには真淵の古典注釈の方法を明らかにする。

一

まず、真淵の『源氏物語』全体に対する評価と先行する注釈類の相違点を確認しておきたい。

中世以来、歌学において『源氏物語』は詠歌に資する古典として捉えられており、『六百番歌合』における「源氏見ざる歌詠みは遺恨の事也(3)」という俊成の判詞はそれを端的に示すものである。近世においても、その考えはたとえば次のように踏襲されている。

源氏一部の詞は皆歌によむ也。毎句歌にならぬはなし。されば中院殿の源氏講談の時に、烏丸殿の、源氏はすべて歌のちうなりと宣へば、中院殿、いかにもさなりと宣ひしよし也。

（『光雄卿口授』烏丸光雄述・岡西惟中記、天和三年以降成(4)）

『源氏物語』の全ての言葉は歌となるものであると言い、和歌を詠むために有用な古典として位置付けられている。『源氏物語』を創作の題材として重んじる姿勢は、和歌だけでなく俳諧でも広く見られ(5)、『源氏物語』を尊重するのは当然のことであった。

ところが、真淵は『源氏物語』について、限定的な評価を行っている。次に掲げるのは、『歌意考』の一節である(6)。

源氏物語はたみるべし。こはこゝろことばも後の世によれるものにて、心むつかしくかしこげにくるしきさましたれど、ことばの中にいとよきもありて、後の人は歌にとりてよみぬるも、女などはよきなり。このものがたりは、うたも同じくことの心めぐり過、いとむつかしげなるところをばまねぶことなかれ。
（『歌意考』広本　宝暦十年頃までに稿本成立）

歌を詠むために『源氏物語』を読むことをまずはすすめている。そこにはすぐれた「ことば」もあり、女性はそれを歌に詠むのもよいという評価を与えている点は中世以来の『源氏物語』評価を受け継ぐものであるが、あくまで女性に限っている点が特徴である。一方、その趣意・表現について「心むつかしくかしこげにくるしき」「心めぐり過」といった性質を持っているとして批判している。後に詳述するように、これは後世の文章が持つ過剰性のためである。これらの評は、真淵が古代の和歌と比較して後世の和歌を批判する際の次のような言葉と一致する。

今少しくだち行たる世にて、人の心に巧おほく、言にまことはうせて、歌をわざとしたれば、おのづからよろしからず。心にむつかしき事あり。
（『歌意考』流布本　明和元年成）

真淵は後代の和歌を批判するとき、時代が下るごとに技巧的になり、素直な心情を失っている点をとりわけ指摘する。『歌意考』における『源氏物語』批判は、そうした否定されるべき下った時代の性質が『源氏物語』にも見られることによる。『源氏物語』に対する非難は、「狂言綺語」や「好色」の観点からなされることは真淵以前にも多くあったが、それに対し真淵はその文章表現のありようをことさら問題にしているところに特色がある。

ここで真淵の『源氏物語』に関係する活動について、確認しておきたい。注釈書である『新釈』のほかに、真淵作あるいは真淵作かとされる『源氏物語』に関する著述が存し、その一つに『源氏物語十二月絵料』（川越市立図書館蔵）

がある。この本は川越市立図書館に所蔵される清水浜臣旧蔵本のうちの一冊である。[7]

その内容は、一月から十二月まで、月ごとにふさわしい場面を二つずつ『源氏物語』の各巻から挙げ、その場面の本文をまず記し、続いて二字下げで描くべき人や景物について詳しく言及するものである。巻末に本書の成立事情を説明する清水浜臣の識語がある。

県居翁、伊勢物語・源氏物語どもの絵の料とて、おほくかきおかれたるあり。又、さらに源氏物語のうちにて、十二月の絵料かき出られたるは、屏風絵などかゝんためにとの心しらひにおはしけんかし。あはれ、みやびの心すさびや。浜臣[8]

『伊勢物語』の絵の料とは、現在国会図書館と鉄心斎文庫文華館に『伊勢物語画料』として所蔵される注釈のたぐいを指すと考えられる。[9]『伊勢物語画料』については、その奥書から、小笠原侍従の依頼によって、寛延のはじめに書かれたことがわかっている。真淵は早くから『伊勢物語』や『源氏物語』の物語絵の作成のための資料を書き続けたものと思われる。

『源氏物語十二月絵料』が実際に真淵の著作かどうかは不明であるが、その識語に示される真淵が『伊勢物語』や『源氏物語』の物語絵作成のための資料を書いていたという事情がおそらく正しいことは、『源氏物語花宴屏風絵料考』（静嘉堂文庫蔵）の存在からも推測される。[10]この資料は、前半部に花宴巻の曲水宴についての語釈・考証、後半部に十二月の絵として総角巻の一場面の描き方をおさめる。表紙見返しに「是は十二月御屏風の料、仰によりて、源氏物語の中より抜書て、絵料の文等記て奉れりし時の案也」とあり、十二か月分の記事があったことが知られるが、月が不明の花宴巻と十二月の総角巻の部分以外は散逸したようである。『源氏物語十二月絵料』では、十二月に朝顔巻と玉鬘巻を挙げており、『源氏物語花宴屏風絵料考』とは同じ資料の書写関係にはない。

こうした源氏絵製作のための資料は、古くからあった。たとえば『源氏物語絵詞』（大阪府立大学附属図書館蔵）はそうした資料の代表的なものである。『源氏物語絵詞』は、『源氏物語』の各帖の特定の場面について、それぞれの細かい図様指示と該当する部分の物語本文を詞書として抜き出したもので、室町時代末頃の成立と考えられている。(11)『御湯殿上日記』には、「車争い図屏風」の作成において、三条西公条が「絵様」を記し、土佐光茂が下絵を製作したという記事が載る。(12)片桐弥生氏は『源氏物語絵詞』が、こうした「絵様」であると指摘し、「たびたび源氏絵の絵様を求められるような立場の人物が、自らの手控えのためにつくったと考えるべき」と結論する。(13)近世初期においても、『源氏物語手鑑』（和泉市久保惣記念美術館蔵）は、源氏絵色紙画帖であるが、中院通村が詞書執筆者や「絵様」の選定にも関わったとされている。(14)

こうして描かれた源氏絵は、婚礼調度として好まれていたことが指摘されている。狩野探幽筆「源氏物語図屏風」は寛永十九年、八条宮智忠親王と富姫の婚礼に際して、徳川将軍家から贈られたものと考えられており、幕末にいたっても狩野養信の日記に、姫君の結婚に際し屏風を作成するにあたり、少なくとも二双の源氏絵を屏風に描くことが記されている。(15)

以上のような背景から、真淵の源氏絵を含む物語絵作成資料は、婚礼調度であった可能性も考えられる。田安宗武との共同研究によって『新釈』が成立し、その後、田安家の誠姫の婚礼に際して『新釈』の改訂を行っていることも考えあわせれば、真淵の『源氏物語』に関する活動は、『源氏物語』に対する否定的な見解を持っていようとも、それとは別に実用的な求めがあれば取り組んだことを示すものである。それが当代の古典学者として当然のあり方だったのであり、真淵もそれに従っていたのだろう。

二

さてここからは、『新釈』の方針を概括して述べている『新釈』「惣考」から、『源氏物語』の内容に関する真淵の意見を見てみたい。「惣考」には、「此《この》いへる事ども多くは荷田東万呂・安藤為章が論をとれり」と書かれているため、『新釈』は春満・為章の説を踏襲したに過ぎないとされてきたが、次に挙げるのは、先行する注釈類に見えない、真淵独自の意見を述べている箇所である。

宮中のおきて正しからざれば、おもはぬまぎれ出来て、御身の為も臣の為もはて〳〵はよろしからず。況や私の家々の事にも人の交らひにも、各いはでおもふ事の多かるをいはざれば、各自のみのやうにおもはれて、人心のほどしりがほにしてしらざる物也。和漢ともに人を教る書丁寧にとくとむかふ人のいはでおもふ心をあらはしたる物なし。只此ふみよくその心をいへり。又源氏の密通にて冷泉院の生れ給ひ、しかも源氏うしろみしたまふ。もし此君藤原氏にしもあらば、皇の御つぎは絶ぬべし。しばらく其まぎれは人、歯をくひしばるといへども、ともに皇子・皇女をとり合てかりにも他姓をせざるは、しかしながらこゝろしらひせるもの也。さて終に朱雀の神系にしもかへし奉りたるは、和文の諷刺ことに女の筆にてなだらかなる物から、此意をよくかうがへん人は身をふるはすべき物也。宮中のおきて正しからず、人情をよくしろしめさぬ故にまぎれあめり。是を度見そなはすすべらぎ、いかでか御心おかせ給はざらんや。此外、臣下にいたりても、准て家々の心おきて人々の用意と成べし。或は淫乱の媒となれとてにくむ人も侍れど、さしもあらず。人情の引所故是を見るに、うまずしてよく見れば、其よしあし自然に心よりしられて、男女の用意となれる事、日本の神教その物を以て諷喩するなり。日本紀をよみしにや、と仰られしはさるゆゑにや。（『惣考』「本意」）

真淵は傍線部のように、『源氏物語』は「いはでおもふ心」である人情を非常によく描いているとしつつ、物のまぎれは宮中の規範が乱れ、物語中の人々が人情に通じていなかったために起こったものであるという。『源氏物語』が人情をよく描いているという主張は為章や熊沢蕃山などに見られるものであったが[16]、「物のまぎれ」の原因にまで人情を関連付けたことには、真淵の人情に対する関心の高さがうかがえる。

同じく「物のまぎれ」について述べた波線部では、藤壺と光源氏は、そもそも皇子と皇女の配偶であり、これが「日本の神教」によって諷喩したものであると評価している。『源氏物語』と「日本の神教」との共通点を見出すことは春満や為章の主張にはないものである。

以上、真淵の特色ある『源氏物語』観として、文章に対して批判的であること、「日本の神教」との共通点を見ていることを述べた。以下にそれぞれの特色が注釈にどう反映されているか、『新釈』の内容を確認する。

三

真淵は『源氏物語』について、後世の和歌を非難するときと同じく、「むつかしくかしこげにくるしき」「心めぐりすぎ」として批判していた。その批判の内実は、以下に述べるように『伊勢物語』注釈に示されている。

真淵は『伊勢物語古意』（以下、『古意』）において、『伊勢物語』と『源氏物語』の創作手法を明確にしたうえで、それぞれの文章の相違点を述べている[17]。

（稿者注、『伊勢物語』は）文のよろしき事、類まれなればしたがひて、古本のことすくなにて意こもり、その歌と相てらして意を催すことなど学ぶべし。是をよく心得る時は、これが後なる物語やうのものをもとき得るにたやすし。中にも源氏物語は此文を書ひろめたる物也と東万呂のいひし如く、げによくみれば、此文の一言をあまた言にいひのべて、すべての趣もしか也。おもひ得るもの多ければ、それら見むにも、もとを知てふ如く也。後の人は此文の詞の様をよく見ぬにや、させる事なしとおもへり。源氏の詞はまねぶべし。此詞はうつしとるべからざるをや。

（『古意』「総論」）[18]

真淵は、『伊勢物語』を引き延ばして書かれた『源氏物語』の言葉を学ぶことは、『伊勢物語』の言葉にこめられた趣意を知る助けになるとして、限定的に『源氏物語』の意義をみとめている。右の『伊勢物語』と『源氏物語』の関係についての指摘が具体的に指すところは、以下に掲げる『古意』の記述によって知ることができる。

次にあげるのは、『古意』の初段、「初冠」の男が春日で姉妹に歌を読みかける段において、男の心情の描写である「おもほえずふるさとにいとはしたなくてありければこゝちまどひにけり」に対する注釈である。

源氏帚木の巻に、あばれたらん葎の門に、思ひの外にらうたげならん人のとぢられたらんこそ、かぎりなくめづらしくはおぼえて、いかではたかゝりけんと思ふより、たがへる事なんあやしう心とまるわざなべきといふは、やがてこゝを書のべつる也けり。此ふみには一くだりにのみ書たるを、はゝき木の巻なるは委しきに過たるやうにこそあれ。此わかちを見得て、古文のよろしきを知べし。

（『古意』初段）

『伊勢物語』では、思いがけず田舎には不釣り合いな女がいたので心動いたとだけ書いているのに対し、『源氏物語』では『伊勢物語』のこの箇所をもとに、「らうたげ」「めづらしく」「いかではたかゝりけん」といった語を加えて左馬頭の心情を具体的かつ詳細に描写する。真淵は、簡潔な描写を行う『伊勢物語』こそ「古文」であり、『源氏物語』との違いがあるという。

同様に「古文」としての『伊勢物語』を称賛する、十四段の注釈を挙げる。この段は、「みちの国」に赴いた男が土地の女と共寝をするも、心惹かれず都へ去ってしまうという話である。右にあげるのは、共寝をする男について説明する「さすがにあはれとや思ひけんいきてねにけり。夜ふかく出ければ」に対する注釈である。(19)

源氏末摘花の巻に、何事につけて御心もとまらむ夜ぶかく出給ふと書るは、これをとれるにや。されど、こゝには心のとまらぬ事をいはでしらせたるぞ古文なる。［割注］古文・今文のわかち、これらにて明らか也

（『古意』十四段）

『伊勢物語』では、夜深くに出て行ったと行動を述べるだけなのに対し、『源氏物語』は、末摘花の何に対して御心が惹かれるはずがあろうかとして、夜深く出て行く光源氏の心情を細かく説明している。真淵は、その心情を言葉で表さずに読む者にわからせるのが「古文」であり、それを細かに説明してしまうのは「今文」であるとする。(20)

つまり、状況のみを簡潔に描写し、心情を醸し出すことができる表現を「古文」として、真淵が理想としていたことがわかる。『源氏物語』は本来言葉で明示されない「人の心」をよく説明しているという点で、「人情」とは何か、またそれをどのように読み取るべきかを知るにあたっては役に立つものであるが、その文章表現そのものを評するな

ら、心情をつぶさに書き尽くしてしまっているがゆえに、批判すべきものであるとされている。『源氏物語』を読むことが『伊勢物語』の読解の助けになるというのも、『伊勢物語』においては言葉に表わされていない、文章から読者が読み取るべき心情が、『源氏物語』にはすでに書かれてしまっているからである。

『源氏物語』の文におけるこうした表現の過剰性による弊害に対する真淵の危惧は、『新釈』の個々の解釈においても次のように端的に示されている。(21)

しに入　夕霧の我も死いる心ちすればさるわが魂は此御からにとまれかしと思はるゝと也。此所の事ども益なく書過て聞ゆ。かゝること此作者のくせ也。(22)（『新釈』「御法」）

ここは、紫の上の死に際して、夕霧が「しに入魂のやがてこの御骸にとまらなむ」と思う場面である。現行の注釈では紫の上の魂が亡骸にとどまって欲しいと解されているが、真淵以前の注釈では、夕霧が悲しみによって自身も死んでしまうような気持ちであり、その自分の魂が紫の上の亡骸にとどまって欲しいと願っているとされていた。真淵もその先行注釈の解釈を踏襲したうえで、夕霧の心情をむやみに書きすぎた文章であるとして批判した。それは悲しみの心情を具体的に細かく説明し尽くそうとすることで、本来読者が感得するはずのゆたかな心情が損なわれてしまっているからなのである。

このように意味をあからさまに説明し言い尽くすことは言い詰めた表現であり、和歌において心の「まこと」を詠み出すことを阻害するとして真淵がいさめたことは、すでに論じた。(23)真淵の『源氏物語』の文章に対する批判は、こうした歌学における方針と一致している。真淵は、表現の過剰性によって「まこと」すなわち古代の素直な心が失われることを危惧していたのである。

四

ここまで真淵が『源氏物語』の文章の過剰性を批判したことを確認してきた。真淵は「惣考」において、『源氏物語』を人情をよく描いたものとしては肯定的評価を与えてもいる。しかしながら、それはよく「人情」を説明し、理解の助けとなるからだけではない。『新釈』の注釈を見ると、言葉で説明されない「情」を見出だして解釈を行う姿勢が指摘できる。真淵以後の注釈への影響を視野に入れつつ、以下に確認する。[24]

朝顔巻の紫の上の歌である「こほりとぢ石間の水はゆきなやみそらすむ月のかげぞながるる」について、真淵は次のように解している。[25]

こほりとぢ　後撰　天の川冬は氷にとぢたれやいしまのたぎつ音づれもせぬてふ歌より出て、今の歌の本は紫の自らの物思ひ有をそへ、末は源の心のまゝに物し給ふをそへたり。或説（稿者注、『湖月抄』）に折節のさま也といへど、いとゐじ給ふがやう〳〵と少しなぐさめ給ふほどの夜なれば、さのみはあらじ。（『新釈』「槿」）

ここは、紫の上が朝顔の斎院のもとにかよう光源氏に対して和歌を詠む場面である。紫の上の歌は、先行注釈ではただの叙景歌として捉えられていた。ところが真淵は、『後撰集』の「天の川冬は氷にとぢたれやいしまのたぎつ音づれもせぬ」を本歌として指摘し、上の句は紫の上の物思いの多い様子を、下の句はその紫の上とは対照的な光源氏の「心のまゝ」の生き方を詠んだ述懐歌として解釈した。『源氏物語』に示されている心情を見逃さずに読み取ろうとする真淵の姿勢がよく表れているといえるだろう。

真淵が『源氏物語』を理解するにあたってこうした心情の読解を重視していたことは、登場人物の心情を確認したうえで解釈を行う傾向が見られることからもわかる。ここでは、先行する注釈と比較して、その傾向を確認しておきたい。

次に挙げるのは、六条御息所が、光源氏の訪れによって伊勢下向を考え直す場面の解釈であり、『新釈』が『湖月抄』説を踏襲している箇所である。

なほふりはなれなん事　細　御息所の心也。師　前にもふりはなれくだり給ひなんは、いと心ぼそかりぬべくとあり。源の朝げの姿のをかしきを、御息所のみ給ふにつけて、猶源を捨て下り給はん事はおぼしかへす也。[26]

（『湖月抄』「葵」）

『湖月抄』の「師説」は、この部分の前の箇所に、御息所自身が下向するときはさぞ心細いだろうと思っていたこと、心ひかれるような光源氏のおもむきある姿が書かれていることを指摘する。『湖月抄』以前の注釈においてもこれと同様に、簡潔な事実の指摘のみとなっている。これに対して、『新釈』は内容についてはほとんど『湖月抄』を踏襲しながらも、次のように述べる。

なほふりはなれなん事　よにいふごとく、つらき方に思ひはてゝもはたふりはなれんも心ぼそく、又人におもひ下されて京にあらんもいかにぞやと、此二つ定かね玉ふに今源のまれにもかくおはしていひなぐさめ、且朝げのすがたにも心ひかるゝによりてまた〳〵とゞまる方に思ひかへさるゝとなり。（『新釈』「葵」）

『新釈』は『湖月抄』に対し、傍線部を付け加えている。下向したいと思う要因が『湖月抄』には示されないのに対し、『新釈』では、光源氏に思われないまま京にいるのもどうかという六条御息所の心情が述べられ、また、下向を迷っているところに「まれにも」光源氏が訪れて優しい言葉を掛け、また朝の姿に魅了されたことによって、それを考え直してしまうことになったという御息所の心情とそれに関わる要因が細やかに解説されている。

同様に、先行注釈を否定するときにも、登場人物の心情に対する読解を踏まえて、真淵の解釈を提示するという手順を踏んでいる。

（本文）わが宿の花しなべての色ならばなにかはさらにきみをまたまし
うちにおはする程にて、うへにそうし給ふ。「したりがほなりや」とわらはせ給ひて
（注）わが宿の花し　細　をごりたる歌也。我宿の花のなほざりならぬよし也。（『湖月抄』「花宴」）

花宴巻で、内裏で右大臣が光源氏に歌を詠み、それを光源氏が帝に報告する場面である。「わが宿の花しなべての色ならばなにかはさらにきみをまたまし」という右大臣の歌は、現代の注釈では「私の家の藤の花が、もしも通り一ぺんの美しさならば、どうしてことさらあなたをお待ち申しましょうぞ」と訳されており[27]、諧謔味を含んだ誘いの歌と解されている。ところが、『細流抄』を引く『湖月抄』は、右大臣の奢りが示された歌であると解しており、『新釈』に先行する諸注釈もこの解釈をとる。『新釈』はこれを否定し、次のように述べる。

わがやどの　或説に、是ををごりたる歌といふはあやまれり。花をほめて宿をばいひ下し、源をばたふとめり。みかどのしたりがほ也とのたまふは、宿の花をほめたるを御たはむれにのたまふのみ也。実におごりたらんにはいかで源もおはさんや。

（『新釈』「花宴」）

本当におごりを詠む歌であるとすれば、光源氏が機嫌を損ねないはずがなく、帝がなごやかに光源氏の報告に答えているからには、右大臣の歌は光源氏への敬意を示したものであるはずだとする。ここでは歌を聞いた光源氏の心情を周囲の人物の行動から推測することによって、歌の趣意を見極め、『細流抄』を引く『湖月抄』の説を否定するという手続きを行っている。

以上のような例は真淵が解釈の妥当性を確認する際の作業として注釈中に多く見られる。こうした方法は、正しい解釈をするための努力であると同時に、文章に「情」がよく込められているということを示すものになっている。先に挙げた朝顔巻の紫の上の歌の解釈は、現行の注釈では真淵の説を踏襲し、述懐歌とするのが定説になっている。花宴巻についての解釈は、幕末の重要な『源氏物語』注釈である萩原広道『源氏物語評釈』にもそのまま引用され、現行の注釈に受けつがれている。また、『新釈』は、桐壺巻で元服後の光源氏と藤壺が管弦の折に「琴笛の音に聞こえ通ひ」することについて、演奏によって「情」をも「通はす」ことを指摘するが、これもまた玉上琢弥氏以下、現行の注釈に採用されている(28)。このように直接的には描かれない「情」の読解を重視した真淵の注釈は、『源氏物語』の文脈に踏み込んだものとして、先行注釈に対する独自性が注目されよう。

和歌や人物の行動についてばかりでなく、真淵は風景の描写に対しても、「情」を重視した指摘を行っている。

はだ寒き　是は万葉にも古今にも、秋風の肌寒ければいとゞ妹かはだへ恋しきよし多くよめるによりて書り

（『新釈』「桐壺」）

ここは更衣を亡くした桐壺帝のいる情景を「野分だちて、にはかにはだ寒き夕暮れのほど」と描写していることに対して、『万葉集』・『古今集』などの「はだ寒き」ことによって恋人を恋しく思う例を典拠として指摘する。従来、単なる情景として寒さを表すと解されてきた文に対しても、真淵は帝の情を喚起させるものとして描かれていると解している。

次にあげるのは、賢木巻で朧月夜が光源氏に詠んだ歌である「木枯の吹くにつけつつ待ちしまにおぼつかなさのころもへにけり」についての解釈である。

木枯らしの　此歌さまぐ〵の説もあれど皆あたりても聞えず。今考るにとりぐ〵あしざまなるいひなしを聞につけておぼつかなく便を待してふ意と見ゆ。此文の中にあらしをもて人のたゝはしく云にたとへたること多き也

（『新釈』「賢木」）

真淵は、歌自体の解釈がはっきりしないとしつつも、『源氏物語』本文中に、嵐を描写することで人がやかましく言うことを示す例が多いことを指摘している。

『源氏物語』の自然が登場人物の心情や心理を表象するものであるということは、秋山虔氏による指摘をはじめ、数多くの論考が重ねられている。(29)真淵は先に述べたように、本来、心情は言葉で説明してしまうものではなく、読む

者が自然と感得すべきものだと考えていた。そのため、『源氏物語』においても、説明されている心情のほかに、直接的には示されていない心情をも注意深く読み取ろうとしたのであろう。真淵は、心情の解釈に特に意を払っているがゆえ、その解釈は、『源氏物語』において一見情景描写と捉えられる表現に心情描写が込められているという性質を指摘するものとなり、結果的に『源氏物語』の豊かな表現手法を示すことにつながっている。

五

ここまで、真淵の文章観と心情の読解の関連を示してきたが、次に真淵の『源氏物語』観のもう一つの特色である、「日本の神教」と『源氏物語』の共通性について考えてみたい。

この真淵が述べるところの「日本の神教」に関しては、鈴木日出男氏が「惣考」ならびに『新釈』の付録として別冊に仕立てた「別記」の記事を指摘し、「真淵の主張の眼目は（中略）皇統本来の授受のありかたそのものにあった」と述べ、現代の王権論に繫がる示唆的なものと指摘した(30)。ここでは、鈴木氏の論を踏まえ、『新釈』の注釈自体が皇統を尊重する物語読解によって成り立っていることを述べる。

真淵が、皇統を尊重する立場から、紫式部の執筆意図を諷喩として捉えているとする指摘は、次にあげる箇所を例に、すでに説かれているものである(31)。

人のもてなやみぐさになりて　此更衣は宮中にて人のねたむのみにて、もてなやみたるほどの事はなしと見ゆ。然るを公卿殿上人の目を側るは例の我まゝならひたる臣たちの思ひいふ事に侍り。

（『新釈』「桐壺」）

桐壺巻において帝が更衣を寵愛するのを人々が非難し、それは楊貴妃にもなぞらえられかねないほどだとする場面であるが、真淵は桐壺帝が更衣を寵愛し過ぎたとは解さず、それを非難する臣下が間違っているという。また、この箇所について、「別記」の稿本である『源注別記』には、「かだましき」心を持つ楊貴妃に対し、更衣は「よろづによき人」であることを示して、人々の非難の誤りを強調するため、つまり諷喩のために記されたものであるとする記事が見られる。この箇所の文末に真淵は「此中にもやんごとなきおぼしをもまじへて書つ」と後から書き入れている。さらに半ばまでは諷喩のための記述が多いとし、また「心して見るべきなり」「されどいかがあらん」と一度は記し、二つとも削除している。(32)「やんごとなきおぼし」とは、『源氏物語』の共同研究の相手であった田安宗武の説と見て間違いない。諷喩説を含んだこの一条は宗武の考えを交えて書いたものであり、よく心を留めるべきであると一度は書いたものの、真淵は疑念を持っていたことがわかる。こうしたこともあって、『新釈』は、宗武の意向を強く反映せねばならなかった窮屈な注釈と指摘されてもいる。(33)実際、文学に教戒的要素をもとめることは、宗武の著作の特徴であった。(34)たとえば、真淵の『古意』を増補する目的で宗武が著した『伊勢物語註』には、「人の妻たらん女は殊に心とゞめて見るべき也」「女のなまざかしきを戒めたるなり」(35)といった訓戒的な評語が散見する。これらは真淵の『古意』にはないものである。『源氏物語』においてもこれと同様に、宗武の影響のもと『惣考』で述べられる諷喩説が構築されたという可能性はある。

ただし、次にあげるように、『新釈』とほぼ同時期に書かれた真淵単独の著述でも同じような主張が見られる。

我国のむかしのさまは（中略）只天地《あめつち》に随て、すべらぎは日月也。臣《おみ》は星也。おみのほしとて日月を守れば、今もみるごと、星の月日をおほふことなし。されば天つ日・月・星の古へより伝ふる如く、此すべら日月も臣の星とむかしより伝へてかはらず、世の中平らかに治れり。
（『国意考』宝暦十年までに稿本成立・文化三年刊）

皇統を重視し、臣下はわきまえある行動によって皇統にある人物を支えることが古代から当然のことであると述べていることから、皇統を重視すること自体は真淵も考えていたこととして間違いない。

以下、『新釈』における皇統に関してなされた注目すべき注釈を見ていきたい。真淵は、日本で本来あるべき振舞いについて次のように述べている。

うへつぼねに　とかくに上を崇とむ筋にて治るこそ此御国のためしなれ。
（『新釈』「桐壺」）

この箇所は、更衣が控えの間を帝の近くに与えられたことについて、それまでの注釈が、帝の桐壺更衣に対する寵愛による異例の沙汰とするのを批判したものである。真淵は、帝の御休所に通うことを妨害された更衣が控えの間を与えられるのは当然のことであるという解釈を具体的に展開したのち、右に引用した通り、帝の事情を尊重することこそが日本本来の振る舞い方であると強調する。

同様に皇統を重視する姿勢は、親王が大臣よりも尊重され上位に配されることを真淵が『源氏物語』の基本方針と見なして、さらにそれを前提として、后には皇女を立てるべきであると作者が考えているとすることにもあらわれている。

かぎりあるたゞ人どもにて　諸の説に今の源に比べき人々あらずと也とのみいへるはこと尽ず。中比よりは、后にしも大臣の姫宮の立をならはしとし給を、六條院の紫・花散里は親王の姫君にて、親王は大臣の上に立と此物語のさまなればこゝは記者の意得ありて書る成べし。そのよしは前々にいふ如く、此物語の后は皆前帝の皇女、或は前坊の皇女、今又明石中宮も准太上皇の御女也。是によるに今准太上皇に配すべきは皇女ならでは専らの御むかひめならずとすれば、況や后は皇女を立給はんこと、記者の思へるにや。（『新釈』「若菜上」）

この場面は、左中弁が女三宮の降嫁先をめぐって、光源氏の妻たちが「かぎりあるたゞ人ども」ばかりであるのは、光源氏の身分にふさわしくなく、女三宮こそ妻として理想的であると言うところである。真淵は、当時は后にも大臣の娘が立つのが習いとさえなっている状況にあって、紫の上や花散里はまして親王の娘であるので、親王を大臣よりも上位に配し尊重する『源氏物語』の基本方針から見れば本来「たゞ人」として非難されるはずはないと考えている。あえてそう記すのは、『源氏物語』においては前帝、前坊、准太上皇というように、天皇とそれに相当する人の娘すなわち皇女が后となっており、准太上皇にもその原則を適用して、親王の娘では嫡妻には不足であるとすることで、ましてや后にはやはり皇女が立つべきであると主張する意図があるとする。(36)

次にあげるのは、少女巻の解釈である。

四位になしてんと　親王の御子は四位より立り。光源氏は御父帝も親王に准じておぼし置て、今の御いきほひもことなれば、若君（稿者注、夕霧）の四位もとよりなれど、臣家とはことなりて、王孫は一世・二世など幼より直ちに位高くて有などはなみ〳〵のことして行末よき事もあらず。よりてひかへ無位にて学に入り、大政とるべき設をせんとおぼす也。子孫をおとさじとおぼす故に学問させらるゝよし下に見ゆ。しかれば是は、王孫たちをいさめて政をとりつたへ皇威をまさんとするもとをいふ記者の意也。

（『新釈』「幼女」）

ここは光源氏が元服する夕霧に勉学をつませようとして四位ではなく六位にしたとする箇所である。親王の子というだけでも当然四位になるはずであるが、そうしなかったことに対し、位を持たないところから始めて、若いうちに勉強をして政治を担う用意をして、代々の繁栄のために努力するべきであるという光源氏の意図が表されていると真淵は指摘する。そして傍線部のように、皇統にある人物たちが子孫を厳しく教育し政治力を継承することで天皇の権威を増そうとするという本来あるべき皇権のさまを作者が述べていると言う。

次にあげるのも同様の例である。

源氏のうちしきり　臣より后の立給ふ例といふは、いまの都の初よりのことにて、古王威盛なる時は多く皇孫を后とし給ひ、もし天皇の御つぎなき時などは、后やがて位にゐさせ給へり。かゝれば皇孫を后とし給ふ事ことわりと思ふ。此記者の意より終に秋好を立奉りぬ。

（『新釈』「幼女」）

ここでは秋好中宮の入内について、古は皇統にある者が后になるのが当然だったとする作者の考えに基づく記述であるとして、本来あるべき皇統のあり方を示すものであると真淵は強調する。この理解は、先にあげた若菜上巻の場面でも述べられており、繰り返して示されている。

さらに注目すべきは以下のやや強引な解釈である。

いにしへの人のよしあるにて　此北方（稿者注、桐壺更衣の母）は本王孫か。
（『新釈』「桐壺」）

ここでは桐壺の更衣の母を「もと王孫か」と指摘している。『源氏物語』本文にそう取ることのできる箇所はなく、他の注釈にも見られない。真淵は、光源氏の母である桐壺更衣が皇統の一員であれば帝と桐壺の更衣も皇統にある者同士の組み合わせになり、そうした人物によって皇統が維持されるという、理想的な皇権のあり方が実現すると考えたのであろう。[37]

以上のように、真淵は、皇統の理想的なあり方を志向するものとして、『源氏物語』を理解しようとした。その理解は、注釈としての妥当性を必ずしも満たすものではなかったが、『源氏物語』の内容を古代の皇権と重ねて見ることで肯定的に理解しようとする真淵の姿勢がよくあらわれている。

六

最後に、『新釈』における『源氏物語』批判の対象を見ていきたい。

次にあげるのは、玉鬘が光源氏から帝の印象を聞かれて詠んだ「うちきらし朝ぐもりせしみゆきにはさやかに空の光やは見し」の和歌についての解釈である。

うちきらし　こは万葉に、打霧之《ウチキラシ》とも天霧合《アマキラヒ》とも多くよみて打くもりてふ語也。良之反利なれば、紀利と云も本は曇る事なるを、体に霧とはいふめり。然れば此歌の朝ぐもりせしといふは、徒らにかさなれり。此記者も万葉など委しからねば、此語を霧わたる事とのみおもひしにや。
（『新釈』「御幸」）

雲が出ているという意味の万葉語である「うちきらし」の語が、誤って霧が出ているという意味で使われていると指摘し、作者が万葉に通じていないことを批判する。真淵は『万葉考』巻三において、「あまぎらひ」という語は「あまぐもりあひ」の転じたもので、「打きらし」「天ぎらし」なども「皆均し」と主張する。右の記述はそうした真淵の万葉学に基づくものである。真淵は『万葉集』について、心情をありのままに巧まず詠み出している点を評価するが、それと紫式部の記述が時に食い違うと真淵が考えていたことは、次の批判からも明らかである。

なほ〳〵しき　これは思ふ心を有のまゝによめるを、此記者はまだしと思へるにや。凡此記者今めく心のみ有て、歌などはよくも侍らず。かくいふこそ人もあはれとおもはるゝをや。（『新釈』「東屋」）

浮舟とその母が、思ったことをそのまま詠んだだけの和歌を贈答しあう場面で、地の文が「なほ〳〵しきことどもをいひはかしてん」とすることについて、真淵にとっては理想的である、心情を「有のまゝ」に直接的に詠んだ歌を「なほ〳〵しき」つまり何ともないつまらない歌として詠んでいる紫式部を批判している。

これらの批判は、真淵が理想とする古代の「まこと」を詠んでいる『万葉集』およびその歌の性質から外れるためになされたものである。真淵の右の解釈は、批判に終始してしまい、解釈としての的確さを欠いている。また、歌学における真淵の批判対象である漢学の影響も次のように繰り返し非難される。

からめいたり　此記者たゞ楽天が詩に泥みて、かゝる様をこのみ書たり。（『新釈』「須磨」）

『白氏文集』を典拠として須磨の光源氏の住まいの様子が書かれる箇所である。この箇所が『白氏文集』によっているることは、真淵以前の注釈も触れているが、その是非については述べられていない。真淵はこれを紫式部が白楽天の詩に泥んで書いたものとして否定的に評する。

次は、夕霧が漢学を積極的に勉強することで「やまとだましひ」を持って活躍して欲しいと光源氏が述べる箇所についての解釈である。

やまとだましひの　此比となりては専ら漢学をもて天下は治る事とおもへばかくは書たる也。されど皇朝の古皇威盛に民安かりける様は、たゞ武威をしめして、民をまつろへさで、天地の心にまかせて治給ふなり。人の心もて作りていへる理学にては、その国の治りし事はなきを、偏に信ずるが余りは、天皇は殷々として尊に過給ひて臣に世をとられ給ひし也。かゝる事までは此頃の人しる事ならずして、女のおもひはかるべからず。

（『新釈』「幼女」）

漢学を基礎と考えるあり方を強く批判し、「天地の心」に沿わない、理のまさった漢学を尊重するがゆえに政治が誤った状態に陥っていると指摘する。真淵は漢学によって古代の自然な心が阻害されることを紫式部が理解していないと非難するのである。

真淵が自らの歌学を積極的に主張したことは、批判を展開する箇所ばかりではなく、次に挙げる歌学書に関する記事に対する指摘からも知ることができる。

わかのずいのう　今、和歌髄脳とて有は浜成式・喜撰式・孫姫髄脳・石見女ずいのう・新撰ずいのうなどあれど、皆古へを知ぬ人の偽ごとにて皆一つも用にたらぬ物也。から歌にもさる様の四病・八病などいふ事の有をもて、皇朝の古へしらでかれにならひて作れるもの也。それが中に此文の比には皇朝の古学しる人絶たればさる作りごとも多かりけん。

（『新釈』「玉鬘」）

この箇所は、光源氏が末摘花から贈られた「わかのずいのう」を厄介だとして返してしまう場面である。真淵は、当代のいろいろな「和歌髄脳」は昔を知らない人の作り事であるため全く役にたたないものであるとする。本文においては、「わかのずいのう」に拘泥しすぎることはよくないと光源氏が述べているものの、全く不要なものとまでは言っていない。真淵は、「和歌髄脳」は漢詩の詩病になぞらえた歌学書であると決めつけ、それらに対する批判的印象を強調して読解を行っているのである。

真淵は表現の過剰性、漢学の尊重といった、真淵が言うところの下った時代の性質を具体的に指摘し、批判を展開した。それらの指摘は必ずしも『源氏物語』の内容に踏み込むものではなく、解釈そのものについての真淵の誤解も少なからず見られはする。しかしながらこれまで検討してきたように、真淵の関心の中心は、本来の心情をありのままに表現することにあったのであり、それと反する性質を批判することによって、当代の読者にもその実践を求めて著されたのが『新釈』なのであろうと思われる。

おわりに

真淵は、『源氏物語』について、本来は読む者がおのずと感得すべきである心情まで言い尽くしてしまっているために「まこと」を阻害するとして、その表現を批判した。真淵は、和歌と同じく、直接言葉には表さずに心情を込めた文章を評価したのである。『新釈』の注釈においては、『源氏物語』が漢学を重視し、古代を軽視することについて批判を展開しているが、これらもまた古代の素直な心に反するがゆえになされたものである。このように古代を重視する姿勢は、『源氏物語』が皇統の正しいあり方を志向したものであること、説明されない「情」が文章に見出せる箇所について、時に注釈としての妥当性を欠くほど積極的に指摘して評価することにも表れている。真淵は、先行する注釈や『源氏物語』論が主張してきた『源氏物語』を諷喩とする説、「人情」をよく描いているとする説を利用しつつ、理想とする古代の要素を強調する注釈方法を確立し、それに従って『源氏物語』を理解していた。こうした理解のもと、皇権や情に注目してなされた注釈は、真淵以前の『源氏物語』注釈に見られる准拠説や実証性の重視だけでは明らかにし得なかった表現の重層性を結果的に読み解くものとなっている。

注

（1）明和元年梅谷市左衛門宛書簡。徳満澄雄氏「『源氏物語新釈』の成立過程について」（『高知女子大学紀要（人文・社会）』第二十九号、一九八一年三月）も同書簡を引用する。

（2）重松信弘氏は『新釈』について、「真淵の著としては、珍しく啓蒙的通俗的なところがあり、湖月抄からの転載も頗る多い」（『増補版新攷源氏物語研究史』風間書房、一九八〇年）とする。現代の注釈における『新釈』の引用例は、本節で後述する。

（3）引用は、『新日本古典文学大系　第三十八巻』（岩波書店、一九九八年）による。

（4）引用は、『近世歌学集成　上』（明治書院、一九九七年）による。

（5）江本裕氏「源氏物語と近世文学―近世前期の『源氏』寓言説を中心に―」（『源氏物語研究集成　第十四巻』風間書房、二〇〇〇年）は、俳諧における『源氏物語』注釈の重視について述べる。

（6）鈴木淳氏「近世後期の源氏学と和文体の確立」（『講座源氏物語研究　第五巻』おうふう、二〇〇七年）では、この序文を用いて真淵の否定的『源氏物語』観を確認している。

（7）本書は、岩坪健氏「伝賀茂真淵撰『源氏物語十二月絵料』（翻刻）」（『同志社国文学』第六十七号、二〇〇七年十二月）・「伝賀茂真淵撰『源氏物語十二月絵料』（解題）」（『同志社国文学』第六十八号、二〇〇八年三月）において紹介されている。

（8）引用は、川越市立図書館蔵本による。

（9）『伊勢物語画料』は、原雅子氏「真淵の物語絵制作観」（『金蘭国文』第六号、二〇〇二年三月）に翻刻・紹介されている。

（10）『静嘉堂文庫所蔵物語文学書集成　マイクロフィルム版』（雄松堂書店、一九八〇年）による。この資料については、岩坪健氏前掲注（7）論文でも、類似の資料として言及されている。

（11）片桐洋一氏編『源氏物語絵詞』（大学堂書店、一九八三年）。岩坪健氏前掲注（7）論文では真淵がこの類の資料を参照したのではないかと推測している。

（12）永禄三年七月十九日条。『御湯殿上日記』は『続群書類従補遺　御湯殿の上の日記』（続群書類従完成会、一九三二年）による。

（13）片桐弥生氏「美術史における源氏物語―源氏絵の場面選択と図様の問題を中心に―」（『源氏物語研究集成　第十四巻』風間書房、二〇〇〇年）。なお、（11）から（15）までの資料・論考は、片桐氏の本論に紹介されている。

（14）『和泉市久保惣記念美術館源氏物語手鑑研究』（和泉市久保惣記念美術館、一九九二年）。

（15）片桐弥生氏「狩野晴川院の源氏物語屏風―法然寺本を中心に」（『美術史の断面』清文堂出版、一九九五年）。

（16）『源氏物語』が人情をよく描いているとする評価が近世前期の源氏研究にもよく見られるものであることは、杉田昌彦氏「物語の「用」―効用主義的『源氏物語』観と国学者たち―」（『講座源氏物語研究　第一巻』おうふう、二〇〇七年）に詳しい。

（17）真淵に先立って春満は『伊勢物語童子問』において、『源氏物語』が『伊勢物語』をもとに書かれた物語であると指摘しているが、春満は二つの物語の優劣を述べることはない。春満の指摘を継承したうえで、『伊勢物語』と『源氏物語』の性質の違いを際立たせたところに真淵の眼目がある。岩原真代氏「荷田春満の物語史観とその影響―『伊勢物語』注釈と『源氏物語』注釈の間―」（『國學院雜誌』第一〇七巻第十一号、二〇〇六年十一月）は、『伊勢物語童子問』において「『源氏物語』が『伊勢物語』の写し、という見解が貫かれ」ていること、『新釈』の注釈に『伊勢物語童子問』に見られる説を踏襲した箇所があることを指摘する。

(18) 以下、『伊勢物語古意』の引用は『伊勢物語古注釈書コレクション　第五巻』和泉書院、二〇〇六年）による。

(19) 真淵が引用している『源氏物語』の本文は、『新釈』が底本にする『湖月抄』および現行の注釈書の多くも「何事につけてかは御心のとまらん」とする箇所であり、違いがみられる。

(20) 佐藤深雪氏が真淵の文章観について「『源氏物語』は中古の物語であり、『伊勢物語』は上古の物語であるという真淵の様式意識」（『綾足と秋成と―十八世紀国学への批判』）名古屋大学出版会、一九九三年）というように、書かれた時代は平安時代であるものの『伊勢物語』を古代の理想的な文章の性質を持つものとして真淵は認識している。

(21) 徳満澄雄氏前掲注（1）論文は、『新釈』の諸本調査によって、自筆本であり、二回目以降の書入を含む田安家本が、それまでの真淵自身の推敲を最もよく反映したものであると指摘し、この田安家本によって『新釈』の内容を検討すべきであると主張する。

(22) 引用は、国文学研究資料館寄託資料田安家旧蔵本による。

(23) 本書第一章第一節。

(24) 原雅子氏は「賀茂真淵の物語注釈の心理的方法―『源氏物語』「若紫」の巻の解釈―」（『金蘭短期大学研究誌』第二十七号、一九九六年十二月、のち『賀茂真淵攷』和泉書院、二〇一一年所収）において、若紫巻の『新釈』の解釈を検討して、『新釈』本文自体にも人情を重視した傾向が見られることを指摘し、「真淵は注釈という学問的営為の中で、人間の心理を解析し、あやを織りなす複雑な人間存在の関係を深切に読み解いていった。」と結論づけている。

(25) 針本正行氏は「江戸時代の源氏学」（『國學院雜誌』第一〇七巻第十一号、二〇〇六年十一月）において、准拠論では不可能だった「言葉のうちに脈打つ意味を喚起」するものとして、真淵のこの解釈を取りあげている。

（26）引用は、『北村季吟古注釈集成　第三巻』（新典社、一九七七年）による。
（27）阿部秋生氏・秋山虔氏・今井源衛氏・鈴木日出男氏　校注・訳『新編日本古典文学全集　第二十巻』（小学館、一九九二年）。
（28）玉上琢弥氏『源氏物語評釈』（角川書店、一九六五年）。吉野瑞恵氏も「江戸時代注釈は藤壺の光源氏に対する感情をどう解釈したか」（鈴木健一氏編『源氏物語の変奏曲—江戸の調べ』三弥井書店、二〇〇三年）においてこの解釈を取りあげている。
（29）秋山虔氏「源氏物語の自然と人間」（『王朝女流文学の世界』東京大学出版会、一九七二年）。
（30）鈴木日出男氏「宣長の〈もののあはれ論〉」（『源氏物語虚構論』東京大学出版会、二〇〇三年）。
（31）この箇所は鈴木日出男氏前掲注（30）論文も既に指摘するところであり、重松信弘氏前掲注（2）書も、『惣考』とこの箇所を取りあげ、『新釈』の特徴として諷喩説を指摘する。
（32）引用は、『静嘉堂文庫所蔵物語文学書集成　マイクロフィルム版』（雄松堂フィルム出版、一九八一年）による。
（33）鈴木淳氏前掲注（6）論文などに指摘がある。また、『別記』の書き入れについては徳満澄雄氏前掲注（1）論文が紹介している。
（34）土岐善麿氏『田安宗武　第二冊』（日本評論社、一九四三年）。宗武の考える和歌の教戒性については本書第一章第二節で述べた。
（35）引用は、土岐善麿氏『田安宗武　第二冊』（日本評論社、一九四三年）による。
（36）『源氏物語』本文において花散里の父は明らかにされていないが、真淵は花散里を親王の娘として解している。
（37）吉野瑞恵氏は前掲注（28）論文において、真淵が藤壺から源氏への愛情があったと解釈する例をあげ、藤壺と光源氏が相思相愛ならばさらにその理想性が輝くと指摘する。吉野氏の指摘は、本節で確認した、皇統にある人物を尊重して『源氏物語』を解釈するという真淵の姿勢の一端にふれたものと言える。

第三章　真淵学の淵源

第一節　卑下と好色 ―小野小町「みるめなき」の歌の解釈をめぐって―

はじめに

本書第二章では真淵の活動の一つの柱である古典注釈学を対象とし、それが近世前期の古典注釈を検討し直すという方法で成っていることを論じた。本章では、注釈史上で内容の揺れが見られ、かつ真淵の注釈については、その特徴がよく表れていると考えられる解釈を例として、その内容と通史的変遷を捉え、より広い視野のもとで真淵の注釈学を古典注釈学史に位置付ける。

また古典注釈学史において、近世前期は大きな変化のあった時期である。近世以前は講釈や聞書、その写本によって注釈は限られた人々に継承されてきたが、出版文化の成立と発展によって注釈書や梗概書が多く版行され、注釈の享受者は拡大し、その内容も初学者向けから細かい考証を行うものまで多岐にわたった。浮世草子や読本、俳諧といった、近世に新たに生まれた文芸作品の多くは、『伊勢物語』や『源氏物語』などそれ以前のいわば古典作品を踏まえて作られている。近世文芸の成立には、そうした古典作品に対する注釈学の発展、流布があったのであり、こうした近世の新たな文芸作品を読み解く基盤としても、近世前期注釈の特徴の把握は欠かせない。

ところで、藤原定家が歌を詠む者への教えを記した『詠歌大概』は、中世・近世を通じて最も重んじられた歌学書のひとつであるが、学ぶべき古典について次のように述べている。

常観二‐念古歌之景気一可レ染レ心。殊可二見習一者、古今・伊勢物語・後撰・拾遺・三十六人集之内殊上手歌、可レ懸レ心。(1)

歌を詠むために、常に古歌の世界を思い浮かべることが求められているが、『伊勢物語』が他の歌集と同じく手本としてあげられており、歌詠みが『伊勢物語』を重視していたことがわかる。それゆえ『伊勢物語』は鎌倉時代以降現代に至るまで多くの注釈が試みられており、最も注釈の多い作品の一つであると言ってよい。これまでも述べた通り、中世・近世の『伊勢物語』注釈については、史的展開とその特徴に関する研究が進められており、(2)個々の注釈書の影印本や翻刻が多く出されるなど、(3)検討が盛んに行われている。

本節では、それらの検討を踏まえ、『伊勢物語』二十五段に用いられ、『古今集』に入集する小野小町の「みるめなき」の歌を対象とし、その解釈の変遷を明らかにする。

一

『伊勢物語』二十五段は、一首の贈答歌を中心とする短い章段である。

むかし、男ありけり。あはじともいはざりける女の、さすがなりけるがもとに、いひやりける。

秋の野にささわけし朝の袖よりもあはで寝る夜ぞひちまさりける…A

色好みなる女、返し、

みるめなきわが身をうらとしらねばや離れなで海人の足たゆく来る…B(4)

男が、逢わないとは言わないが、だからといって逢いもしない、気を持たせる女へ、独り寝のつらさを詠んだ歌を贈り、それに「色好みなる女」が歌を返したという話である。この二十五段の二首は、『古今集』に入集している。(5) Aは業平の歌、Bは小野小町の歌で『古今集』では六二二・六二三番歌として並んでいるが、いずれも題知らずの歌であり、二首の間に贈答関係はない。この二首は、『伊勢物語』の成立を論じるにあたって、『古今集』歌をもとに『伊勢物語』が編まれたことを示す例としてよく取り上げられている。(6) AとBの歌は、『古今集』の配列をもとに贈答とされただけという二十五段の成立事情を勘案しなくとも、共通する言葉も持たず、内容もかみ合っていないため、贈答歌としては不完全である。

本節でとりあげるBの歌について、片桐洋一氏は「海松布がない浦ではないが、「見る」機会のない私が憂き情況であることも御存じないせいか、海松布が枯れるということから思い出される「離《か》れる」とは縁もなく、足がだるくなるほど熱心に通っておいでになることですね」と訳している。(7) 片桐氏は「この歌の解釈史はかなり多岐にわたる」とも指摘し、注釈史の問題点をまとめ、「みるめなき」の語の解釈と「わが身」とは誰の「身」であるかの解釈で諸注に違いがあるとする。

「みるめなき」の語について片桐氏は、「見所なき」や「醜い」と取る説、「逢う機会」がないと取る説があるが、(8) 『古今集』の「みるめ」を詠む歌はいずれも「男女が見る機会」の意が重ねられたものであるので、「「さばかり見苦しき我身を」（香川景樹『古今和歌集正義』）、「見る甲斐もなく醜い」（西下経一『日本古典全書古今和歌集』）という解釈が全く根拠のないものである」として、前者の説を強く否定する。(9) 竹岡正夫氏も「みるめなき」の語の解釈の違いに注目し、「見どころもなきみにくきわが身とするもの」として、『続万葉集秘説』と『古今和歌集正義』の書名をあげている。(10) 『続万葉集秘説』は契沖・真淵・谷川士清・宣長の説を載せる注釈書であるが、「みにくきわが身」と取っているのはそのなかで真淵の説である。(11) 以下に真淵の『古今集』注釈書である『続万葉論』の解釈をあげる。

顕昭此歌いせ物語に入て、右の歌の返しとせるを、物語は返しに作りなしたる事をしらずして、こゝも実に返しなると思ふより、うらみおこせたるをとこなどあらぬことをいふ也。物語は実事にあらず。此集を以いふべし。（中略）みのうきはみるめなきといふに、身のほども容色もよろしからざるをいふ也。さればそれをうき身なり。ヶ様にうき身ともしらねば、人はかれ疎ことなくて来るやと、あはぬことのことわりに身を卑下していふ歌也。(12)

（『続万葉論』宝暦九年以前成）

「みるめなき」の語を身分や容貌のすぐれないこととし、それを情けなく思っている私の状態を知らずにあの人は絶えずやって来るのだろうかと解釈する。そしてこの歌を、会わないと伝えるにあたって自分の身を卑下したものだとする。

真淵は『伊勢物語古意』（宝暦三年頃成）において、この歌についてさらに詳しい説明を行っている。

海松の無浦に、見る目なき我身を憂しと思ふをそへ、さて、男をいたづらに海松からんとて来る海人にたとへたり。古今集にては、女のわが容《かたち》などわろきまゝに、恥てえあはぬを、さとはしらでや、男のかくまで通ひ来るがいとをしとよめり。まことに小町の歌にてやさしき也。伊勢の御が、夢にだにみゆとはみえし朝な〳〵わがおも影にはづる身なればとよめるも、すべて女の用意ふかきわざ同じ。然るを、此文には中々に色ごのみなるてふ詞をくはへて意をいとかへたり。箒木の巻に、わづかに声きくばかりいひよれど、いきの下に、引こめて云々と書るも、此文のこゝをとりていふに似たり。艶に物はぢしてこと少なゝるが、とりなせばあだめくてふも、此女のさすがにて男をなやましむる類なり。古今集にては、上のは業平朝臣、次のは小町のにて、こと〴〵なる歌を、これに贈答にとり用ゐたるを巧とす。且歌は多くもかへずして、詞を加へていとこと意になせるなど例のしわざなり。

〈頭注〉或説に、男の身を女の恨る事有故にあはずといへるはわろし。しからば、上に、みる目なきとおかんやは。さては語の通らぬ也。且浦みんとのみ人のいふらんといへるは、恨の詞に浦を見んとそへたれば、詞と、のへり。只浦とのみいふに恨とては詞たらず。よりて、古歌に例もなき也。さて、憂を浦にそへたるは、後撰に、流れては行方もなし涙川わが身のうらや限りなるらん、わたつみとたのめし事もあせぬればわれぞわが身の浦はうらむる、是ら皆、身の憂きを浦にそへたり。身のうきとは、女はかほかたちのわろきといやしきとをいへり。(13)

『古今集』の歌としては、まさしく小町の歌らしく優美であるとし、伊勢の歌に、容貌の衰えを嘆き、夢でさえも会いたくないと言うのと同様であると指摘している。この態度を優美であると評価するのは、『続万葉論』に「身を卑下していふ」とする通り、会えないと伝えるにあたって、すぐれない容貌ゆえと言い、自分に原因があるとへりくだったことにある。こうした『古今集』での理解に対して、『伊勢物語』においては、言葉のうえでは変わらず優美で遠慮がちな心情を詠んでいるのであるが、それが「色ごのみなる」意志に基づいているのならば、その態度はむしろあだめいて感じられるものとなり、それゆえ男の気を引くことになると結論している。この説は、真淵以前の古注釈において『伊勢物語』の「色ごのみなる女」が小野小町かどうかということが注目されていた(14)『古今集』との関係について、その詞書の有無により歌の解釈が変わることを指摘した点が画期的であった(15)。そしてこの解釈の前提となっている「みるめ」を「容貌」ととる説もまた、『古今集』注釈においては竹岡氏が真淵説とするように、先行する注釈の通説とは異なる解釈である。本節では、この「容貌」説について検討することにより、古典注釈の展開を明らかにする。

二

前章でも述べたが、『伊勢物語』の古注釈については、成立年代と内容によって古注・旧注・新注の三つに大別される。以下古注釈を検討する前提として、その内容の特徴を確認しておきたい。古注は、鎌倉時代の注釈で、作中人物に実在の人物をあて、『伊勢物語』を色好みの文学として読み取ろうとする。旧注は『愚見抄』『肖聞抄』『闕疑抄』『拾穂抄』、近世の『伊勢物語』講釈の聞書などであり、古注を否定して合理的な解釈を行いつつも、『伊勢物語』を業平の一代記と考えるものであり、とくに『肖聞抄』以降の宗祇・三条西家流の注釈は業平の行動を憐れみ深いものとして読み解き、教訓性を強調することが指摘されている。新注は、契沖の『勢語臆断』以降の国学者による注釈である(16)。

「みるめなき」詠は古注の『和歌知顕集』では次のように解される。

いろごのみ、みるめは、たれ人ぞや。答、いせ物がたりに、いろごのみとは、たしかにかきさだめたる女は、みな、こまちが事なり。これまでは、いまだあはぬときの事なり。こまちがならひとして、おとこのいふを、いなみいふ事はなくて、うけひくさまにもてなして、まことにうちとくる事なくて、おとこのこゝろをつくさせけり。されば、このことばにも、あはじともいはぬをんなのさすがなりけるがもとにはいへり。また、このうたのこゝろは、いつとなくみたるれども、われをみる事もなきに、うらめしともおもはぬやらん。あしたゆきに、なにしにきたるらん。げには、あふまじきものをとよめり。あはれとおもふおとこには、まだあはじといふいろをもちたれば、このうたは、はやあはんとおもひなしてよめるなり。(17)

『伊勢物語』中の「いろごのみ」とある女はすべて小野小町であるとし、小町は会いたいと思う男には、実際に拒否することはなく、駆け引きをして男の気をもませてその気をひくのが常であるという。そして、この歌もそのたぐいとする。「みるめ」は男が小町に会う機会、「わが身」は小町の身と取り、会う機会がないのに男は私を恨みに思わないのだろうかという歌であると解している。

次も古注の『伊勢物語注』（十巻本）である。

アハジトモイハザリケル女ノサスガナルトハ、小野内裏ニ仕リテ、隙ナケレバ不レ遇トイハネドモ、難レ逢云也。アサノ袖トハ朝ノ袖也。返歌ニ、ミルメナキトハ、見所ナキ我身ノウキヤウヲモシラデ、常ニ足タユク、ルラント云也。幽玄ナル姿也。(18)

見所のない私の身の情けなさも知らないで、あなたはいつも足が疲れるほどやってくるとする。この解釈は、「みるめなき」の語を女の「見所ナキ」と取っているところが注目される。実際は会いたいところに置かれた状況がそれを許さないのであるが、歌においては、見所もなく悩んでいる私の、そんな見所のなさを知らないから常に来るのだろうかと相手に投げかけたものとして解している。ここでは見所がないということばはポーズとして発せられていると考えてよいだろう。このように、周囲の環境のために逢おうと言えない状況にあって、あえてへりくだって自分の非とする卑下の心を「幽玄ナル姿」ととっているのである。

以上、古注では、女を小野小町とし、小町が男に逢いたいものとして解釈する点が共通し、「うら」の解釈において違いが見られることを確認した。「色好みなる女」という文言が解釈に生かされ、また小町の心を「卑下」ととるという点で、以下に見る旧注の解釈よりも真淵の説に近いものとなっている。

旧注のはじめに位置する一条兼良『愚見抄』（長禄四年初稿本成）では「わが身」を男の身ととる点が古注と異なる。この解釈について、渡辺実氏は「わが身」を男の身ととる理解のはじめとしている。(19)

此女は小野小町也。古今集にみえたり。あはじとはいはねども又さすがあふ事ははゞかると也。（中略）此我身は男の身をいふ。女にあふ事もなき我身をうらめしとも思はずして、かれなでしげくゝるとよめるなり。みるめといひ、あまなどいふは、海辺の縁の詞也。あしたゆくは、つよくあゆめばあしがたゆくなる故にかくいへり。

これは男に我身をうしと思へといへる歌也。（『愚見抄』）(20)

女を小野小町とし、女に会うこともない自分の身を不満にも思わずに、男は絶えずやってくるという歌であると解する。男に対し、女に会えない自分自身の身を情けないと思えという意図が込められていると言い、女の拒絶を強くよみとる理解となっている。

これに続く肖柏の『肖聞抄』（文明九年初稿本成）は次のように述べる。

むかし男、さすがなりける女の業平を恨たる心あるより、あはむとおもへどさもなき心なり。（中略）みるめなきとは此女、中将にみえぬ事也。見えぬは中将にうらむる事あればなり。さればわが見えぬはそなたのとがにてあれば、我身をうらめしとはおもはで、など足たゆきばかりはきぬるぞといへる心也。我身とは男の我身也。(21)

『愚見抄』の内容を引き継ぎつつも、女が業平に会わない理由を恨みがあるからだとし、業平は恨まれることをしたために会ってもらえないのに、そのような自分の身を理解していないという新たな解釈を提示している。『愚見抄』の解釈を補強する新たな状況説明を加えた、具体性を持ったものとなっている。宗長『宗長聞書』（文明十一年成）、清原宣賢『惟清抄』（大永二年成）、細川幽斎『闕疑抄』（慶長元年成）、浅井了意『抒海』（明暦元年跋）などもこの『肖聞抄』の内容を踏襲する。(22)この段についての古注釈における『肖聞抄』の影響力は圧倒的で、先にあげた諸注に加え、新注のはじめとされる契沖『勢語臆断』（元禄五年成）も、『肖聞抄』の内容をそのまま引き継いでいる。

一方で、『肖聞抄』の解釈に疑問が持たれなかったわけではない。『嬰児抄』は、慶長八年頃に成る初学者向けの注釈であるが、これには「わが身」を男とする説と女とする説とが併記される。

此歌、いろ〳〵の義あり。一説には、わが身をうらとしらねばやとは、おとこをさしていへる義也。わがそなたへみえぬは、そなたにうらみあるゆへ也。それをもしらで、あしのたゆきまで、かよひ給ふとなり。又、いはく、みるめなきわが身とは、女の身の事也。人に見らるべき事もなき身をうらみてある物を、それをしり給はで、心をつくしかよひ給ふよといふ事を、かひさうなきうらともしらで、あまのゆきかよふにたとへてよめり。かれなでとは、たえまもなくてとなり。(23)

男ととる説は『肖聞抄』説である。女ととる説での「みるめ」の語の解釈は、「人に見らるべき事もなき」としており、人に会ってもらえるような身ではないといったところであろうか。この解釈は、『伊勢物語注』（十巻本）や真淵説に近いものではあるが、それらとは異なり、見所がない、容貌がすぐれないとまでは言っていない。

そして、北村季吟『拾穂抄』は「みるめ」の語を明確に「容貌」と解している。

師　此歌、海松和布《ミル》なき浦に我が見めかたちなきをそへてよめり。我あはぬは我に何の見るめなきをはゞかるゆへ也。それとはしらで業平の足たゆきまで来かよひ給ふといふ事を、海士は見るめかる物なればよせてよめる也。

肖　見るめなきとは此女中将に見えぬ義也。我見えぬは中将に恨る事あれば也。されば我見えぬはそなたのとがにてあれば、我身をうらめしとは思はで、など足たゆきばかり来るぞといへる心也。我身とは男のわが身也。諸抄此義也。師説の見やう口訣有。両説。(24)

師説として掲出されている説では、みるめのない浦に、自らの美貌をもたない様子をよそえて詠んだものであり、小町が会わない理由はその美貌のなさに気が引けるためであるとしている。古注の『伊勢物語注』（十巻本）や旧注の『嬰児抄』は、それぞれ「見所ナキ我身」、「人に見らるべき事もなき身」とは言うものの、これらはその欠点を「容貌」と具体的に述べることはなく、また「みるめなき」ことと男に会わない理由を明確に結びつけたものではなかった。「容貌」説は、後に検討する『古今集』注釈も含めて、稿者が確認したかぎり、季吟『拾穂抄』の版本以前に確認できないことは注目される。

一方で、季吟は『肖聞抄』をも掲出している。そして季吟がどちらを支持するということは示されず、諸説の代表として『肖聞抄』の解釈をあげ、師説の見方には口訣があるとしている。この「師説」とは季吟の師、松永貞徳の説のことであるが、「師説の見やう」が「口訣」とあることから、この「師説」を理解するためには本来さらなる説明が想定されていることがわかる。(25)

この「師説」を詳しく説明していると考えられる資料として、版本よりも詳しい内容を持つ初度本『拾穂抄』がある。以下に初度本『拾穂抄』と、『拾穂抄』に引用される「御抄」すなわち『闕疑抄』をあげる。

（稿者注、あはじとも）愚見抄云、あはじともいはねどさすがにあふ事はゝかるなり。師説、此儀御抄にことなれども不可捨也。（稿者注、みるめなき）師説、愚見抄のごとくならば、此歌の心もかはるべし。此歌、女の身を卑下してよめり。わが中将に逢まいらせぬは、身をはゞかる故によりて也。何のみるめもあらぬ我身としらでにや、かくあしたゆきまでかよひ給ふ事よと也。浦の海松和布なきによせて上句をよめるゆへ、下句にかれなで海人のとはいへる也。是なびきもはてず、きれもはなれず、男をまどはすしわざなれば、色好みと云にや。(26)

（初度本『拾穂抄』）

（稿者注、あはじとも）あはじ共、あふまじ共いひはなたぬなり。さすがなりける、業平を恨たる心あるか、さすが切はなれたるやうには見えざるなり。
（稿者注、見るめなき）我身をうらとは、男の身をさして云。我見えぬは、そなたへ恨が有ゆへ也。そなたの身をうらめしひと知ざるにや、かれずあしたゆきばかり行来るぞと也。(27)

（『闕疑抄』）

『愚見抄』には女が男に会うことを憚るとあり、これは『闕疑抄』と異なる説だが、否定することはないとする。そして、『愚見抄』の説に従うなら、「みるめなき」の歌の解釈も変わって、女が身を卑下したものとなると言う。すなわち「みるめなき」は見所のないことや容貌のすぐれないことを表すこととなる。しかし、実際の『愚見抄』の歌の解釈は、先に確認した通り、「みるめ」を会う機会と取り、男が女に会ってもらえないことを詠んでいるとするものであり、その点で『闕疑抄』の解釈と変わらない。

「師説」が『愚見抄』で問題としたのは、「あはじともいはざりける女の、さすがなりける」という地の文の解釈である。『愚見抄』は、会わないとはいわないが、そうはいっても会うことは憚るとし、それに対して『闕疑抄』では業平を恨む気持ちはあるとしても、そうはいっても全く離れることはしないとし、業平に対する恨みの有無に違いがある。『愚見抄』ではこの違いが歌の理解には反映されなかったが、「師説」は、『愚見抄』の解釈を取るならば、恨みもなく、本心では会いたいのに会うのを憚るのであって、それは自分の身を卑下しているからであると、会わない理由を補うことで新たな解釈を提示したのである。その理由を「卑下」としたのは、『愚見抄』の「あふ事ははゞかる」という理解を発展させ、女が自ら男に会わないのはわが身を「はゞかる」からであると考えたためであろう。

「卑下」という説は、前に確認したように、先行する注釈では古注の『伊勢物語注』（十巻本）にも見られるものであった。しかし、ここではそれを参照することなく、『愚見抄』と『闕疑抄』を比較した結果見出された相違点に基づいて本文を再検討することで、『愚見抄』では見過ごされてきた解釈の可能性を提示した。それにより、『肖聞抄』以来の定説と異なる解釈をなし得たのである。さらに、それまで問題となってこなかった「いろごのみ」の語についても、歌の解釈を通じて説明している。そして、その「身を卑下」するという写本での説を、よりわかりやすく具体的に述べたのが版本における「見めかたちなき」という解釈なのであろう。

以上、『伊勢物語』注釈において、「みるめなき」の歌の解釈の変遷を概観しつつ、『拾穂抄』に載る貞徳説の方法について考察した。

三

ところで、「みるめなき」の歌は、前述のように『古今集』にも載る。先の『伊勢物語』注釈の検討では、『拾穂抄』に提示される貞徳説の解釈方法を明らかにしたが、『古今集』注釈における「卑下」の説ならびに「容貌」説の展開と、貞徳・季吟の解釈方法も確認しておきたい。そこで、季吟が晩年になって「家伝之奥秘」（奥書）としてまとめた古今集注釈『教端抄』（元禄十二年成）の「師説」およびそれに対する頭注を見ていく(28)。なお、頭注は改行して【　】に入れ「頭注」と示し、割書と傍記は〈　〉に入れた。

【頭注：此歌、両説あり。祇注は此五文字、小町が業平にまみえぬ事也、我身をうらとは業平の身を云也】
【頭注：永正の義は此五文字小町が身を卑下して何のみるめもなき我身ぞと云也】
師説、此歌、顕注にも密勘にも両説なるを、十吟・祇注は、業平の身をうらめしとしらねばやといふ儀を用ゆ。永正・延五等は小町が身を見るめなきと卑下の心を用ひて、業平の身をうらめしといふ義を不用といへり。是天性のうけえたる好む所にしたがふなるべし。一華も祇注を用ひながら、亦延五の義を双へ用ゆ。所詮両説双用べし。顕注云、みるめなきわが身をうらとよめるは、見る事もなきわが身をうらとそへたる也〈是小町身を卑下なり。永正之義也〉但、我身とよむは此恨をこせたる男の身をうしと思ひしれとよめる也〈是十口、祇注之義也〉又、わが身をうらむともしらねばやとよめるなるべし。あはずと恨みたる歌の返し也。下略。密勘云、此歌の心かきあらはされて侍めり。我身をうらとしらねばや、かれなでしげくくるとぞ侍りし〈俊成卿の説なるべし〉男の身をうしと思へにても侍なん。小町が心そらにはかりがたし。
【頭注：此顕注也。両説之義、小町が身を卑下の義をさきにしるしながら、但といふ詞、男の身をうしとしれとの本意のやうに聞ゆる歟】
【頭注：此定家卿の密勘、男の身をうしとおもへにても侍なんと云々。祇注は是にしたがふなるべし。小町が心はかりがたしと侍るは永正の説】

『教端抄』では右の箇所の前に『十口抄』と『永正記』を引用したうえで、「師説」すなわち貞徳がこの歌の理解について、先に見てきた『拾穂抄』よりも詳しく述べている。その際、『顕注密勘』『十吟抄』『祇注』『永正記』『延五記』『一華抄』『十口抄』の書名をあげ、それら諸説を整理することで自説を提示している。『祇注』すなわち『十口抄』は、「わが身」と「男の身」ととり、小町は業平に恨みがあるので会わないのに、恨まれていることを知らないからやって来るのだろうか、あなたはそんな自分自身を情けなく思えと解しているとし（傍線部）、それに対して『永正記』『延五記』は、「わが身」を「小町の身」ととり、小町が、なんの会う価値もない、まさしく海人にとっての海松布のない浦のような私の情けなさをあなたはご存じないから絶えずやって来るのだろうか（点線部）と訳しているると大きく二説に分けて整理し、これらの注に先行し、当代でも重んじられていた顕昭注および『顕注密勘』はこの二説を併せ持つという。そして二重傍線部のように、この二説を受け取る者が好むところに従って選び、二説を並べ用いるのがよいとしている。諸説を相対的にとらえ、「好む所にしたがふ」べきであるとするのは、定家が主張し、二条派の思想の基盤となっていた姿勢であり、それが季吟の『万葉拾穂抄』にも受け継がれていることは、大石真由香氏に指摘がある。(29)この『教端抄』の記事にもまさしくその姿勢は共通する。

ただし、右の説の中心となっている『顕注密勘』に対するここでの読解は、『拾穂抄』に見られた『愚見抄』に関する読みと同様に、読解を積み重ねたものとなっている。以下、その具体的な内容を指摘する。

以下に『顕注密勘』を引用し、『教端抄』で『祇注』等と同様とした部分を傍線、『永正記』等と同じとした部分を点線で示す。

みるめなきわが身をうらとよめるは、見ることもなき我身をうしとそへたる也。但、わがみとよむは、此うらみをこせたる男のみを、うしと思ひしれとよめる也。又我身をうらむともしらねばやともよめるなるべし。あはずと恨たる歌の返しなり。かれなであまのあしたゆくくるとは、人の中のたゆるをばかるゝと云、かれ〴〵になるともいひ、よがれすともいふなり。あしたゆくくるとは、しげくありくにはあしのたゆき也。

此歌の心かきあらはされて侍めり。我身を浦としらねばや、かれなでしげくくるとはよめるとぞ侍し。男の身をうしとおもふにても侍なん。小町の心そらにはかりがたし。

（『顕注密勘』(30)）

確かに顕昭は「みるめなきわが身をうら」の部分を、会うことがないわが身をみるめのない浦にたとえたものであるとは言っている。しかし、それは会うことがないという事実を言うと考えられ、したがってこれを割注のように卑下説として見なすまではできないのではないだろうか。実際、点線部に卑下の意味を強く読みとっているものの、そこに続く傍線部と矛盾があると考えているようで、『教端抄』頭注では「但」以下について「本意のやうに聞ゆる歟」と、傍線部に主眼があるかと推測している。定家の密勘部についても、『教端抄』頭注で点線部の後半の「小町の心そらにはかりがたし」の部分を『永正記』の説とし、その前の部分を『十口抄』の注釈の説とすることで、定家が対立する二つの説を併記し、その二説を『永正記』と『十口抄』がそれぞれ継承したと整理している。『十口抄』は確かにその通りの記述なのであるが[31]、『永正記』の実際の記述はそれだけではない。『教端抄』で「永正云」として引用された箇所を《　》でくくって、『永正記』の該当箇所を次に掲げる。

伊せ物語には返しなれども、此集に題不知之内也。見るめなきとは、業平にまみえぬ事也。我身業也。足たゆくは、しげく来る也。かれなでは、不断の心也。校之時　勘云、此歌のこゝろ書あらはされて侍めり。我身をうらとしらねばやかれなでしげく来るとよめるとぞ侍し。おとこのみをうしとおもへにて侍らん。《小町心そらにはかりがたし。同　みるめなき我身、小町が事也。かれなであまと人をいへば也。経厚伝受之時之説。同　又、円雅記に云、みるめなき、無見所我をしらで也。かれなでは、はなれで也。あまのくるは人のくる也。同　六巻抄云、此歌夫の身をうしと思しなれとよめりと云義有。不可用。》又、女の身をうしとそへたりと云義あり。但、我身をうしとしらねばやかれなでしげく来るとよめる也。かれなでは絶もせで也。如此、相違、能意得てよむべしと也。

（『永正記』永正十五年成[32]）

「みるめなき」の語を女が男に会わないことと解し、我身を男と取る、『教端抄』が整理するところの『十口抄』の説を示し、校勘時に、『顕注密勘』の密勘部の全文や、ほかに女が卑下を述べたとする説を併記したうえで、諸説のこうした違いをよく理解してこの歌を読むべきであると締めくくっている。貞徳・季吟はこれら併記されている説から『永正記』の骨子を読み取り、『永正記』の説としてまとめた。ここでも、貞徳・季吟の注釈は、それぞれの先行注釈自体を解釈したうえで行われていると言えるだろう。

貞徳がもうひとつの卑下説としてあげていた『延五記』は次のように記す。

歌の心はみるめなき我身を浦とは人の心をいふとて、我をみることもなきとうき事とやしらでや、あふ事もなどおもひてことしげくかよふかとなり。此心は不用。只我身の人めをはゞかるに依て、こゝろざしはあれども逢ざるを、我も身をかなしみ恨るにてこそあれ、其志をしらでかれず足のひまもなくかよふかとよめり。此心を家には用ゆ。(33)

我身を男ととる説をまず紹介し、それは用いず、女が自分の身が人目を憚るために、会いたいけれども会わずにいて、そんな自分の身を悲しみ恨んでいると訳し、こちらの理解を用いるとする。前者の説をいったん紹介するのは、『延五記』の成立した室町時代にはこの説がまず知られていたからであろうか。ここには『教端抄』が「延五」の説としてまとめていた、「業平の身をうらめしといふ義を不用」という記述はない。『教端抄』が、諸注を整理して提示した卑下の説は、「卑下」と結論する解釈だけでなく、もともと諸説集成のひとつとして示されていた男に会えずつらい身であるという解釈をも、それと同様の理解と判断し、「卑下」として捉え直したものであったと言えよう。(34)

おわりに

真淵の『続万葉論』『古意』の「みるめなき」の歌に関する注釈の検討を通じ、その内容が季吟『拾穂抄』と共通していること、その『拾穂抄』の「師説」は、『愚見抄』や『顕注密勘』などの先行注釈に対する踏みこんだ読解を通じてもたらされたものであることを述べた。真淵の説は、『顕注密勘』が『古今集』解釈においても贈答歌とする見方を批判してはじまり、貞徳の説は自身が読んだところの『顕注密勘』の内容を継承するものであった。先行注釈に対する態度は正反対のようでありながら、諸注釈の比較のうえに、それぞれの読解を積み重ね、合理的な説明を目指していくという方法が共通するゆえに、真淵と貞徳・季吟の説には内容の共通性がみとめられるのである。

注

（1）引用は、『新編日本古典文学全集　第八十七巻』（小学館、二〇〇二年）による。『詠歌大概』が中世・近世を通じて重視されてきたことは、大谷俊太氏「注釈と堂上和歌―『詠歌大概』冒頭の一句の解釈をめぐって―」（『近世堂上和歌論集』明治書院、一九八九年、のち『和歌史の「近世」―道理と余情―』ぺりかん社、二〇〇七年所収）に詳しい。

（2）本書第二章第二節でも触れたが、大津有一氏『増訂伊勢物語古註釈の研究』（八木書店、一九八六年）によって、『伊勢物語』古注釈書が多く紹介され、研究基盤が整備された。

（3）『伊勢物語』注釈の翻刻は以前から盛んであったが、近年さらに『鉄心斎文庫伊勢物語古注釈叢刊』（八木書店、一九八七―二〇〇二年）、『伊勢物語古注釈大成』（笠間書院　二〇〇四年―）、『伊勢物語古注釈書コレクション』（和泉書院、一九九九年―）などが出版されている。

（4）引用は、『新編日本古典文学全集　第十二巻』（小学館、一九九四年）による。

（5）Aの第四句「あはで寝る夜」は、『古今集』では「あはで来し夜」として入る。

（6）片桐洋一氏「伊勢物語成長論序説」（『国語国文』第二十六号、一九五七年十月）をはじめとして、多くの『伊勢物語』成立論がこの歌をとりあげる。

（7）片桐洋一氏『古今和歌集全評釈（中）』（講談社、一九九八年）。『伊勢物語』の古注釈史を章段ごとにまとめている竹岡正夫氏『伊勢物語全評釈』（右文書院、一九八七年）でも、この歌について『伊勢物語』と『古今集』を区別することなく、同氏の『古今和歌集全評釈（下）』（右文書院、一九七六年）の記事を引用して解釈の違いをのべており、また本節で述べるように、賀茂真淵以前の『伊勢物語』古注釈において、『伊勢物語』と『古今集』とで歌の解釈の違いは意識されていなかったと考えられることから、ここでもその方針をとる。

（8）「見所なき」や「醜い」ととる説に秋山虔氏『王朝女流文学の形成』（塙書房、一九六七年）、『日本古典文学全集　第八巻』（小学館、一九七二年）所収福井貞助氏校注・訳『伊勢物語』など、「逢う機会」ととる説に渡辺実氏校注・訳『新潮日本古典集成　伊勢物語』（新潮社、一九七六年）、小町谷照彦氏『対訳古典シリーズ　古今和歌集』（旺文社、一九八八年）などがあり、近年は「逢う機会」ととる訳が多い。

（9）片桐洋一氏前掲注（7）書。

（10）竹岡政夫氏前掲注（7）『古今和歌集全評釈　下』。

（11）『続万葉集秘説』は『増訂賀茂真淵全集　第一巻』（吉川弘文館、一九〇六年）所収。『続万葉集秘説』は真淵没後にまとめられたものであり、この部分の真淵説の内容は『続万葉論』の一部にあたることから、より適切と考えられる『続万葉論』を掲出した。

（12）内閣文庫本『続万葉論』による。内閣文庫本は流布本系本文とは異なり、狛諸成による増補以前の本文とされている（原雅子氏「賀茂真淵の古今集注釈―内閣文庫本『続万葉論』の位置―」（『近世文芸』第三十七号、一九八二年十一月、のち『賀茂真淵攷』和泉書院、二〇一一年所収）。

（13）引用は、『伊勢物語古注釈書コレクション　第五巻』（和泉書院、二〇〇六年）による。

（14）たとえば、『伊勢物語肖聞抄』では、それ以前の注釈が「女」を小野小町としていたのに対し、「誰ともなし。古今には此歌小町とあり」として、『伊勢物語』と『古今集』を区別している。なお、『肖聞抄』では『伊勢物語』と『古今集』の両方に入る歌について解釈を変えるよう促す記述が見られることを海野圭介氏「幽玄によみなす物語―『肖聞抄』における『伊勢物語』の読み解きをめぐって―」（山本登朗氏・ジョシュアモストウ氏編『伊勢物語　創造と変容』和泉書院、二〇〇九年）が指摘しているが、二十五段にはそうした記述はない。
(15) 本書第二章第二節。
(16) 『伊勢物語』古注釈の分類、その特徴については大津有一氏前掲注（2）書による。宗祇・三條西家流の注釈の特徴については、青木賜鶴子氏「室町後期伊勢物語注釈の方法―宗祇・三條西家流を中心に―」（『中古文学』第三十四号、一九八四年十月）、同氏「伊勢物語旧注論序説―一条兼良と宗祇と―」（『女子大文学（国文学編）』第三十七号、一九八六年三月）に詳しい。以下、注釈書の名称のうち「伊勢物語」の語を省いて示した。
(17) 引用は、『伊勢物語古注釈大成　第二巻』（笠間書院、二〇〇四年）による。『和歌知顕集』には、書陵部本系統と島原松平本系統が存するが、二十五段に関して、島原松平本は書陵部本の全文を含み、さらに独自の解説を有しているため、解釈の可能性を提示しているという点において、ここでは島原松平本を掲げた。
(18) 引用は、『伊勢物語古注釈大成　第一巻』（笠間書院、二〇〇四年）による。この解釈の直接的な影響は見られず、たとえば本書に近いとされる『増纂伊勢物語抄』では和歌の解釈は示されない。
(19) 渡辺実氏校注・訳『新潮日本古典集成　伊勢物語』（新潮社、一九七六年）。
(20) 引用は、片桐洋一氏『伊勢物語の研究〔資料編〕』（明治書院、一九六九年）による。
(21) 引用は、片桐洋一氏『伊勢物語の研究〔資料編〕』（明治書院、一九六九年）による。また、本節では引用してはいないが、注（14）に述べた通り、『肖聞抄』以降の旧注はこの「女」を「誰ともなし」とする。
(22) この解釈は宗祇が常縁の講釈をまとめた『古今集』注釈の『両度聞書』とほぼ同じ内容である。『古今集』注釈における『両度聞書』の影響の大きさを考えれば、当然『両度聞書』からの影響も考えられる。
(23) 引用は、『伊勢物語古注釈書コレクション　第三巻』（和泉書院、二〇〇二年）による。
(24) 引用は、『北村季吟古注釈集成　第二巻』（新典社、一九七六年）による。
(25) 季吟と同様に貞徳門下であった加藤磐斎の『伊勢物語新抄』にもわが身を男とする説と女とする説の両説併記が見られるが、とくに「師説」は示されない。
(26) 引用は、『鉄心斎文庫伊勢物語古注釈叢刊　第五巻』（八木書店、一九八九年）による。青木賜鶴子氏は「『伊勢物語拾穂抄』の成立」（『女子大文学（国文編）』第三十八号、一九八七年三月）において、新玉津島神社本を紹介しこれが後水尾院への献上本の副本であること、諸注集成である版本に対して「師説のエッセンス」を伝えるものであることを指摘し、『鉄心斎文庫伊勢物語古注釈叢刊　第五巻』（八木書店、一九八九年）解題において、鉄心斎文庫本と新玉津島神社本を献上本の姿を伝える「初度本」とし、新玉津島神社本がのちにまとめられたものであるとした。新玉津島神社本を確認したが、本節引用箇所については内容に異同はない。また、「口訣」を明らかにする本として、青木氏も指摘する榎坂浩尚氏旧蔵『伊勢物語秘訣』と『伊勢物語奥旨秘訣』があり、野村貴次氏が『季吟本への道のり』（新典社、一九八三年）にその内容を紹介するが、二十五段の「口訣」についてはいずれの注釈にも記されていない。

(27) 引用は、『伊勢物語古注釈大成　第五巻』（笠間書院、二〇一〇年）による。

(28) 国文学研究資料館初雁文庫本による。『教端抄』の成立事情や引用書目については、『初雁文庫本古今和歌集　教端抄』（新典社、一九七九年）の片桐洋一氏の解説を参照した。『教端抄』には初雁文庫本のほか、日本大学総合学術センター本と川上新一郎氏蔵本（『古今拾穂抄』勉誠出版、二〇〇八年）があるが、語順や表記の違いはあるものの、内容は初雁文庫本と異同のないことを確認した。

(29) 大石真由香氏「『万葉拾穂抄』の著述態度について―定家説引用部分を中心に―」（『萬葉』第二〇三号、二〇〇九年一月）。

(30) 引用は、『日本歌学大系　別巻第五巻』（風間書房、一九八七年）による。なお、貞徳が二条家で重視される『顕注密勘』の「密勘部」だけではなく、顕昭の注も積極的に取り入れていたことは、西田正宏氏「貞徳歌学の方法―『傳授鈔』を中心に」（『文学史研究』第三十五号、一九九四年十二月、のち、『松永貞徳と門流の学芸の研究』汲古書院、二〇〇六年所収）に指摘されている。また、西田氏は貞徳が顕注を取り入れていた例として、以下の『傳授鈔』の六二三番歌「みるめなき」の歌の注を示している。

師説、人ノトヒキタリヌルニ、アハデカヘシタル歌也。顕注ニミルメナキと詠ルハミル事モナキ我身ヲウシトゾヘタル也。師　但我身ヲヨムハ此恨オコセタル男ノ身ヲウシト詠ルナリ。我身ヲ恨ムトシラネバヤトモ詠ルナルベシ。アハズト恨タル歌ノ返シ也、下略。師、伊勢講尺ノ時今按ノ説也。（『傳授鈔』国文学研究資料館初雁文庫本）

『傳授鈔』は貞徳の『古今集』講義を和田以悦がまとめたものだが、ここでは『顕注密勘』をほぼそのまま示すのみで、『教端抄』にある新たな読みは提示されていない。

(31) 東京大学国文学研究室本による。

(32) 引用は、京都大学附属図書館平松本による。

(33) 引用は、国文学研究資料館初雁文庫本版本による。

(34) 「卑下」説は、『古今集』注釈をさかのぼると、鎌倉中期の反御子左家流の注釈とされる『古今集素伝懐中抄』や『宮内庁書陵部本古今和歌集抄』にも見ることができる。

此歌はいせ物がたりの歌也。此歌に二の義有。一にはみることなき我身をうらめしともしらぬか、あしたゆくはなれであまのくるはとよめり。一義には小町が歌、身を卑下して読る歌なり。海辺のとりところには海藻のあるこそ、其を縁としてあまはゆきかよふことにて侍に、わが身を見るもなく、めもなきあらいその何の用にもたつまじきかたへあしたゆくきたるやらむとよめり。(『古今集素伝懐中抄』、『古今集注釈書影印叢刊　第三巻』勉誠出版、二〇一〇年所収)

見所や容貌といった具体的な語はないものの、傍線部のように、詠み手が自らの身を卑下した歌であると指摘している点は容貌説と共通する。中世を通じて作られた小野小町の驕慢伝説と、歌よみは卑下するべきであるという和歌における通念とが、この二つの解釈を両立させていたのではないか。

第二節　倫理と道理　―『伊勢物語』二十三段における業平像の変遷―

はじめに

本節は、『伊勢物語』二十三段を例に、中世以来の倫理的読解とそれを説明するにあたって求められる合理性のせめぎ合いの具体相を捉え、『伊勢物語』注釈史における業平像の変遷を追うものである。

一

『伊勢物語』二十三段は、筒井筒の段としてよく知られている段で、古注釈の間で解釈が分かれている箇所を含んでいる。それは、筒井筒の間柄の男女が結婚したのち、女の家が貧しくなってしまったとする、以下の箇所である。

さて年ごろふるごとに、女、親なく、頼りなくなるままに、もろともにいふかひなくてあらむやはとて、河内の国、高安の郡に、いき通ふ所いできにけり(1)。

女の親が死んで、生活がおぼつかなくなるうちに、「もろともにいふかひなくてあらむやは」として、男は高安郡の別の女のところに通うようになったという。現行の注釈の多くでは、女のほうでは、親がなくなり、暮らしむきがおぼつかなくなるにつれ、男はこの妻とともに貧しいあわれなさまでいてよいものかと思って、河内の国高安の郡に、あらたに妻をもうけて行き通う所ができた。(2)

というように、女の実家に生活を依存していたために生活できなくなり、男が妻と一緒に貧乏暮らしをするのを嫌って、妻を見棄て、自分だけ良い暮らしをするために、新しい妻を高安郡に求めたと解釈されている。片桐洋一氏は「今までこの物語に描かれてきた挫折や破滅をいとわず愛に生きる男のタイプとは異なってしまっている。女の親が死んで生活の拠り所がなくなったから女を捨てる。（中略）小さい男、つまらぬ男である」と断じ、(3)『伊勢物語』の他の段の叙述と比較して、違和感がある男の行動として捉えている。一方、秋山虔氏は男の行動を「ともに現在の乏しい生活を切り抜けていこうとする女への愛情から発し、はからずも逸脱したものであり、要するに妻への愛情に変りはないのだ」としている。(4)現行の注釈は概ね男が妻との貧乏暮らしを厭い、妻を見棄てると取ってはいるものの、解釈に問題をはらんだ章段といえる。

この段の旧注、特に宗祇・三条西家流の解釈が現行の一般的なそれと異なっていることは既に青木賜鶴子氏によって指摘されている。(5)その解釈は次の通りである。

男女共にかやうにたづきなくてありへんもいかゞとて、をの〳〵いかやうにもしかるべきかたになりなんと云心也（中略）此段の心も、業平の心浅きにはあらず、女を憐愍のこゝろなるべし。（『肖聞抄』文明九年初稿本成）(6)

女を憐愍の心也。女はさるべき幸もあるならひなれば左様にも侍れかしとて、まづ、なりひらたち出て他人にかよひて見する也。（『宗長聞書』文明十一年成）(7)

青木氏は、これらの注釈の特徴を「主人公業平がそんな薄情なことをするはずがなく、女を憐愍したからこそ、このような行為をとったのだと言っているのである。（中略）主人公の身勝手で他の女のもとに通ったと理解するのは「幽玄」ではない」とするものであるとまとめている。さらに、古注の「色好み業平」から「憐愍する業平」へと業平像が変化したのは、相手の女の立場を読解するようになったためであるとし、二十三段のもとの妻は憐愍の対象としてふさわしい「貞女」であり、それゆえ旧注は代表的貞女である紀有常の女にあてて読解すると指摘している。

近世の『伊勢物語』注釈を見れば、特に『肖聞抄』の影響は大きく、その後の注釈の多くがこの見解を踏襲している。その内容を確認しておくと、『肖聞抄』は、「もろともにいふかひなくてあらんやは」の語について、①業平と女が共に生活の方便がないままでいるのはよくない、②それぞれが適切な新しい道に進もう、というように、現状に対する憂いと、それの打開策を読みとっている。青木氏の見解を踏まえつつ、以下、新注との違いを検討するための前提として、古注・旧注の読解の特徴を見ていくこととする。

まず古注にあたる『和歌知顕集』（書陵部本）、『伊勢物語注』（十巻本）ではこの箇所についての特段の解説はない。旧注の嚆矢である『愚見抄』（長禄四初稿本成）でも、

此女、親に離てたづきなく成にけり。此男又たかやすに人をもちて行かよふことあり。(8)

とされるのみで、男が高安の女に通うことになったことの理由説明はない。これに続く『肖聞抄』で唐突に業平憐愍説が示されることとなっており、このようにわざわざ理由を示すのは当時は特異であったように思われる。特異ながらも継承された理由には、次に述べるように、それなりに説明が加えられることで合理性を持つと受けとられていた

からであろう。『肖聞抄』には青木氏があげている箇所のほかに、

大和物語にも　あしからじよかれとてこそわかれけめなにか難波の浦は住うき　などよめる人の心も此心なり。(9)

という記述がある。「大和物語にも」とは、この歌が含まれる『大和物語』一四八段を指しており、この段の内容は次の通りである。なお、『宗長聞書』にもこの和歌は引かれている。

難波に生活を共にする男女がいた。暮らし向きが悪くなって、どうしたら生活していけるようになるか二人で話し合った結果、泣く泣く女は宮仕えに出て、男は一人で暮らしを立て直す努力をすることにしたものの、結局女は宮仕え先で新しい夫を持ってしまう。しかしもとの男のことが気に掛かりなんとか難波を尋ねてみると、男はさらに零落していた。

この段の最後に記される歌が右の「あしからじ」の歌であり、悪くはあるまい、よかれと思って別れたのに、どうして難波を住みづらいというのでしょうかと女が詠んだ歌である。別離に注目すれば、過去の時点では互いに納得して肯定的に捉えていたということになる。

『肖聞抄』の指摘に従い、『大和物語』一四八段の別れと『伊勢物語』のこの章段の別れの状況が同じであるとすれば、『肖聞抄』の解釈にもうひとつ新しい意味が加わる可能性がある。先に引用した『肖聞抄』の傍線部、「男女共に（中略）いかがとて」「をのをの（中略）なりなんと」という、夫婦の現状を憂い、今後の生活のために別離を決意す

るという箇所が、業平だけの意志ではなく、夫婦の話し合いの結果として読み解いているようにも取られるのである。もっともこの記述だけではどちらともはっきりしない。あとに続く『惟清抄』（大永二年成）、『闕疑抄』（慶長元年成）などは、『大和物語』一四八段と同趣であり、夫婦の現状と今後を考えての決断であったという『肖聞抄』の解釈を踏襲している。このように『肖聞抄』説が通説となっていた状況のもとでなされた次の講釈を見ると、やはり『肖聞抄』の解釈を夫婦の話し合い、検討、同意があったと取っていると考えることができるのではないだろうか。

いふかひなくて―　大和物語引説は不用。

御もろともにいふかひなくてと云は、女もおやなくなり我もいふかひなくてあらんやはとて始て行きかよふ所をもとむるの義、よろしきと也。女にかけて見ずに、業平一人の心にして見る也。女もおやなくなり、我もいふかひなき身を諸共にと云也。零落故別の所へ行と見るはわろし。

（後水尾天皇講・飛鳥井具起記『伊勢物語聞書』明暦二年成）(10)

『大和物語』を引いて考える説は採用せず、業平がどうしようもないままでいられようかと思って新しく通う家を求め、それは互いの新たな幸せを望んでしたことであると解している。『大和物語』というのがどの段を指すのかは示されていないが、この時期の注釈の傾向を踏まえたうえで、講釈の内容を検討すると、ここは一四八段を指すと見てよいだろう。この講釈では、「もろともにいふかひなくてあらんやは」の部分は女にも掛かっているという説、すなわち「一緒にどうしようもない状態でいられようか」という言葉を業平と妻と二人の心中あるいは会話文として捉える、『大和物語』を引く説を否定しているのである。

しかし業平ひとりの思いとして捉える先の解釈の影響はその後とくに見られず、たとえば『伊勢物語秘注』は以下の解釈をしている。

互にいふかひなき体にてあらんよりは、諸ともに能かたにゆかんと云心也。女の零落ゆへに見捨て、別の所へ行と見ては悪也。女の上を憐愍の心也。是業平の本性也。大和物語の芦刈の段おなじく、男女もろともに零落を歎てともに能かたに身をもたんと云。

（『伊勢物語秘注』享保四年奥[11]）

業平は女の零落ゆえに女を見すてたのではなく、女とともに互いの零落を嘆いて、他に移ろうとしているという旧注の従来の解釈を行っている。

ところで右の後水尾院の講釈においても、『秘注』においても、女の零落ゆえに見すてたと解してはならないとして注意が喚起されている。こうした注意は、次の『闕疑抄』の説を踏襲したものと思われる。

もろ共にいふかひなくて、たがひにいふかひなき体にてあらんよりも、もろともによき方にゆかんと也。あしか《大和物語》らじよからんとてぞ別れけめ何か難波の浦はすみうきなどよめるも同心也。零落の故に、別の所へゆくと心得ては、あしき段になる也。有常《ありつねが》所を業平憐愍の心なるべし。あしと思へるけしきもなく、嫉妬する心もなき也。

（『闕疑抄』[12]）

『闕疑抄』以降の旧注においては、『秘注』のように、『闕疑抄』の必要箇所を引用したのちに独自の解釈を加える形式が多く見られるが、その引用の際にもこの傍線部は特によく引用され、また『闕疑抄』を直接引用しない注釈でも、たとえば先にあげた後水尾院の講釈聞書のようにこの内容が盛り込まれている。決めたのが二人でも業平でも、別離の原因は零落以外にはあり得ないので、ここは文字通りの「零落の故に」という部分を否定するのではなく、女の家の零落のために業平が妻のことを考えずに別離をえらんだと考えてはいけないとの注意である。この注意は、業平は妻および妻の家の零落を嫌って自分勝手に妻を見棄てたという、妻やその家を憐愍しての行動とは反した解釈がなされることがあったことを結果的に示している。点線部に「もろ共に」「たがひに」をいちいち繰り返して、業平と妻が互いに状況を打開し、それぞれの新しい身の振り方を模索しようとしたことを強調していることにもそれはあらわれていよう。

以上、『伊勢物語』二十三段の「もろともにいふかひなくてあらむやはとて」の旧注の解釈について、業平と女が互いに現状を憂い、互いに新しい家を見つけようとして話し合い、あるいは互いに同意して別れたとすること、それは業平が女を憐愍しての決意であるとすること、これらは『大和物語』一四八段が解釈の根拠の一つとなっていることが概ね共通していることが明らかになった。

二

新注の嚆矢は契沖の『勢語臆断』（元禄五成）である。『勢語臆断』は、『伊勢物語』を基本的には業平一代記と理解し、そのうえで虚実入り交じった内容であるとしている。『勢語臆断』には契沖の自筆を含む本として彰考館本と円珠庵本があり、その解釈の違いは注目される(13)。第二十三段の解釈を次にあげる。円珠庵本には契沖による貼紙や順番の入れ替えの指示などの訂正があり、それを反映した本文を掲げた。

〈彰考館本〉

男もおんなもかやうにたづきなくてあらんや。おの〳〵しかるべき方につきなんと、男のかたよりいひ出て、高安郡富家のむすめにかよふなり。古今集にこの女おやもなく、家もわろくなりゆくあひだ、このをとこ、かふちの国に人をあひしりてかよひつゝ、かれやうにのみなりゆきけり。此古今の注此男のまことの心なり。もろともにいふかひなくてあらんやはといふは、ことばをつくりてつき〴〵しくいひなすなり。いづれにても業平の心にはあらず。

〈円珠庵本〉

此たよりなき女をのみまもりゐて、我さへともにいふかひなくてあらんや。さるべきたよりにもせんと思ひて、高安郡のとめる家のむすめにかよふなり。古今集にこの女おやもなく、家もわろくなりゆくあひだ、このをとこかふちの国に人をあひしりてかよひつゝかれやうにのみなりゆきけり。(14)

彰考館本では男と妻がともにこのように生活の方便がなくていられはしないとして、「それぞれ適切な新しい身の振り方をしよう」と、男のほうから言い出して、高安郡の金持ちの家の娘のところに新しく通うことになったとする。二十三段でもとの妻が河内国に通う夫の夜道を心配して詠む「風ふけば」の歌は『古今集』の巻十八に収録されていて、二十三段と同様の事情が左注に書かれている。ただし、『古今集』では二十三段のように「もろともにいふかひなくてあらんやは」という言葉はない。この『古今集』の記述、つまり零落のゆえに新しい女のところに行ったというのが本当の男の気持ちであり、「もろともにいふかひなくてあらんやは」とは、妻を言いくるめるために言葉をかざった言い訳に過ぎないとしている。注目すべきは、男のほうが妻に「それぞれが」適切な新しい身の振り方をしようと「言った」とすることである。

それに対して円珠庵本では、「生活の方便を持たない妻だけを守っていて、自分までも一緒にどうしようもなくってていいものだろうか、生活の方便としよう」と思って高安の女の家に通うようになったとする。この解釈では、男が自分だけ良い生活をしようとする様子が強調して解説されている。円珠庵本の改訂の過程においては、最終的には削除されているものの「もろともにいふかひなくてあらんやはと男の心におもひていふにや」という記述も見られる。

また「富家のむすめ」「とめる家のおんな」というのは、『大和物語』一四九段を参照して書かれたものである。彰考館本・円珠庵本ともに右に掲げた注釈の前に、「さて年ごろふるほどに女おやなくたよりなくなるまゝに」の語釈として、『大和物語』の一四九段に言及し、「これにちかく似よれる歟」と指摘している。一四九段は、共に住む男女がいて、女の零落のために男が他の女のところに通うようになるという、二十三段とほぼ同じ話である。大きく違うところは、もとの女が、実は激しく嫉妬していて、胸に水を入れた金椀をあてると湯になったという場面があるところである。この話との関係性については後述する。

彰考館本と円珠庵本およびその改訂に見られる、言い訳としての男の発言であるのか、本心を示す心中思惟であるのか、それにしたがって「もろとも」の意味をどこまで掛けて解するかという右の解釈の揺れは、「憐愍する」業平像に影響されつつも、男一人が裕福な家に通うことを論理的、合理的に解釈し、説明しようとする、まさしく新注の嚆矢としての試行錯誤を表しているように思われる。

次に荷田春満の『伊勢物語童子問』（享保頃成）をあげる。『童子問』は、『闕疑抄』『拾穂抄』への批判を中心になりたっており、当該章段についても批判に終始している。

有常が所を業平の憐愍の心成べしなど、有説、一向無下の妄説なり（中略）親のなきが如くになるかといふは、詞にたがへり。前に田舎わたらひなどする人の女と見えたれば、その女の親なくなり、田舎わたらひもする事ならずは、便りなく世のすぎはひなき家にて、まづしく衰へ行成べし（中略）男のかたよりさいひて富家の便有にすみつかんと思へる作事なるべし。（『童子問』[15]）

春満は旧注の憐愍説を「一向無下の妄説」として厳しく批判する。男は貧しく衰えた妻の実家を嫌って、金持ちの家に住みつくために「もろともにいふかひなくてあらんやは」と作り事を言ったとしており、『勢語臆断』の彰考館本の解釈とほぼ同じである。

『勢語臆断』と『童子問』の影響を受けて書かれたのが、賀茂真淵の『伊勢物語古意』（宝暦三頃成）である。

古へのならひにて、女の家にむこ住しけるに、女の父母のなくなりて、まづしく、たづきなく成ぬれば、かくてのみあらんは、たが為も人わろきぞとて、男は高安の女にも住んとてかよふなるべし。源氏物語にいへる如く、心はこゝろとして、事たらずなりつれば、何ことにつけてもいふかひなき也。（頭注）大和物語に、大和国かづらぎの郡に住男ありけり。此女、かほかたちいと清ら也。年ごろ思ひかはして住に、女いとわろくなりにければ、思ひわづらひて、かぎりなく思ひながら、めをまうけてげり。此今の女は富たる女になん有ける云々。是今にまたく同じ。（『古意』[16]）

真淵は貧しくなった妻の家でこのままの状態でいるようなことは誰に対してもみっともないといって、自分は高安の女のところに通ったとしている。女の今後を心配することはない。『源氏物語』の雨夜の品定めでいう、いくら高貴な身分の女であっても没落してしまって、生活が立ちゆかなくなって、気位を保つための経済力がなくなると不具合が出てくるというのと同じで、経済力がなければ何につけてもどうしようもないとする。そしてその選択は『大和物語』一四九段と同じであるという。男は確かに女を見棄てたのであるが、その心中は妻のことも思いやっていると も、言い訳であるとも、どちらとも取ることのできる記述になっている。しかし、契沖や春満の解釈とは異なり、思い悩みつつも経済的困窮から新しい妻を持つに至るという男の心情を、『大和物語』一四九段と「またく同じ」として、男がもとの妻を大切に思いながらも、生活のためやむを得ず裕福な新しい妻を迎えると真淵は解している。また、女の家に男が住んでいたことを、「古へのならひ」として、一般的なことであると言及することからも、経済的に女の実家に依存することを批判していない様子が読み取られる。真淵の解釈は、旧注の「憐愍の心」や、もとの妻と男が互いに話し合い、あるいは納得しあっての行動であるという解釈を取ってはいないものの、妻とこんな状態でいることはできないと心で思って、妻だけを見棄てるというまでは至っていない。もとの妻を気にしつつ、現実的判断によって新しい女のところに通わざるを得ないとするところに、旧注の業平像をわずかではあるが受け継いでおり、それを合理的に説明したものといえる。

　さて、旧注と新注の大きな違いとして、『大和物語』との関係があげられる。「もろともに」の心情を解釈するにあたって、旧注では『大和物語』一四八段を、新注では一四九段を引き合いに出している。一四八・一四九のどちらの章段も、男女が経済的に困窮したために新しい生活を見つけようとして別れる話であり、『伊勢物語』二十三段とは重なる内容ではあるが、前述したように一四九段は二十三段と同じ「風吹けば」の和歌を用いており、一四八段よりも関係性は強い。事実、旧注である『伊勢物語拾穂抄』の著者である北村季吟も、『大和物語拾穂抄』の一四九段の注釈において『伊勢物語』二十三段を参照し、章段末に「此段のさまいせ物語に似侍り(17)」と記しており、二十三段と一四九段の共通性を十分意識していたことがうかがえる。それでも心情の解釈にあたって、旧注が一四九段を引き合いに出さないのは、妻の経済的困窮を理由に男が勝手にもとの妻を見棄てて、裕福なあたらしい妻を持つという内容が、「憐愍する」業平像にふさわしくないからであろう。

三

ところで、二十三段の「風吹けば」の和歌に関して『古意』の次のような解釈がある。

まことあればかくつひになれるぞかし。

この歌は、『奥義抄』で貫之が歌の本としているとして以来、すぐれた歌とされている。旧注では、この和歌について嫉妬を見せず夫を心配するということから貞女の歌であるとその内容が称賛されてきた。それを真淵は、「まこと」ある言葉として評価し、だからこそ歌徳としての効果もあったという。

そうした真淵の「まこと」に関連した解釈として、四十九段がある。四十九段は、結婚する妹に結婚するのは惜しいと恋歌を贈り、それに対して妹が「初草のなどめづらしき言の葉ぞうらなくものを思ひけるかな」と返歌する段である。傍線部を現行注釈では、「きょうだいとして何も考えずにいましたのに」と妹が自身の気持ちを詠んで、兄を諫めたものとする。旧注は隔てなく愛してくれる兄に対して感謝した歌として、兄の気持ちとして解している。真淵は旧注と共通する次のような解釈をしている。

末には、少しやわらぎ笑ふ様にて、か、るあひだには有まじき事ぞてふ心もおかず、ひたぶるなる御物思ひよといふ也。

実の兄ながら、そうした隔てを気にすることなく愛してくれる兄に感謝するとしている。これは、兄の思いは「ひたぶる」すなわちひたすらに一途であるゆえ「まこと」であって、それを兄妹であることに配慮して思いを偽って表現する必要はないと真淵が考えているからであろう。真淵は「まこと」をそのまま歌に詠み出すことを繰り返し説いている。(18)真淵は『伊勢物語』の作中人物の和歌にも「まこと」を見出だそうとして読解を行っているのである。ひるがえって、二十三段の「もろともに」の解釈でも、「心はこゝろとして、事たらずなりつれば、何ことにつけてもいふかひなき」状況であれば、やむを得ないこともあると許している。望むべきあり方をわかっていながらも、それと反する行動をせざるを得ない場合、それをそのまま表現し理解するという、ある種の「まこと」に基づいた解釈と言える。

おわりに

旧注から新注の『古意』までの『伊勢物語』二十三段の読解の変遷を跡づけ、それぞれの注釈がどのように継承され、何が強調されてきたかについて考察を加えた。

「男」すなわち業平と妻が互いを思いやり互いの幸せを望んで別離を選択するという旧注の解釈から、新注になると男が自分の幸せを願って妻を棄てるという解釈に変わっていく。近世前期の読解に大きな影響を持った『闕疑抄』は、『肖聞抄』が『大和物語』一四八段を根拠にして提示した「憐愍する」業平像を継承したうえで、それと反する読解をしないように念入りに説明を行い、注意を喚起している。一方、『勢語臆断』の異なる本文・訂正は旧注の業平像から脱して新たな注釈を行う難しさを表しており、『古意』は「まこと」を重視するがゆえに、旧注の業平像を結果的に受け継いでもいる。

注

（1）引用は、福井貞助校注・訳『新編日本古典文学全集第十二巻　竹取物語・伊勢物語・大和物語・平中物語』（小学館、一九九四年）による。以下、注釈書名のうち「伊勢物語」の語を省く場合がある。

（2）前掲注（1）書。以下、現行の解釈例は本書による。

（3）『鑑賞日本古典文学　第五巻』（角川書店、一九七五年）。

（4）秋山虔氏「伊勢物語私論―民間伝承との関連についての断章―」（『文学』第二十四巻第十一号、岩波書店、一九五六年十一月）。渡辺実校注『新潮日本古典集成　第二巻』（新潮社、一八七六年）もこの解釈をとっている。

（5）青木賜鶴子氏「室町後期伊勢物語注釈の方法―宗祇・三条西家流を中心に―」（『中古文学』第三十四号、一九八四年十月）。

（6）引用は、片桐洋一氏『伊勢物語の研究〔資料編〕』（明治書院、一九六九年）による。以下、『肖聞抄』の引用は本書による。

（7）引用は、片桐洋一氏前掲注（6）書による。

（8）引用は、片桐洋一氏前掲注（6）書による。

（9）現行の『大和物語』本文では二句目まで「あしからじとてこそ人の」とする。

（10）引用は、『静嘉堂文庫物語文学書集成　マイクロフィルム版』（雄松堂フィルム出版、一九八四年）による。

（11）引用は、『鉄心斎文庫伊勢物語古注釈叢刊　第十二巻』（八木書店、二〇〇三年）による。
（12）引用は、『伊勢物語古注釈大成　第五巻』（笠間書院、二〇一〇年）による。
（13）『勢語臆断』の成立事情については、池田利夫氏「契沖の本巻所収注釈書の伝本」（『契沖全集九』岩波書店、一九七四年）、同氏「契沖注釈書の生成」（『契沖研究』岩波書店、一九八四年）に拠る。彰考館本と円珠庵の成立の前後関係ははっきりとはしないものの、訂正表記などからおそらく彰考館本が早い段階の本文であろうと考えられている。
（14）引用は、『契沖全集　第九巻』（岩波書店、一九七四年）による。
（15）引用は、『伊勢物語古注釈書コレクション　第四巻』（和泉書院、二〇〇三年）による。
（16）引用は、『伊勢物語古注釈書コレクション　第五巻』（和泉書院、二〇〇六年）による。『古意』が業平一代記説を否定しつつも『伊勢物語』の配列等の形式面について、『童子問』よりも柔軟な考えのもとに書かれていることは、本書第二章第二節に論じた。
（17）引用は、『北村季吟古注釈集成　第六巻』（新典社、一九七七年）による。
（18）本書第一章第三節。

第四章　真淵学の継承と実践

第一節　鵜殿余野子『月なみ消息』考

はじめに

真淵の活動の特色のひとつに、門人の多さと影響力の大きさがあげられる。本章では、真淵の門人が真淵の学問をどのように受け止め、発展させたかを示すことによって、真淵学の影響について考えてみたい。

真淵が詠歌における性差を強く意識し、男性は『万葉集』を、女性は『古今集』を旨とすべきと考えていたことはよく知られている。こうした真淵の姿勢を鈴木淳氏は「我国の文学史の上でもまことに稀有な存在と言うべき」とする一方、

真淵の後継者と目された男の歌人達は、それぞれ師の教えの実践に努めながらも、彼の歌論の特質である性差ということを自覚的に受け継ごうとしたものは、絶えていなかったと言ってよい。すなわち魚彦はひたすら万葉主義を貫こうとしたし、宣長は真淵の主張の枠外に新古今主義を掲げ、千蔭、春海らの江戸派は、男女差を取払い、一律に古今集以降を歌詠の理想とすべきことを説いたごとくである。この江戸派の主張は、真淵の歌論のうち、女流に向けられたものを、男女ともに踏襲したことになり、そこでは真淵の性差に対する鋭敏な感覚はほとんど葬り去られていたと言える。

とした。(1) 鈴木氏のこの見解は、和歌に関するものであるが、真淵が和歌とともに推奨した和文の制作についても、このことは当てはまる。本節では、県門女性歌人のひとりである鵜殿余野子の和文を検討することによって、真淵学の継承について考察する。

また、和文制作は近世後期の国学者に特徴的な活動のひとつである。彼らは和文の会をしばしば催し、そこでは題に基づいて消息文を制作することもあった。鵜殿余野子の『月なみ消息』は、これら国学者の消息文制作の先駆けとされている。国学者の消息文制作の意義についても明らかにしたい。

一

『月なみ消息』の成立事情は、次に示す真淵の奥書から知ることができる。

これは、あるやむごとなき姫君の御手本の料に書てまゐらせよと仰らるゝに、おのれ、いとしもことしげくて、とみにもえ書くべからぬを、紀伊の宮のおまへに侍るよの子は、おのがかゝること聞えおきつれば、かゝせて奉りつるなり。　真淵(2)

「やむごとなき姫君」は田安宗武の娘の誠姫、「よの子」は鵜殿余野子を指す。(3) 真淵は誠姫のために、手本となる消息文を書くよう求められたが、多忙ですぐには書けない状況であった。そこで真淵の代わりに余野子が消息文を書いたのだという。鵜殿余野子は、真淵の門人であり、また漢学者・幕臣である鵜殿士寧を兄に持ち、紀州徳川家に仕えた女性である。(4) 真淵はこの誠姫のために、源氏物語注釈である『源氏物語新釈』を著してもいる。(5)

『月なみ消息』は、題名が示すとおり、十二カ月分の消息文例集である。編者の異なる複数の文集に収められて流布した。その文集は成立の順に、村田春海編『涼月遺草』（写本・寛政五年跋）、林蓮阿編『かりの行かひ』（享和二年刊）[6]、橘千蔭書『月なみ消息』（文化五年刊）である。『月なみ消息』が好評であっただろうこと、余野子を江戸派歌人として没後も称揚しようとする動きがあったことは、清水浜臣の子、清水光房編の『涼月遺草』（版本）における天保四年に記された光房の次にあげる序文から知られる。なお、光房編『涼月遺草』（版本）には『月なみ消息』は含まれていない。

よの子の家集は、いむさきにしごりの屋の翁の、かみしもふた巻にかきつめおかれしを、その上の巻なるは、月並のせうそこふみにて、はやく板にゑりて、たれもしれゝば、こたび万笈堂のあるじ、下の一巻をとりてかく物しつ。いでや、おきなのおく書にいはれるごとく、此おもとのざえのほどをくらべば、かのつくば山も陰あさく、倭文はた布はたたちおよぶべうもあらずかし。（『涼月遺草』）[7]

余野子の家集は、「にしごりの屋の翁」すなわち村田春海が写し、二巻から成る余野子遺稿集である『涼月遺草』（写本）として編んだものという。その二巻のうち、上巻の『月なみ消息』が独立して板行され広く知られている現状にあって、下巻部分をも世に知らしめるためにここに下巻を板行するものであると光房は言い、さらに余野子とともに県門三才女とされた土岐筑波子・油谷倭文子もこの余野子の才能に及ばないという春海の「おく書」にも言及し、余野子への高い評価を強調している[8]。

また天保十年には、頭注を付した、長浜宗仙編『冠注月次消息』が出版されている。『月なみ消息』は樋口一葉にも読まれており、(9)明治十七年にも斎藤勝明編『傍註月なみ消息』（静雲堂）も出版されていることから、長く高い評価を得ていたことがわかる。

二

『月なみ消息』について、先行研究の言及をまとめておきたい。

鈴木淳氏は村田春海の『琴後集』が和文の部に多数の仮名消息を収めることについて、「真淵が仮名消息を推奨し、ことに女の門人に対してはつとめて雅文消息を綴っていることにもよろう」といい、真淵の仮名消息重視の姿勢の影響とする。『月なみ消息』については、「宗武長女の誠姫の手習の料にとの用命を受けた真淵に代わり、（稿者注、余野子が）十二ヶ月の書簡文範『月なみ消息』を作った」とまとめている。(10)

『月なみ消息』は前述の通り、林蓮阿編『かりの行かひ』にも収録されている。この『かりの行かひ』について論じた風間誠史氏は「『月なみのふみ』は消息文の手本として月毎の例文をなしたもの」とし、「この『かりの行かひ』をはじめ、藤井高尚『消息文例』『おくれし雁』、上田秋成『文反古』など、消息文の手本の類は近世和文の中で大きなウエイトを占め、秋成や高尚の場合それぞれ『藤簍冊子』『松屋文集』という家集を編んだ際に、消息文だけを別立てで刊行している。つまり独自の需要があったらしい。本書はこうした消息文例集の嚆矢である」としている。(11)

田中康二氏は多くの消息文例集の刊行について、風間氏と同じく、国学者の間では書簡が非常に重んじられており、「書簡を書くための方法が求められるほど必要に迫られ」ていたからだと指摘する。そして、『琴後集』所収の書簡のうち五篇に関して「そうして実際に書く書簡とは別の形（稿者注、消息文を作成する和文の会）で書かれた」と述べる。

続いて、春海や千蔭らの消息合を報告し、清水浜臣主催で文化九年にほぼ毎月行われた消息合について、「この消息合は明らかに『月なみ消息』を意識し模倣している。『月なみ消息』とは真淵門弟、県門三才女の一人である鵜殿余野子が書いた消息の手本集である。月ごとに、その月にみあった題で手紙を書くというシステムである。」と述べている。(12)また、書簡文を体系的に研究する橘豊氏は、国学者の間で仮名消息が交わされていたことを指摘し、これら消息文例集を「仮名消息作法書」として分類した。(13)

諸氏の見解は、江戸派・鈴屋派およびその周辺にいた国学者において仮名消息が特に重んじられていたということで共通している。国学者はなぜ仮名消息を重んじたのであろうか。

『かりの行かひ』を編んだ林蓮阿は、国学者たちの「消息文」について『消息文梯』（文化十二年刊）に次のように記している。

さていまこゝにいへる消息文は、みやび言もてかきかはすをいへるにて、こは中むかしの頃に、源氏の物がたりをはじめて、すべてのもの語文のうちにのみありて、いとあがりたる世にも、はた後の世にも見えざるを、ちかき世に岡辺の翁の、歌もふみもすべて心たかく物したまへるまゝに、中むかしのふりなるふみをかきて、をりくゝ人におくられしより、今はおほかたみやびにたる友どち、かたみにかきかよはすこと、ぞなりにける。(14)

「消息文」は普通の書簡とは違い、それを「みやび言」で書くことであり、中古の物語に存するばかりであったが、真淵が実際にそれを書いて人々に贈ったことでその仲間うちに広まったものであるとする。そうした「消息文」の書き方について、藤井高尚『消息文例』（寛政十一年跋）は次のようにいう。

文のこゝろばへ

中むかしのふりなるせうそこ文をかゝんには、その世の人の心ばへを思ひてものすべし。詞のかざりは、みやびやかにしたてたりとも、そのこゝろばへ、今の世のごといやしからんには、あき人のよききぬきたるたとへになじかるべし。（中略）しかのみならず、ものをめづるこゝろも、よろこぶ心も、かなしむ心も、むかしの人はいとふかゝりしを、今の人はこよなくあさし。さるからに、むかし今とことなる事ぞおほかる、さる中むかしの人のすべてのこゝろばへをしらんにも、もの語ぶみをよむに、しくものぞなき。(15)

雅文で「消息文」を書くためには、中古の「人の心ばへ」を思って書かねばならないということを強調している。昔の人の深い心を今の人は知らないので、物語文を読んでその「こゝろばへ」を知ることで「消息文」を書くことができるという。これを踏まえると、「消息文」を記すことは、『消息文例』の大半を占める中古に範をとった消息における表記法や単語の使用法といった具体的な和文の制作方法を身につけるとともに、これを通じて昔の人の深い「心ばへ」を知ることにもなったことがわかる。その「心ばへ」がいかなるものなのか、以下『月なみ消息』を検討していく。

なお、和文による消息文の手本は、明治時代になっても出されており、たとえば生田目経徳『雅文消息集』（國光社　明29）は四季・雑の部立によって雅文消息を収めたものである。その序文には、「いとけなき妹」が「物読み文書くわざを好」むので、浅薄な物語や当代小説よりも読むにふさわしいものとして、消息文例集を編んだ旨が書かれ、消息文がよみものの一つとされていることがわかる。(16)『月なみ消息』のすべての消息文が『雅文消息集』に収められている。

三

『月なみ消息』は先にも述べたように、十二カ月分の消息文例集である。本書は田安家の誠姫を想定して書かれたはずではあるが、誠姫が実際に手紙を書くにあたっての手本とはなっていない。なぜなら、まず手紙の差出人と宛先の設定が誠姫にそぐわないからである。『月なみ消息』の消息は、一年を通して特定の二者間で往復したのではなく、異なる状況下にある人々の間の消息として設定されている。たとえば正月は内裏の女房と受領の妻の間でのやりとりであるが、誠姫は女房仕えも内裏勤めもしておらず、それらの状況にある人々の消息を模倣して書く必要はないだろう。

第二に、時代にそぐわない事柄が扱われていることが指摘できる。正月の消息では、近世には存在しない「受領の妻」が差出人となっているうえ、「御せちゑ、男踏歌など、世にの丶しるにつけても」として、男踏歌が行われているかのように書くが、男踏歌は中古、『源氏物語』成立時には既に絶えており、『源氏物語』があえて過去の行事を描いているとして、現在の研究において注目されてもいる[17]。近世においても男踏歌が中古に絶えていることはよく知られており、年中行事の研究書でも以下のように書かれている。

踏歌節会　十六日　踏歌に二種有、十五日は男踏歌、十六日は女踏歌なり。男踏歌は中古以来絶て行はれず。

（間宮永好『掌中年中行事』嘉永七年刊[18]）

一方で、当代性を反映した記述もある。三月の消息では、花見に行きたがる使用人たちの様子を「かの飛鳥山てふところをわりなくゆかしがりて」と書いている。飛鳥山は元文二年に吉宗が桜を植えたことで桜の名所になっており、当代の実情を反映した文言である(19)。

このように『月なみ消息』は、誠姫ひとりに向けて書かれたものであるにも関わらず、差出人も宛先も様々な状況に置かれた人物を想定していること、当代では行われない事柄があたかも実施されているかのように描かれていることなどから、実用的な消息文例とは言えないのである。

ここで、消息文集という形式について考えておきたい。消息文例を集めたものは、往来物として一つのジャンルを形成している。実際、『月なみ消息』は『国書総目録』において往来物に分類される(20)。往来物の嚆矢である『明衡往来』は、平安後期に成立したとされ、近世には刊行もされ広く流布した。平安貴族の公私の生活に即して、年中行事の折の贈答や時候の挨拶、昇進の知らせ、作歌作文についての応答などの内容を述べている。『月なみ消息』が、正月から十二月まで、季節の流れに沿って配列され、特定の二人ではなく、異なる人物間での消息を月毎に収録するという点は、この『明衡往来』にはじまる典型的な往来物の形式を襲ったものといってよい。

また往来物の中で、特に女性を対象としたものを女子往来という。たとえば代表的な女子往来である『女書翰初学抄』(元禄三年刊)は、季節の挨拶を中心とした一年間の消息からなる。候文で書かれ、状況設定は固定され、当代の女性にとっての実用的消息文を収めつつ、本文のわきに語の意味やよみ仮名を振り、頭注を設け、類語や行事の由来などの故実を記し、女性の教養教育の役目も果たしている。『月なみ消息』にはそうした具体的な知識は描かれてはいない。『月なみ消息』は、現実生活に密着した実用的書物である往来物という既存の枠組みを用いて、和文によるいわば虚構の消息文を「創作」したものといえよう。

四

『月なみ消息』は、形式はなじみ深い往来物のものである一方、その内容や表現には、県門女性歌人らしい特徴を指摘することができる。以下、その特徴を具体的に指摘する。

『月なみ消息』では、程度の差はあるものの登場する人物・出来事が『源氏物語』の場面を想起させることが多い。たとえば六月の消息では、尼君が法会を催すに当たり、何か準備の品を贈りたいと思った差出人が、色々と検討した末、法服を贈ることにして、その贈り物につけたという次の内容が書かれる。

ことわりのあつけさをもいかゞ、池の心ひろく、窓の竹清らになつによりたる御すまひは、世の外にやとうらやみきこえ侍るになむ、さるは[A]あま君の御まへの御いそぎのこと、此十余日と侍りつれば（中略）[B・C]御経のかざりよりはじめて、さこそ万によし有御心ばへどもをつくしたまふらめとばかり奉るもたふとくなむ、こゝにのたまひつけたりし[D]花つくゐのおほひ・[E]名香のくみかゝるすぢのことはことにたど〳〵しかれ（中略）またい[F]けのはちすのをりあひたる御わざに御心の花もひらけおはしまし。

点線部の「なつによりたる」という表現について、真淵は『あがたゐすさみぐさ』において以下のように述べている。

藤さけるを見にまかりて

①ちりしきし花はながれていつしかにむらさきふかき池のふぢなみ
かくても有べけれど池水はながれぬ物也よて引直し侍る。

②池もみなむらさきふかきふぢなみの夏によりたる宿に来にけり
源氏をとめの巻に花散里の御方は夏のかげによれりとかきて、夏の草木を植えたる事あり。此詞を用ゐて夏によりたるとはおき侍る。(21)

門人の①の歌について、本来流れない池の水の上で散り敷いた藤が流れているとした点を直すべきとして、真淵は②のように詠み直した。詠み直した歌には、新たに「夏によりたる宿」という語が新たに用いられているが、これは『源氏物語』の六条院の、花散里の住むいわゆる夏の町を踏まえた表現であると真淵は自注を施している。『源氏物語』では、真淵も自注で言うとおり、当該本文は「北のひんがしは、すゞしげなる泉ありて、夏のかげによれり」(22)とあって、「夏によりたる」という表現はない。この箇所について真淵の『源氏物語新釈』には、

御かたぐ〳〵の御ねかひの　(中略)　されどそれぞ上により所を設たりと覚ゆるは、先花散里は春秋の花やかならぬ御心より夏により、且むかし問給ひし時も橘の花ちる比なれば詞にもむかし覚ゆる花たち花と書てかたぐ〳〵夏に縁あり。(23)

とあり、夏を好む、もしくは夏に似合うことを真淵は「夏による」と言っていることがわかる。この表現は真淵と余野子の和歌に見られ、県門では歌語として認識されていた可能性があるが、一般にはなじみの薄い表現と思われる。(24)

余野子は真淵の理解に基づき、『源氏物語』の語として、「なつによりたる」の語を使ったと考えてよいだろう。
傍線部については、『源氏物語』「鈴虫」の場面との類似を指摘できる。

> 夏ごろ、Fはちすの花の盛に、A入道の姫君の御持仏どもあらはしいでたまへる供養ぜさせ給。Cこのたびはおとゞの君の御心ざしにて、御念誦だうのぐども、こまやかにとゝのへさせ給へるを、やがてしつらはせ給。（中略）むらさきの上ぞ、いそぎせさせ給ける。D花づくゑのおほひなど、おかしきめぞめもなつかしう、きよらなるにほひ、そめつけられたる心ばへ、めなれぬさまなり。（中略）E名香にはからの百ぶのかうをたき給へり。（中略）B阿弥陀経、（中略）かんやの人をめしてことに仰事給ひて心ことにきよらにすかせ給へるに、（中略）軸、へうし、箱のさまなどいへばさらなりかし。
>
> （『湖月抄』「鈴虫」）

各傍線部、Aは供養があるということ、Bは経典に工夫が凝らされているということ、Cは供養のいろいろな準備の用意の様子、Dは「花つくゑのおほひ」、Eは「名香」、Fは「はちす」が一致している。さらに他人が行う供養の準備を代わって行うという設定そのものも、『源氏物語』との一致がみとめられる。もちろん、それぞれの事物は供養にはつきものの用意ではある。まずは『月なみ消息』と『源氏物語』が、ともに供養の準備を具体的に説明しているという点を指摘しておく。

十月の消息は紅葉を友に贈るのに付ける文という設定で、「神なづきの比山里より散たるもみぢのえだにつけて」という題で書かれる。「かゝるかくれがをもらさぬたつたひめの心ばへを、やみのにしきとなしはてずもがな」という表現があり、これは「賢木」巻で、光源氏が藤壺に紅葉に文を付けて贈る次の場面と比較されよう。

紅葉は、ひとり見侍るににしきくらう思たまふればなん。おりよくて御らんぜさせ給へ、などあり。げにいみじきえだどもなれば、御めとまるに、例のいささかなるものありけり。

（『湖月抄』「賢木」）

いずれもすばらしい紅葉を一人で見るのは、紅葉を「やみのにしき」「にしきくらう」にしてしまうという。それをいわば口実にして、便りをするという設定が共通している。(25)

また、十一月の消息は、五節の日に参上を求めて衣裳を贈るのに付けたもので、

御ともにさぶらふかぎり、みなそうぞきたて、御らんずるに（中略）これ着て今とくまゐるべくいひやれかしとのたまはせて、こよひの御料にとのより奉らせ給へる御ぞども、からぎぬもくはへてたまはせる也。

と言う。これは少女巻で、

大殿にはことし五節奉りたまふ。（中略）わらはべのさうぞくなど、ちかう成ぬとていそぎせさせ給ふ。ひんがしの院には参りの夜の人々さうぞくせさせ給ふ。殿には、大方のことども、中宮よりも、わらは、しもづかへのれうまでえならで奉れ給へり。

（『湖月抄』「幼女」）

として、五節にあたって衣裳を揃える様子を想起させる。

十二月の消息「しはす月雪の夜に笛の音をきゝて隣なる人のもとへ」では、雪深い郊外の景色を描写しており、そ

れは椎本巻で大君・中の君が侘びしさを募らせ、薫が困難を押して訪問する宇治を思わせる。続けて消息文は、訪ねて行こうと思っていたところに、「誰が家にか横笛をふきいだせる」音が聞こえてきて、心動かされてふと目をやった庭に梅がうつくしく咲いていることに気付いたので、共に見たいから訪ねてこないかという歌を贈る。椎本では八の宮が対岸に薫の笛の音を聞き、「笛をいとおかしくもふきとほしたるかな。たれならん」といい、八の宮は薫を招く歌を贈る。雪深いなか、隣家の笛の音を聞いて、訪問を促すという点が一致している。

登場人物の置かれた状況が『源氏物語』の玉鬘を思わせるのが、七月の消息である。七月の消息は、夫と思われる人の国司の任に伴って筑紫に下った女が、都に居る友に都を懐かしんで送ったというものである。『月なみ消息』の十二箇月分の消息で、差出人・送り先のどちらかのいる場所を明示しているのがこの書簡だけであることから、「筑紫」という場所の設定にはそれなりの意図があろう。筑紫にいる女、という設定自体が玉鬘の幼年期を思わせるが、表現でも類似が見られる。

消息では、

雲のうはがきかきたゆるにつけても、御有さまのおぼつかなくて、いとあつかりしほども、いかに〳〵とぞおもひわたり侍りし。こゝにはたゞ今よりのちの三とせあまりをだにことなく過なむは、空行月にたのみをかけて、鏡の神をいのり侍りても、古郷人の心をぞえ知り侍らぬ。

とする。雁が雲の上を掻くように書き続けるという上書き、すなわち手紙すら絶えてしまい、都の友の気持ちを知らぬまま過ごすのが辛いと訴えて、返信を求めている。傍線部「鏡の神をいの」ることについては、『源氏物語』の玉鬘巻にも、筑紫で暮らす玉鬘に、土地の豪族である大夫監が言い寄り、「君にもし心たがはば松浦なるかゞみの神をかけてちかはん」と詠む和歌に用いられている。先に書名をあげた『冠注月次消息』の頭注は、この『源氏物語』の歌を引いている。ただし、筑紫と都の間での書簡のやりとりという場面を考えると、右の歌に対して『細流抄』以下の注釈書が指摘する次の紫式部の歌を引いているとも考えられよう。ここでは『源氏物語新釈』の本文を挙げる。

心は明らけし、新千載恋の二、あさからずたのめたる男の肥前国へまかりて侍りけるが、たよりにつけて文おこせて侍りける返事に、紫式部、逢見んと思ふ心はまつらなる鏡の神やかけてしるらん、ともよめり。[26]

（真淵『源氏物語新釈』）

「鏡の神」が佐賀の鏡神社を指し広く知られていたことは、『夫木抄』で神祇・釈教の歌を、詠まれた場所ごとに配列しているなかに、当該の紫式部歌が、「かがみの神、肥前」の項に入ることからも明らかである。

前半の「雲のうはがきたゆるにつけても」という描写もまた、

北へゆく雁のつばさにことづてよ雲のうはがきかきたえずして

（『新古今集』紫式部[27]）

に拠る。余野子は『ゆきかひ』（宝暦八年序）に収められる倭文子に実際に出したと思われる書簡でも、冒頭に「雲の上書いかにかき絶え給ふらんや[28]」として、便りのなさを咎める素振りで返信を促す手紙の書き出しとして用いている。[29]

余野子は半ば成句としてこの表現を捉えていたのだろうが、ここまで述べてきたように『月なみ消息』と『源氏物語』との共通点の多さを考えれば、紫式部が用いている表現であるゆえ用いられているとも言えよう。

ここまで『月なみ消息』と『源氏物語』の場面の共通性について論じてきたが、次に『月なみ消息』の表現方法として、引歌表現に注目してみたい。まず、引かれている歌の収載歌集の傾向を概観するため、『冠注月次消息』の頭注を手がかりに整理する。

『冠注月次消息』では、十八首の引歌が指摘されている。『古今集』が九首、『拾遺集』が三首、『万葉集』が二首、『新古今集』『源氏物語』『元輔集』『新拾遺集』がそれぞれ一首である。(30)『月なみ消息』での引歌は、『古今集』の歌が多いことがわかる。『古今集』を学ぶよう説く真淵の指導がここでも実践されていることがまず指摘できる。

次に引歌を用いた『月なみ消息』の文章を検討してみたい。(31)正月の消息の末部には以下の文章がある。

田舎だちたる籬の梅の、や〻気色だち侍るにも、同じくは散らぬさきにと、たよりの風にも伝へまほしう、鶯はものかは、待ちきこえ侍り。

自分の家の梅が咲いていて、来ていただくなら散る前がよいと、「たよりの風」にも伝えたいと思う、待ち遠しい鶯よりもほかならぬあなたを待っています、として相手の訪れを促している。「たよりの風」の意味は用いられている次の引歌によって明らかになる。

花のかを風のたよりにたぐへてぞうぐひすさそふしるべにはやる　（『古今集』紀友則）

梅の花の香りを添えた風を使者として、鶯を誘う手引きに送るという歌である。[32]これを用いて、庭に咲いた梅の香りを添えた風を使者として、訪れを待っているという思いを鶯ならぬあなたに伝えたいと余野子は記している。「梅」を理由に来訪をうながすだけでなく、古今歌を踏まえることで、「梅」につきもので、同じように春に待望される「鶯」よりももっとあなたを待ちわびているという強い気持ちを伝えることが可能になっているのである。

このような引歌の方法は言うまでもなく『源氏物語』にも用いられている。『源氏物語新釈』に見られる真淵の引歌の説明を見てみたい。帚木巻の冒頭、左大臣家で、寄りつかない源氏に他の女の存在を疑っている様子を示す箇所である。

しのぶのみだれやと　古今集に「みちのくの忍ぶもぢずり誰ゆへに乱んとおもふ我ならなくに」とよめるを、いせ物語に少しかへて「みだれ初にしわれならなくに」と有をこゝにはとりて書たり。葵上のわれに心はなくて誰その人故には光君はおもひ乱給ふにや、わが方へはうとくおはするといふ意也。且い勢物語に右の歌をとりてしのぶのみだれとよみたる詞をば用ゐて、意は右の融公の歌に有也。

この箇所では『河海抄』を初めとする古注釈では『伊勢物語』初段の「春日野の若紫のすり衣しのぶのみだれ限知られず」を引き、葵上が源氏の宮中での乱れを疑うと解する。それに対し、真淵は、本文中の「しのぶのみだれや」の語が直接指し示すのは、『伊勢物語』の「春日野の」の歌であり、これは、同じ初段に示される「みちのくのしのぶもぢずり誰ゆゑに乱れそめにしわれならなくに」を取って詠まれたものであるが、『源氏物語』中で表したい意は、さらに「みちのくの」歌のもととなっている『古今集』の源融の歌の傍線部「誰ゆへに乱んとおもふ我ならなくに」

であるという。引歌の言葉が示す「春日野の」を認めたうえで、「我」以外とどんな「乱れ」があるのかと「継続的に」疑っている葵上の心情を示すよりよい歌として『古今集』の歌を提示したものと言えよう。そして傍線部の通り、逐語的に葵上の心情に対応させて説明している。(33)引歌が典拠を持つという点でやや変則的ではあるものの、この説明においては、引歌を示す本文に表れる言葉と、本文に表れない引歌の歌意をどのように理解するべきかを的確に示すことが重視されている。先にあげた『月なみ消息』の引歌表現も、本文に表れない語句をただ示すものではなく、その語句を文脈に確実に結びつけて用いており、真淵の引歌理解をよく実践したものと言えよう。

そもそも引歌はこれまでも多くの研究が重ねられている通り、『源氏物語』に特徴的な表現方法のひとつである。たとえば小町谷照彦氏は、『源氏物語』の引歌について次のように述べている。

引歌の表現伝達には作者と読者との同一な知識のレベルによる連帯、文学空間の共有が求められるが、王朝和歌という文学空間を背景にした源氏物語の引歌表現は暗示作用のもっとも生産的な形であろう。古今集の成立による和歌言語の確立と規範化によって、王朝和歌は宮廷社会の日常生活の中に浸透し、いわば辞書化した歌ことばが王朝貴族の共有言語となっていたからである。引歌表現は蜻蛉日記でほぼ確立するが、源氏物語に至って飛躍的に発展することになる。(34)

『源氏物語』の引歌表現は、『古今集』の歌ことば表現が共有されてはじめて可能になったものである。つまり、余野子ひいては真淵の仮名消息文が『源氏物語』を範に取るのは、単にその文章の模倣に留まらず、作者・読者の『古今集』の知識を共通基盤とする文章制作の方法を踏襲しようとしたものであったといえる。

また、消息の中で述べられている内容が、真淵の指導と一致する箇所も見られる。四月の消息では、昔の絵を見て、昔の調度や装束について注意を払い、楽しむ様子が書かれるが、これは真淵が『歌意考』（広本）で、

> かくだちたる世に、みるもの・きくもの丶みないやしげにのみあれば、よみつるうたもみやびかになりがたく、よりて世々のきぬなどのさまくさ〴〵のそめいろ、又はいへゐ・うつはもの・こと・ふえ、そのほかにもむかしのさまなるをみよ、こともたかたる（ママ）ひとは、なぞらへつくりなどして常にもてあそび、ゑなどにかきてもみよ、はた古き絵をもこのみてあつめつ丶みよ、古きゑはむかしおぼゆるものなり、かくしつ丶目をむかしになせば、おのづからこ丶ろもうつろふぞかし。

と述べ、諸事が「いやしげ」になっている現在において、理想である古い雅やかなこころを取り戻すには、古い絵などに触れるべきだとする主張と共通する。右の四月の消息文を記すこと自体までもが『歌意考』の主張の実践と考えられるのである。

五

『月なみ消息』の作者である余野子について、千蔭は跋文で、

> ちかげよりもはやくうしにつきて歌まなびせし人にて、うたも文もうしのほめ給へりしなればか丶るものをだに世にのこさまくおもひてかくなむ。

と評しており、余野子が真淵に長く師事していたことが示される。県門歌人に女性が比較的多くいたことは、中村幸彦氏、鈴木淳氏などにより指摘されている(35)。先に述べたように、真淵は女性歌人に対しては、歌を詠むにあたって男性歌人に対する『万葉集』を規範として示す指導とは異なり、『古今集』を規範にすべく指導していた。

では、文章に関してはどのような指導を行っていたのか、改めて確認したい。次のような真淵の言及がある。

今そ（稿者注、「女は女のさま心こそ侍れ」）を思はば、古く雄々しき文は女はえも見るべうもなし。中頃よりあなる物語書を見よ。そが中に誰も見るなる光源氏の物語のある様は、言葉と事のさまなど、又歌の心高う言葉清らなるをば女は学ぶべし。（『ゆきかひ』宝暦八年序）

文には殊に男女の体有（中略）女のふみは、是もきとせし事書んには、さる方に古きふみもて、女ぶりに書ぬべし、その入たゝん初めには、女は源氏物語などをまねばゝ、おのづから書得べし。（『にひまなび』明和二年成）

これらによれば、真淵は文章においても、男女差を明確に意識している。文章を書くにあたって、女性の入門者には『源氏物語』を勧めている。『月なみ消息』は、『源氏物語』を「まね」び、場面の設定や伝えたい内容、文章表現にいたるまで、『源氏物語』の文章の作りようを忠実になぞろうとしたものであった。

真淵は、『月なみ消息』を誠姫に献上するにあたって、「おのれも書たれど、え書得侍らず」（余野子宛真淵書簡）と言い、『四季物語』を「よの子の月次よりはいとおとれり」と評したことからわかるように(36)、『月なみ消息』を高く評価していた。その評価は、『月なみ消息』が女性が文章を書くに当たっての真淵の指導を踏まえ、それを十分に実践したことで、真淵の言う女性の理想の文章を示して見せたものだったからなのである。

六

先にも述べたように江戸派歌人たちは「消息合」という和文の会を開いている。寛政八年の消息合の参加者を見ると、女性歌人の方がやや多いが、千蔭・春海・安田躬弦・清水浜臣など当時の江戸派の中心的男性歌人も参加している。春海没後、清水浜臣主催で文化九年に開かれた消息合では、女性歌人は一人になっている。これは門人に占める女性歌人の減少もあるだろうが、男性・女性の区別なく『古今集』『源氏物語』を手本とするようになったということでもある。先述のように、真淵は文においても和歌と同じように男女によって、異なる手本を提示していた。しかし、江戸派は、真淵歌学を継承するにあたって和歌において男女ともに『古今集』を理想と説いたのと同じく、文章についても、おしなべて中古の物語文を理想としたものと考えられる。

江戸派の文章に対するその志向は言葉や典拠のほか、文章の内容にも反映している。たとえば春海「河づらなる家に郭公を聞くといふことを題にて　物語ぶみのさまにならへる文」(『琴後集』)、千蔭「春の山ぶみといふを題にて」(『うけらが花』)は、物語の登場人物の名前や具体的な場所などを特定の物語にあからさまに拠るのではなく、中古の物語の一場面を思わせるように作られた文章である。なかでも千蔭の「春の山ぶみといふを題にて」は、好色の貴人が侘び住まいをしている高貴な女性に恋慕するという、『源氏物語』を想起させる文章である(37)。

清水浜臣にも、『源氏物語』の名を出さずに、『源氏物語』の場面を踏まえたと思われる和歌がある(『泊洦舎集』巻五恋部)(38)。その浜臣の和文には「むしめづる詞　物語ぶみになずらふ文化二年」・「歳暮　倣伊勢物語文勢文化元年十二月」(『泊洦文集』)(39)がある。

『月なみ消息』はこれらに先んじて、『源氏物語』の書きぶりを存分に模倣した和文であった。『月なみ消息』と江戸派歌人たちの和文の共通性は、江戸派歌人が真淵の女性向けの指導を普遍化して継承したことをまざまざと示すのである。

おわりに

『月なみ消息』は、往来物として多くの人にすでに馴染みがあった消息文例という形式をとったゆえに、広く受けいれられることとなった。その内容は、県門歌人として女性の望ましい教養、表現、行動をもって消息を表したものであったといえる。仮名による消息文制作は、当代において理想としての古代を実現する方法のひとつと位置付けられる。

注

（1）鈴木淳氏「県門の女流歌人たち」（原題「近世の女流歌人たち―賀茂真淵とその門流―」『国文学解釈と鑑賞』第六十一巻第三号、一九九六年三月、のち『江戸和学論考』ひつじ書房、一九九七年所収）。
（2）引用は、東京都立中央図書館加賀文庫蔵本による。以下、『月なみ消息』の引用は本書による。
（3）鈴木淳氏「芳宜園法帖記」（『橘千蔭の研究』ぺりかん社、二〇〇六年）。
（4）斎藤視知氏「県居門歌人鵜殿余野子」（『国文目白』第四十号、二〇〇一年二月）は鵜殿余野子の関係資料を整理し、混同が多くあった親子関係や没年を正した。
（5）徳満澄雄氏「『源氏物語新釈』の成立過程について」（『高知女子大学紀要（人文・社会）』第二十九巻、一九八一年三月）。
（6）林蓮阿については、風間誠史氏「林蓮阿の文業―近世和文史における意義―」（『相模国文』第二十五号、二〇〇六年三月）に詳しい。これによれば、蓮阿は賀茂季鷹の門人で、類題集や文例集を出版している。風間氏は、蓮阿を「ひたすら実作のための啓蒙書・手引きを作り、和文の普及に取り組んだ」と評している。

（7）引用は、国立国会図書館蔵本による。

（8）田中康二氏は「江戸派の出版」（『神戸大学文学部紀要』第三十四号、二〇〇七年三月、のち『江戸派の研究』汲古書院、二〇一〇年所収）において、清水光房編『涼月遺草』の出版には光房と書肆の関係が影響していることを推測した。

（9）鈴木淳氏「江戸時代後期の歌と文章」（『新日本古典文学大系　第八十巻』岩波書店、一九九七年）。

（10）鈴木淳氏前掲注（1）論文。

（11）風間誠史氏前掲注（6）論文。

（12）田中康二氏「文集の部総論―江戸派「和文の会」と村田春海―」（『村田春海の研究』汲古書院、二〇〇〇年）。

（13）橘豊氏『書簡作法の研究』（風間書房、一九七七年）。なお、同氏『書簡作法の研究　続編』（風間書房、一九八五年）には『月なみ消息』の影印・翻刻が収められ、同氏「仮名消息作法書三題」（『松村明教授古稀記念　国語研究論集』明治書院、一九八六年）には、本節で引用する『消息文梯』の記事も取り上げられる。

（14）引用は、国立国会図書館蔵本による。

（15）引用は、国立国会図書館蔵本による。

（16）引用は、国立国会図書館蔵本による。

（17）男踏歌については、平間充子氏「男踏歌に関する基礎的考察」（『日本歴史』第六二〇号、二〇〇八年一月）をはじめとして、文化史の分野で盛んに研究が行われている。文学分野でも『源氏物語』における「男踏歌」に関して、当時すでに行われていないものを描いているとしてその意図を問う論考が重ねられている。

（18）引用は、東京大学総合図書館蔵本による。

（19）飛鳥山の桜の植樹と花見の歴史については広く知られており、たとえば『江戸名所図会』の挿絵にも付記されている。

（20）『国書総目録』（岩波書店、一九六三―一九七六年）。「日本古典籍総合目録データベース」も同様。『月なみ消息』が手習の手本としての役割をはたしていることによっても、往来物を見なすことができる。

(21) 引用は、『増訂賀茂真淵全集　第十二巻』（吉川弘文館、一九三二年）による。

(22) 以下、『源氏物語』の引用は、『湖月抄』（『北村季吟古注釈集成　第七巻―第十七巻』新典社、一九七七年）による。

(23) 引用は、国文学研究資料館寄託田安家旧蔵本による。

(24) 『新編国歌大観』、『私家集大成』を検索すると、以下の二例のみが該当する。「陰ふかむ青葉のさくらわか楓夏によりてもあかぬにはかな」（『賀茂翁家集』）、「（前略）蘆がきの中に生せる草木まで夏によりつくれ竹のなびくすがたも（後略）」（余野子『佐保川』）。いずれも夏をむねとする庭という意味で用いられている。

(25) 「散りちらずみる人もなき山里の紅葉はやみの錦なりけり」（『和泉式部集』）あるいは、『細流抄』が引歌と指摘する「見る人もなくて散りぬる奥山の紅葉は夜の錦なりけり」（『古今集』貫之）に基づいていると考えられ、「夜の錦」の語自体は『史記』の「富貴にして故郷に帰らざるは、繍を衣て夜行が如し」に拠るか。本節では、紅葉を贈るのに文を付けるという行為を含めて、特に『源氏物語』を意識していると考えた。

(26) この歌は、『新千載集』には結句「空にしるらむ」で入集している。

(27) 以下、和歌の引用は、『八代集抄』（『北村季吟古註釈集成　第二十五巻―第三十九巻』新典社、一九七七年）による。

(28) 以下、『ゆきかひ』の引用は、『新日本古典文学大系第八十巻　近世歌文集下』（岩波書店、一九九七年）による。

(29) ここには雁信の故事も踏まえられている。鈴木淳氏は前掲注（28）書で当該箇所について『新古今集』の紫式部の歌を指摘する。

(30) 『冠注月次消息』は、国立国会図書館蔵本による。

(31) 引歌には、宣長が「物語の詞の中に、古き歌の、たゞ一句などを引出て、またくその一首《ヒトウタ》の意をこめ、あるはその句のつゞきの詞の意をこめなどしたるを、引歌といひ」（『源氏物語玉の小櫛』寛政十一年刊）とする定義と、和歌を想定すべき表現すべてを考える広義の定義があるが、本節での引歌は前者を想定している。

(32) この歌は、『源氏物語』「若菜下」巻でも「ゆるるかにうち吹く風に、えならず匂ひたる御簾の内の薫りも吹きあはせて、鶯さそふつまにすつべく、いみじき殿のあたりのにほひなり」というように、引歌として用いられている。『細流抄』以下の古注釈書をはじめ、『源氏物語新釈』でも指摘される。

(33) 本書第二章第五節において、『源氏物語新釈』の特徴として、登場人物の心情に分け入る解釈を行っていることを指摘したが、この引歌の解説もその範疇にあるものといえる。
(34) 小町谷照彦氏「レトリックとしての歌ことば」(『源氏物語の歌ことば表現』東京大学出版会、一九八四年)。
(35) 中村幸彦氏「紀伊殿の閨秀歌人達」(『金曜』第三十三号、一九五一年十月、のち『中村幸彦著述集　第十二巻』中央公論社、一九八三年所収)、鈴木淳氏前掲注(1)論文。
(36) 『賀茂の川水』(『増訂賀茂真淵全集　第十二巻』吉川弘文館、一九三二年)。中村幸彦氏前掲注(35)論文に指摘がある。
(37) 鈴木淳氏「橘千蔭の和文と源氏物語」(『文学』(隔月刊)第五巻第五号、岩波書店、二〇〇四年九月、のち『橘千蔭の研究』ぺりかん社、二〇〇六年所収)。
(38) 山本令子氏「『泊洦舎集』に於ける古典摂取の一側面」(『三田国文』第二十六号、一九九七年九月)。
(39) 引用は、東京大学総合図書館蔵本による。

第二節　宣長・秋成の「日の神」論争

はじめに

真淵にとって、本居宣長は最も有力な門人の一人といってよい。宣長は、真淵の門人の加藤宇万伎の門人であった上田秋成とは、同じ真淵学の薫陶を受けながら、意見を異にすることが多かったことが知られている。本節ではこの二人の古代に対する考え方および主張の方法の違いを検討することで、真淵学の受容の具体相を示す。

宣長と秋成の間で最も有名な論争は、天照大神をめぐるいわゆる「日の神」論争であろう。この「日の神」論争は、宣長によってまとめられた『呵刈葭』下編によって知られる。本論争の経緯や内容については先学によって多くの研究が重ねられており、宣長と秋成の主張の中心やその思想の根本的な相違点が検討され、本論争の意義や目的についても考究が尽くされている(1)。以下、「日の神」論争の概要を示したのち、『呵刈葭』とその草稿を比較することによって宣長の編集意識とその方法を新たに明らかにし、この論争の意義を述べる。

一

いわゆる「日の神」論争とは、『呵刈葭』下巻の「第二條」として、天照大神に関する秋成の発言に宣長が答えた形式にまとめられている部分を指す。秋成の発言は、もともとは宣長の『鉗狂人』に対する疑問として、宣長に送られた書簡であった(2)。本節ではまずそのおおまかな内容を示す。

『呵刈葭』「第二條」の、秋成の宣長への疑問とそれに関する意見は以下の通りである。

「日神の御事、四海万国を照します」とはいかゞ。此神の御伝説は、「此《ノ》子光華明彩照二徹於六合之内《ニ》一」とも、又「閉二天岩屋戸《ヲ》一而刺許母理坐也、爾高天原皆暗《ク》、葦原中国悉闇、因レ此而常夜往」など、これら「六合」は天地四方の義なれ共、此には御国の内に借《リ》たるにて、四海万国の義にあらずと思はるゝは、「葦原中国悉《ク》闇」はといふにて知らるゝ也。此外に御国のみならず、天地内の異邦を悉に臨照しましますといへる伝説、何等の書にありや(3)。

日の神が世界を照らしているとする宣長の主張に対する疑問である。「日の神」論争における秋成の疑問はこの一言に尽くされていると言ってよい(4)。

秋成はこの宣長の主張に疑問をもつ理由として、天照大神が周囲を照らすという『日本書紀』の「此《ノ》子光華明彩照二徹於六合之内《ニ》一(5)」と『古事記』の「閉二天岩屋戸《ヲ》一而刺許母理坐也、爾高天原皆暗《ク》、葦原中国悉闇、因レ此而常夜往(6)」の記事をあげ、これらは万国にあてはまるものではないとし、万国に当てはまるという記述が別にあるだろうかと言う。秋成にとって、「日の神」が「天地四方」を照らすとはいえ、それはあくまで「御国の内」であり、悉く闇になるのは、「葦原中国」に限られているという理解であった。

ついで秋成は、「書典」は「三千年来の小理」であるとし、「画図」を「あるがまゝに写しなす物」として評価する。その画図に関連させつつ、「日の神」の「伝説」を全世界の事実とする宣長を以下のとおり批判する。

> 此図中にいでや吾皇国は何所《イヅコ》のほどと見あらはすれば、たゞ心ひろき池の面にさゝやかなる一葉を散しかけたる如き小嶋なりけり。然るを異国の人に対して、「此の小嶋こそ万邦に先立て開闢《ヒラケ》たれ。大世界を臨照まします日月は、こゝに現しまし本国也。因て万邦悉く吾国の恩光を被らぬはなし、故に貢を奉て朝し来れ」と教ふ共、一国も其言に服せぬのみならず、何を以て爾《シカ》いふぞと不審せん時、こゝの太古の伝説を以て示さむに、其如き伝説は吾国にも有て、あの日月は太古に現れまししにこそあれと云争はんを、誰か截断して事は果すべき。（中略）猶文字の通はぬ国々にも種々の霊異なる伝説有て、他国の事は不レ可レ肯。たゞ此国の人は、大人の如く太古の霊奇なる伝説をひたぶるに信じ居らんぞ直かるべき。言を広めて他国に対する論は、駁戎慨言の如きも取舎の眼あるべき書也。書典はいづれも一国一天地にて、他国に及ぼす共、諺にいふ縁者の証拠にて、互に取あふまじきこと也。

秋成は、宣長の主張を、日本が世界に先立て開かれ、その日本に日と月があらわれ、全世界を照らしており、それゆえ外国は日本に朝貢すべきだとするものと解し、それを否定する。地図における日本の小国ぶりでは、世界に先んじて日本に現れた日月が世界にその威光をもたらしていると言っても、それぞれの国に同じような伝説があり、他国の人に不審がられようという。ただし、秋成は大きさを価値と明確に結びつけているわけではない。世界は広く、数多くの国が存在し、それぞれの国にはそれぞれの「霊異なる伝説」があり、他国にその影響を及ぼして考えるべきではない、それぞれの国の範囲でその伝説をひたすらに信じているのがよいという、日本の「伝説」をも相対化した考えである。

秋成の主張の中心は、『日本書紀』や『古事記』に載る「日の神」のはなしは「伝説」であるということと、それぞれの国はそれぞれの伝説を持ちうると考えていることにある。秋成は「日」や「月」が「神」であることじたいには言及していない。

これに対して宣長は、次の通り反論する。

日神と申す御号をばいかにせん。猶是をも仮に然名けたりと説曲んとする歟。（中略）日神月神とあるをば、猶日月にあらずと強ていひまぐ共、たゞに日月とあるをばいかにとかする。

宣長は、「日神」という名を持っているのだから、「日」以外の何であるのかと言う。秋成が問題にしているのは、日本の伝説を外国へも適用することの可否であり、「日」と「神」の関係ではない。しかし、宣長は、天照大神が「日神」と書かれているかぎり、「神」であり「日」である以外のなにものでもないということを否定されたとして、論をすすめていく。これに続いて宣長は次のとおり反論する。長くなるため内容を順にまとめておく。

・京都に本店を置く商店で、江戸支店から「店中一人も残らず病で臥せっている」と連絡があった場合、病は店だけでなく江戸という地域で流行っているはずである。同様に、「日本が暗い」と言うとき、日は世界共通であるから、世界も暗いのである。

・日本は「四海万国の元本宗主」であり、それは小国であるからといって否定されないばかりか、むしろ「不可測の理」によって定まった結果である。

・日本には、「皇統の不易なる御事」、「稲穀の美しきこと」、「神代よりして外国に犯され」ないことなどさまざまに優れた点があり、それは広大なもろこしの国も及ばない。
・日本では伝説も優れ、「真実の正伝」を持ち、外国の伝説と並ぶものではない。
・秋成の考え方では、小倉山荘の巻頭色紙と言われる十枚があったとき、うち一枚が本物であっても、それを含めた十枚全部をまとめて贋物と退けてしまうものである。
・天地は一枚なのであるから、信じるべきものがあれば、それは「万国の人みな信ずべきこと」なのである。

宣長は、秋成の言葉に具体的に反論するように見せながら、しだいに自分の主張を展開していく。そもそも秋成は「日の神」が「日」なのか「神」なのかということは問題にしていない。それを問題とするところから、宣長の反論ははじまっている。それぞれの国に伝説があるということについて、宣長は、一箇所について言及するからといってそこに限った現象ではないという江戸の病のたとえ話をして、言葉の問題としてまず否定する。その後、秋成の地図の話に対し、大小は関係ないと反論しつつ、そもそも日本が優れているという話にすりかえている。それであるから日本の伝説も優れていると結びつけたうえで、日本ではこの伝説をひたすらに信じているのがよいという秋成の主張を再び引き、贋物と本物をひとしなみに贋物と扱う考え方であるとして小倉色紙のたとえ話をして否定し、真実は一つであるとして結ぶ。真実を相対的に捉え、その多様性を認める秋成に対し、宣長は絶対唯一の真実の存在を前提に論を立てている。したがって、「日の神」をいただく日本という「真実」がある限り、その主張が揺らぐことはないのである。

二

ところで『呵刈葭』下篇の草稿が『鉗狂人上田秋成評之弁』（以下、「草稿」とする）として残されている。この草稿から『呵刈葭』への変化の様相を見ることで、宣長の主張をより明確にしていきたい。

『呵刈葭』の末尾には、宣長の本書の方針を示す次の書き付けがある。

上件、上田氏が論、いたく道の害となる物なれば、いさゝかこれを弁ずる也。見む人あらそひを好むとなおもひそ。

宣長は、あくまで秋成の論に意見を述べるというスタンスを取り、好んで論争をしているのではないと記しているが、草稿から『呵刈葭』への変化を見ると、秋成の論を引き、それに意見を述べる形式を取りつつ、いかに自身の論に結びつけていくかの工夫がよくわかる。

この編集過程について大久保正氏は、「初稿の文章を推敲すると共に、増補されて委曲を尽くしたものとなっており、秋成の論に対して徹底的に立ち向かおうとした宣長の姿勢が知られる」と述べている。(7)また長島氏は、秋成の主張を「漢意の雲」に「障へられ」たものとする評と、「書典は一国一天地」の主張に対する大幅な反論を宣長が付け加えていることに言及している。また、日本を「至尊」のものとする宣長の主張の一例に、大小は必ずしもその質に関わらないとして問題にすらしていないことがわかる草稿の記述を指摘する。そして、宣長の論には「相対的な思考そのものが、断固として拒否されている」と分析する。(8)先の二箇所ではまとまった分量で具体的な主張が明示されているが、本節ではこのほかにも存する変更点を検討し、書き換えの特徴と目的を指摘していく。

もっとも大きな特徴として、秋成の論を「漢意」に基づくものと見えるように導いていることがあげられる。「漢意」の語が宣長の著作によく見られる重要な語句であることは多くの研究で言及されており、特に『古事記伝』の神代巻に多く見られることは田中康二氏によって指摘されている(9)。

草稿では、冒頭に「此論は例の漢意なれば弁ずるもうるさけれど(10)」とはあるが、以後「漢意」は後に引用する国の大小について述べる箇所まで使われず、その後も使われない。『呵刈葭』においては、秋成の「日の神」は日本に限った「伝説」であるという主張への反論部分のたとえ話に入る直前で、「唐天竺の日月は皇国の日月とは別也とするにや」としたのちに、「いぶかし〱、たゞ一点の漢意の雲だに晴れば、神典の趣はいと明らかなる物を、此の一点の黒雲に障へられて、大御光を見奉ることあたはざるは、いとも〱憐むべきこと也」として、秋成の主張を「日」や「月」を日本に限って考えているものと位置づけ、そのような考えは「漢意」によるものと断じている(11)。

その秋成の主張への反論の部分でも、草稿からの書き換えがある。草稿では『日本書紀』で「日の神」が太陽であるとする記述を引いて「日」でないとは考えられないと繰り返すのであるが、『呵刈葭』では秋成の引用する『日本書紀』の記事をまず引き、次のように述べている。傍線部が『呵刈葭』で足された箇所である。

まづ書紀に「照徹六合」とあるをば、姑く御国のことに借りていへりと説曲たるにゆるす共、日神と申す御号をいかにせん、猶是をも仮に然名けたりと説曲げんとする歟。

『日本書紀』の「六合」は日本に限っているのを仮に「六合」と言ったであるという秋成の主張を「説曲たる」と

言い詭弁であるとしつつとりあえず譲歩するように見せながら、それでもさすがに「日神」という名前は「仮に」名付けたとはならないであろうと言う。先にも確認したように、秋成は「日の神」が「日」かどうかを問題にはしていない。「日」の伝説は各国にあるのであろうし、日本の「日の神」を絶対視できるものではないと主張しただけである。それにも関わらず、はじめは秋成の言葉を引いて批評し、そのあとに実際は宣長が読みかえた秋成の問いを、秋成の引用と同様に提示することで、あたかも秋成が「日の神」が「日」かどうかを問題にしたかのように見せている。そして先に指摘したように、後者の主張が「漢意」に染まったものであるとする。すなわち、書き換えによって、秋成の主張が「漢意」であるということを印象付けているといえる。

次にあげる例は直接「漢意」に結びつくものではないが、言い換えによって秋成の主張をすりかえているものである。傍線部が『呵刈葭』で付け加えられた部分である。

かの図、今時誰か見ざる者あらん、又皇国のいとしも広大ならぬことも、たれかしらざらん。凡て物の尊卑美悪は、形の大小にのみよる物にあらず。数尋の大石も方寸の珠玉にしかず。牛馬形大なれ共、人にしかず、いかほど広大なる国にても、下国は下国也。狭小にても、上国は上国也。かの万国図といふ物を見るに、南極の下方にあたりて荒茫の国あり。草木も生ず人物もなし。其広大なること、大よそ地球の三分の一に居るほど也。定めて上田氏はこれを四海中最上の国と思へるなるべし。

（『呵刈葭』）

なお宣長は草稿では日本が小さいことは「児童」でさえ知っているとして、秋成が「万国図」を持ち出してきたことを非難していたが、削除したため右にその主張はない。一方、『呵刈葭』では新たに牛馬と人間を比較し、大きいものが小さいものに勝るとは限らないことを述べ、それを国の大きさに結びつけて論じている。先に触れたとおり、秋成は日本が小さいゆえに勝れて「いない」とは言っておらず、したがって広大な国をよしともしていない。宣長は、草稿では秋成の国土の広さへの言及に対し、大小と価値は一致しないと反論する程度であったが、『呵刈葭』では秋成が広大な国を最上の国と思っていると明言する。その後、宣長は以下のように続ける。

抑皇国は四海万国の元本宗主たる国にして、幅員のさしも広大ならざることは、二柱大御神の生成給へる時に、必さて宜しかるべき深理のあることなるべし。其理はさらに凡人の小智を以てとかく測り識べきところにあらず。かくいはば又例の不可測に託すといふべけれど、不可測なることは不可測といはで何とかいはむ。不可測をしひて測りいはむとするは、小智をふるふ漢意の癖也。（『呵刈葭』／草稿にも同内容有り）

世界にすぐれる日本が小さい国であることには「不可測の理」があるのだとする。秋成は大きさで国の尊卑をはかるとしたのちにこの説明が続くことによって、これも秋成に対する評と読める。ならば、秋成は「漢意」の持ち主ということになってしまう。

ここに続く先にも述べた小倉色紙のたとえ話を中心とする『呵刈葭』の後半部は、大半が『呵刈葭』で新たに加えられたものである。その文章は以下のように始まる。

然るに世々の人、たゞひたすらに漢籍にのみ惑ひて、皇国のかくの如く勝れて尊き子細をえしらず。今、上田氏も又たゞ旧轍に泥みて、これをさとることあたはず。（『呵刈葭』）

漢籍ばかりに親しむがゆえに、日本が世界に勝れる所以を知ることができず、秋成もそれと同様であるという。また、先に述べた小倉色紙に関する記述において宣長は、秋成が一枚の本物があるにも関わらず、すべてを大くりにして贋物と考えるといい、その考え方を「是なまさかしらといふ物にして」と評する。そののち、それを「漢意のなまさかしら」と言ったうえで次のようにいう。

たゞ此国の人は太古の霊奇なる伝説をひたぶるに信じ居らんぞ直かるべきといへるも又、なまさかしら心にて、真に信ずべき事をえしらざるひがこと也。此言の如くにては、信じ居るにはあらずして、信ずるかほして居る也。これぞ漢人の偽の常なる。もし実に信ずべくは、天地は一枚なれば此国の人のみならず、万国の人みな信ずべきこと也。然るをたゞ此国の人はといへる、これ実には信ずることなかれ。たゞ信ずるかほして居よといはぬばかり也。いかでか是を直しとはいはむ。（『呵刈葭』）

加えられた傍線部の記述により、秋成の主張は「なまさかしら心」とされた。その「なまさかしら」は、『呵刈葭』で新たに導入された言葉で、先にのべたように「漢意」によるものなのであった。

さらに、小倉色紙のたとえ話と傍線部の記述により、宣長は「信じる」態度を問題とすることに成功した。小倉色紙に「本物」が含まれていればそこには「本物」と「贋物」とがあるように、確かな普遍的「真実」があれば「一枚」の「天地」に当てはまる。ただし、これは絶対の「本物」「真実」の存在を前提に成り立つのであって、それぞれの国の多様な「真実」を訴える秋成の主張には当てはまらない。しかし、その前提には言及せずに、唯一絶対の「本物」だけが「真実」となるたとえ話を用いて説明を行うことで、秋成はあたかも唯一絶対の「真実」を見抜かなくてよい、信じなくてよいとする、「なまさかしら」で「漢意」による主張を行ったという「咎」を宣長に負わされてしまうのである。

以上のように、宣長は『呵刈葭』への編集によって、秋成の主張を具体的に受けている印象を強めながら、秋成の主張の中心をずらして提示し、それが「漢意」による「さかしら」で、「真実」を違えるものであるという論理を作り上げたと言える。

三

ここまで宣長が「日の神」が生まれた日本の絶対的優越を説くさまを見てきた。この主張は宣長のいわゆる古道論の根拠でもある。宣長は同様の主張を繰り返している。

そもそも秋成が『呵刈葭』に見られる主張を行ったのは、宣長の『鉗狂人』に対しての反論のためであった。その『鉗狂人』では天照大神に関して次のように述べる。

抑皇国は。四海万国照し坐ます天照大御神の生坐《アレマセ》る本つ御国にして。その皇孫命《ミマノ》の。天より降りまし〳〵て。天地とともに遠長くしろしめす御国なれば。万国の元にして。万国にすぐれたるが故に。天地の始より神代の事共。いと詳に正しく伝はり来て。今も古事記日本紀にのこれり。外国は天照大御神の生《アレ》ませる御国にあらず。皇孫命《ミマノ》のしろしめす御国にあらざるが故に。はじめより定まれる君だになくして。悪神ところをえてあらびつゝ。国治まりがたく。その時々かしこきものつよき者あらそひて、かはる〴〵君長とはなりて、いと〳〵みだりがはしきから、天地のはじめ神代の事共も、正しく詳なる伝説なくして。今のあたり世を照し給ふ日神の始をすらえ知り奉らず。たゞ例のおのれ〳〵がさかしら心にまかせて。天地の始をも万の事をも。おしかはりの説のみなして。返りてそれをかしこき事におもへり。

（『鉗狂人』天明五年十二月成）(12)

宣長は、天照大神が「四海万国」を照らしていることを当然のように述べ、日本はその天照大御神を始祖とする「御国」であるが、外の国はそうでないが故に、「はじめより定まれる君」がおらず、国が治まりがたいとしている。外の国にも太陽＝天照大神の光は当然届いているものの、いわばそれを気付いていないとする。ここでは天照大神が「日」かどうかは直接には説明されないが、傍線部に「四海万国照し坐ます」「まのあたり世を照し給ふ」とされることからわかるように、宣長にとって天照大神が日であることは当たり前のこととして捉えられていた。

この『鉗狂人』は『衝口発』を著した「狂人」である藤貞幹に「鉗」する、すなわち首かせをする目的で著されたものであった(13)。その『衝口発』は、日本の神々のさまざまな伝承に疑問を呈し、日本の起源を「から」に求めるものである。『衝口発』において、天照大神は話題のひとつに過ぎず、宣長と貞幹の間での温度差がはっきりしている(14)。それでも宣長がもっぱら天照大神に関する主張を繰り広げることから、宣長がいかにこの問題を重要視しているかが表れていよう。

また、この「日の神」に関する宣長の認識は、『鉗狂人』に先立つ『馭戎慨言』『直毘霊』『くず花』にもすでに見られるものである(15)。安永六年十二月以前に初稿が成った『馭戎慨言』では「天日大御神《アマツヒノオホミカミ》の御子の尊の所知食。此大御国に外国もろ〳〵のまつろひまゐる事の始をたづぬれば。」と始め、外国がこぞって朝貢してきたことの大前提として天照大神が日本をおさめることを述べ、次のように言う。

万の国をあまねく御照《ミテラ》しまします。日の大御神の御国にして。天地の間に及ぶ国なきを。やがてその大御神の御末を。つぎ〳〵に伝へましまして。天津日嗣と申て。其御国しろしめし。万代の末までも。うごきなき御位になんましませば。かのよしもなくみだりにたかぶりをる。もろこしの国の王などの。かけても及び奉るべき物にあらず。はるかにすぐれて。尊くましませば。[16]

また、『直毘霊』（明和八年草稿成）は、「皇大御国は、掛まくも可畏き神御祖天照大御神の、御生坐る大御国にして、万国に勝れたる所由は、先こゝにいちじるし、国といふ国に、此大御神の大御徳かゞふらぬ国なし。」という文章で始まるほか、『直毘霊』（再稿）を批判した市川匡磨への反論『くず花』でも次の通り述べている。

吾天皇の御祖は、かしこくも今の現に天地のきはみ御照し坐、天照大御神にましまして、さらに凡人にはましまさず。（中略）さるは人体にして、即天つ日にましますを、いはゆる天狗仙人より外に奇き物はなきことと、固陋に思ひ定めたる、儒者の狭智管見に（下略）

（『くず花』安永九年十一月成）[17]

ここでは天照大神が「人」の形をとっていると明示する。ところが『直毘霊』や『呵刈葭』ではこのことに直接言及しないことも重要である。「日の神」が「日」であり「神」であり「人」の形であることは宣長の論で矛盾した部分であり、[18]のちに服部中庸が「日は天照大御神には非ず。其所知看御国にして、大御神は、日の中に坐ます神也」（『三大考』寛政九年刊）[19]と述べるところで、宣長はこの『三大考』を『古事記伝』十七附巻として受け入れている。宣長が意識的であれ無意識であれ、この点を回避するようになっていることは注目されるが、宣長の主張において、相手の主張の内容にかかわらず、日本は「日の神」が生まれた国でその光が世界を照らしているという点は常に一定である。すなわち、宣長は少しでもこの点に関わるような疑問をぶつけられると、必ずこの主張を繰り返している。さらに宣長は論争や批評においてだけではなく、『玉鉾百首』でも一首目に天地を照らす「日之大御神」を詠んでおり、世界を照らす天照大神が生まれ、その子孫が治める日本であるということを、あらゆる機会にあらゆる形で喧伝することが知られるのである。

さて、「日の神」論争の宣長の主張は当代で全く奇妙なものとも言えない。天照大神が「日」であるのか「人」のかたちを取るかという問題について、垂加神道では「天照大神」を「日神」と呼び、一方で「女体」とするなど、「日」を「神」とみるという点で、それじたいが焦点化されることもなかったが宣長と共通する。[20] さらに、垂加神道を批判した吉見幸和は、天照大神は「人」であり「神」であると述べている。[21] 宣長自身は、幸和の考え方を誤ったものとして批判しているが、[22]『古事記』の「伝説」の記述をそのままの「事実」として理解しようとする点で、時代に共通する「神」に対する考え方の傾向がうかがえようか。

おわりに

宣長と秋成の「日の神」論争は、宣長の根源的思想に秋成が真正面から疑問を呈したゆえに、その疑問の答えを得られないばかりか、宣長にその思想を繰り返し主張され、秋成の主張をも間違って知らされることともなった。まさに宣長の表現方法の巧みさが存分に発揮された論争だったのである。

注

（1）本論争の経緯は、『本居宣長全集八』（筑摩書房、一九七二年）解題にまとめられる。研究として、たとえば中村博保氏「有効な本質、無効な本質―「日の神」論争について―」（『批評研究』第四号、一九六一年七月、のち『上田秋成の研究』ぺりかん社、一九九九年所収）および高田衛氏①「日の神論争についての断章―宣長と秋成の思想の体質―」（『日本文学』第十二巻第十号、一九五九年十月）・②「宣長と秋成―「日の神」論争再説ノート―」（『文学』第三十六巻第八号、一九六八年八月、①②ともにのち『上田秋成研究序説』寧楽書房、一九六八年所収）は宣長と秋成が異なる原理・論理に基づいていることを示す。稲田篤信氏「うれたき論争―『呵刈葭』（下篇）論争について―」（『俄草紙』第五号、一九八一年三月、のち『江戸小説の世界』ぺりかん社、一九九一年）は秋成と宣長の思想の背景を明らかにし、宣長の主張の神道的要素を秋成が嫌ったことを指摘する。近年では長島弘明氏「『呵刈葭』における宣長と秋成」（『本居宣長の世界―和歌・注釈・思想―』森話社、二〇〇五年）が、関係する資料を示しつつ、『呵刈葭』本文を詳細に読み解いている。
（2）前掲注（1）解題。
（3）引用は、『本居宣長全集　第八巻』（筑摩書房、一九七二年）による。以下、『呵刈葭』の引用は本書による。
（4）高田衛氏前掲注（1）論文②では「秋成の批判の中心点」と指摘する。
（5）小島憲之氏ほか校注・訳『新編日本古典文学全集　第二巻』（小学館、一九九四年）。
（6）山口佳紀、神野志隆光校注・訳『新編日本古典文学全集　第一巻』（小学館、一九九七年）。
（7）前掲注（1）解題。草稿の位置付けについてもこの解題に基づく。
（8）長島弘明氏前掲注（1）論文。
（9）田中康二氏「「漢意」の成立と展開―『古事記伝』の思考法―」（『文化学年報』第二十三号、二〇〇四年一月、のち『本居宣長の思考法』ぺりかん社、二〇〇五年所収）。
（10）引用は、『本居宣長全集　第八巻』（筑摩書房、一九七二年）による。以下、『鉗狂人上田秋成評之弁』の引用は本書による。

（11）長島弘明氏前掲注（1）論文はこの加筆に関して、「日神の記述を解釈する際の「漢意」の有無の問題にすり替わっている。解釈の整合性・妥当性を競うのとは違い、「漢意」は負のレッテルであるから、すでにここでは勝敗は決している」とする。

（12）引用は、『本居宣長全集　第八巻』（筑摩書房、一九七二年）による。以下、『鉗狂人』の引用は本書による。

（13）前掲注（1）解題。

（14）長島弘明氏前掲注（1）論文も同様の指摘を行う。

（15）各著作の成立事情については、前掲注（1）解題による。高田衛氏前掲注（1）論文②は冒頭で、宣長の論争が「安永の終わりから天明年間の著作」であることに触れ、「宣長のはげしい論鋒、強靱な弁証力の背後には『古事記伝』の執筆を頭して形成していった文献学的な合理主義的論理性と神話メタフィジックスの信念とがあった」と指摘する。

（16）引用は、『本居宣長全集　第八巻』（筑摩書房、一九七二年）による。

（17）引用は、『本居宣長全集　第八巻』（筑摩書房、一九七二年）による。

（18）宣長はこの矛盾を「現身」と「御霊」の概念を導入することで説明しようとした。たとえば、東より子氏「神々の実在―「現身」と「御霊」―」（『季刊日本思想史』第二十五号、一九八五年七月、のち『宣長神学の構造―仮構された「神代」―』ぺりかん社、一九九九年所収）は、宣長が真淵の「うつせみ」解釈を踏まえつつ、それを拡大し「神」の「実在性」を強く主張することを指摘する。

（19）引用は、『本居宣長全集　第十巻』（筑摩書房、一九六八年）による。

（20）垂加神道と宣長の思想の共通性については村岡典嗣氏『増訂　日本思想史研究』（岩波書店、一九四〇年）をはじめとして早くから注目され、稲田篤信氏前掲注（1）論文では、「日神と日が無媒介に結びつけられている」点は共通するが、垂加神道が「神学上の原理を駆使」するのに対し、宣長はそうした「原理性」「接合性」を持たないことが述べられる。

（21）「扠其天日ト、人体ノ天照大神トヲ二ニセズシテ、天日即チ人体ノ日神、人体ノ日神ハ天日ジヤト」（吉見幸和『神代紀蒙訓抄』、『吉見幸和集　第二巻』国民精神研究所、一九四二年による）。幸和が垂加神道を否定し、自らの思想体系を作り上げるさまは、前田勉氏「吉見幸和の「神代」解釈」（『季刊日本思想史』第四十七号、一九九六年、のち『近世神道と国学』ぺりかん社、二〇〇二年）で詳細に論じられている。

(22) 宣長は幸和が「現身」と「御霊」の違いを知らず、ひとしなみに実体として捉える誤りを犯すものと批判する（『伊勢二宮さき竹の弁』寛政十年春初稿成、『本居宣長全集　第八巻』筑摩書房、一九七二年所収）。前田勉氏前掲注(21)論文では、この批判に言及し、幸和が実際には「神霊」の実在を信じていたとする。

初出一覧

本書は、二〇一一年に東京大学に提出した博士論文「賀茂真淵の研究」をもとにし、その後執筆した論文を加えたものである。本書執筆にあたり、旧稿のすべてに加筆・訂正を行った。

第一章

第一節・第二節　「近世の長歌―賀茂真淵の長歌復興をめぐって―」
（『日本文学』第五十六巻第六号、日本文学協会、二〇〇七年六月）

第三節　「賀茂真淵の題詠観」
（『近世文藝』第八十七号、日本近世文学会、二〇〇八年一月）

第四節　「賀茂真淵の鶯詠」
（『鳥獣虫魚の文学史　鳥の巻』三弥井書店、二〇一一年九月）

第二章

第一節　「賀茂真淵の初期活動―百人一首注釈をめぐって―」
（『国語と国文学』第八十五巻第八号、東京大学国語国文学会、二〇〇八年八月）

第二節　「賀茂真淵の伊勢物語注釈―『伊勢物語古意』について―」

第三節　「賀茂真淵と源氏物語―『源氏物語新釈』の注釈方法をめぐって―」
（『国語と国文学』第八十六巻第九号、東京大学国語国文学会、二〇〇九年十一月）
（『東京大学国文学論集』第四号、東京大学文学部国文学研究室、二〇〇九年三月）

第三章

第一節　「近世における古典注釈学―小野小町「みるめなき」の歌の解釈をめぐって―」
（『日本文学』第六十一巻第十号、日本文学協会、二〇一二年十月）

第二節　「近世における『伊勢物語』二十三段の読解―旧注から『伊勢物語古意』へ―」
（『国語と国文学』第八十八巻第五号、東京大学国語国文学会、二〇一一年五月）

第四章

第一節　「真淵学の継承と実践―鵜殿余野子『月なみ消息』をめぐって―」
（『国語と国文学』第九十一巻第二号、東京大学国語国文学会　二〇一四年二月）

第二節　「宣長・秋成「日の神」論争」
（『天空の文学史　太陽・月・星』三弥井書店、二〇一四年十月）

なお、本書中の資料の引用に際しては私に句読点を施し、ルビを省略あるいは補い、適宜漢字や平仮名をあてた。真淵著作の引用のうち、特に注記のないものについては、『賀茂真淵全集』（続群書類従完成会、一九七七―一九九二年）による。

主要人名・書名索引

凡例

1、人名・書名は、原則として近世およびそれ以前のものを採り、見出し項目は一般的呼称とし、現代仮名遣いによって配列した。
2、人名は実在の人物に限定し、「賀茂真淵」は除外した。
3、特定の作品・人物を対象とする節については、その作品名が明示されていないページを含めて索引に取った。【例】第二章第二節「『伊勢物語古意』考」の場合、『伊勢物語古意』の書名の有無に関わらず、『伊勢物語古意』133～156とした。

あ

い

あとがき

国文学を研究したいと思って大学に入学し、三年生のときに上田秋成の紀行文をゼミで読んで、私は近世文学研究を志すようになった。その秋成の紀行文にはそれ以前の古典文学の典拠が豊富に用いられていて、それら古典文学に対する秋成自身の読解が前提になっていた。そのため、秋成はじめそれ以前の古注釈や辞書を調べ調べして、ようやく紀行文が読めるようになった。それまでは漠然と古典文学は遙かに遠い昔のものと考えていたが、古典文学が脈々と読まれ続けていまがあることを感じて、ひどく気持ちがたかぶった。あれ以来、江戸時代に古典文学を読んだり、和歌を詠んだりすることの意義を探り続けて、今日にいたっている。

そのなかで真淵を研究対象に選んだのは、契沖であれば博覧強記さ、宣長であれば学問的な厳しさや激しさといったような特徴がないにも関わらず、現在の注釈書でもしばしば言及され、当時門人が多くいたという影響力の大きさに興味を持ったからである。しかし、歌人としての生涯を送り、門人の和歌の指導を行い、その間に古典注釈書を数々著した真淵についての研究は、和歌、そして注釈の対象となるそれぞれの古典文学作品についての検討が必要になり、苦戦を強いられた。つどつどにわかったことを述べてきたのであるが、まだまだ不十分なことばかりで反省しきりである。それでも本書を通じて、和歌と古典注釈学の関係、その活動の方法、影響について、その一端をなんとか明らかにできたのではないかと考えている。

これまで本当にたくさんの方々にお世話になっている。学部時代からご指導いただいている長島弘明先生に、まず御礼申し上げたい。先生はいつも厳しい叱咤とあたたかく細やかな激励をくださり、私はどうにか今日まで研究を続けることができている。博士論文の審査で副査をつとめてくださった多田一臣先生、菅野覚明先生、藤原克己先生、渡部泰明先生には、数々の貴重なご指摘を賜った。また日頃からゼミや授業に参加させていただき、研究について学ぶ機会を与えていただいた。日本学術振興会特別研究員として受け入れていただいた鈴木淳先生には、和学研究について広く教えていただいた。学会・研究会の席上でも、たくさんの先生方にご教導いただいている。研究室の先輩方にも助言をいただいた。同輩・後輩にも励まされている。真淵の御子孫の皆様、県居神社・賀茂真淵記念館の方々にもご厚誼を賜っている。勤務先の静岡大学では専門分野の異なる同僚の先生方に教えていただくことも多い。数多の御学恩に心より感謝している。

最後になったが、本書の出版に際して青簡舎の大貫祥子社長よりさまざまにご高配を賜った。記して深く感謝申し上げる。

本書は、平成二十七年度日本学術振興会科学研究費補助金（研究成果公開促進費）の交付を受けて出版するものである。

二〇一六年二月

高野奈未

高野　奈未（たかの　なみ）
一九八〇年東京都生まれ。
東京大学文学部卒業。東京大学大学院人文社会系研究科博士課程修了。博士（文学）。日本学術振興会特別研究員（ＰＤ）を経て、現在、静岡大学教育学部専任講師。
専門は日本近世文学。

賀茂真淵の研究

二〇一六年二月二九日　初版第一刷発行

著　者　高野奈未
発行者　大貫祥子
発行所　株式会社青簡舎
〒一〇一-〇〇五一
東京都千代田区神田神保町二-一四
電　話　〇三-五二一三-四八八一
振　替　〇〇一七〇-九-四六五四五二

装　幀　水橋真奈美（ヒロ工房）
印刷・製本　株式会社太平印刷社

ISBN978-4-903996-91-2 C3093